U0091438

臥底

INSIDE MAN

Giddens 九把刀 著

插畫 Blaze Wu

臥底

INSIDE
MAN

目錄

凶命之章

第01話

男孩，女孩。

「鄭聖耀，你長大以後要做什麼？」

「我要當漫畫家。」

「嘻嘻，可是你畫圖畫得比我差耶？」

「我會努力練習啊，總有一天我會畫出比無敵鐵金剛更受歡迎的東西。那妳呢？」

「我爸爸叫我當老師，可是我想當女太空人。」女孩嘟著嘴。

「當女太空人很好啊！」男孩說，將手中的甜筒遞給女孩。

放學後，國小低年級的大象溜滑梯上，小男孩與小女孩揹著書包，等著雙方家長接他們回家。

他們是同班同學，住的地方也不過隔了兩條街，典型的青梅竹馬。男孩跟女孩一起舔著甜筒，那是男孩花光身上所有的錢，向學校福利社的歐巴桑買的。

男孩一直喜歡女孩，上課時他老盯著女孩那兩根小辮子發愣，也常常送女孩一些小叮噹橡皮擦、淘氣阿丹貼紙等小東西，男孩最喜歡的時間就是放學後跟女孩坐在溜滑梯上等待回家的時刻，因爲他們的爸爸媽媽常常很晚來接他們，晚到其他小朋友幾乎都走光了，晚到連「哈哈！男生愛女生！」這類的嘲笑也跟著走光了。

到了那時候，他們總是可以盡興地亂聊。

女孩心裡也喜歡著男孩，雖然他常常看起來一副靈魂出竅的呆呆模樣，但她知道男孩很善良，這點她從來沒有懷疑過。女孩喜歡看男孩餵食流浪狗的專注表情，不管工友伯伯怎麼責罵男孩，說野狗很髒會咬人等等，但男孩總是將早餐三明治中的火腿片留著餵狗。

女孩還注意到，男孩餵狗時並不會將火腿片丟在髒髒的地上，而是將火腿片放在掌心由狗兒咬去，這種貼心的小動作溫暖了女孩的心，她替那條受到尊重的流浪狗感到高興。

小小的流浪狗拾階走上溜滑梯，尾巴像翹鬍子一樣捲了起來，站在男孩的身旁猛吐舌頭。牠叫作麥克，是男孩爲牠取的名字。麥克剛剛啃過男孩特別留下的早餐，此時也是牠一天中最期待的時光。

「今天最後一次了喔，麥克！」男孩說著，將書包交給女孩，把麥克抱在懷中滑下長長的溜滑梯，麥克興奮地大叫。

女孩看著溜滑梯下的男孩與搖尾傻笑的麥克，不知怎地，女孩心中有種非說不可的感動。

「那以後我嫁給你好不好？」女孩大叫。

男孩嚇到了，但他的臉上盡是隱藏不住的喜悅。

「好哇！」男孩小聲地說，頭點個沒完。

在小學二年級，一個叫聖耀的小男孩找到他人生的第一次愛情，那時他坐在溜滑梯下緊張得不知如何是好，一頭叫麥克的快樂流浪狗在他的臉上留下好多口水。

而女孩，佳芸，坐在溜滑梯上拿著快要吃完的甜筒開心地笑著，這也是她甜美的初戀。

男孩覺得自己很幸福。

但，這不是一個愛情故事。

女孩最後並沒有嫁給男孩。

那天聖耀的爸爸接他回家後，過了半小時，女孩的家長著急地打電話詢問聖耀女兒的行蹤，聖耀嚇哭了，他整夜未眠。

他不該留下女孩一個人的。

從此，女孩一直都沒在校園裡出現，身旁的座位、溜滑梯、鞦韆、翹翹板，全都不再有女孩的身影，聖耀很傷心。

有人說，小女孩被綁架撕票了，但聖耀根本不相信，因爲小女孩的家裡一點都不富裕，警察一定是什麼地方弄錯了。

而且，女孩自己說要嫁給他的啊！怎麼會莫名其妙地消失？

「不要哭，男孩子要勇敢一點。」聖耀的爸爸這樣說，拍著聖耀的肩膀。

聖耀的爸爸是個溫柔的大傢伙。

「嗚——我不要勇敢——我要佳芸回來——」聖耀哭著，站在佳芸家破舊的小房子前，希望牆上的尋人啓事能夠早日撕下。

那時，聖耀第一次感受到自己身上悲哀的命運。

那時，他還不知道，那股悲哀的命運開始牽繫著他、糾纏著他。至死方休。

第02話

同一年，聖耀的爸爸也失蹤了。

沒有人知道聖耀的爸爸去了哪裡，也沒有人在河邊、山上、竹林裡發現聖耀爸爸的屍首，美好的一切被蒸散成海市蜃樓，不再被依靠。

過了兩年，聖耀的媽媽絕望了，她帶著年紀小小的聖耀改嫁給一個有錢的醫生。那醫生是聖耀媽媽高中時的男朋友。

醫生對聖耀很好、也盡量照顧到聖耀思念親生父親的心情，醫生很體諒聖耀遲遲不肯叫他爸爸的原因：聖耀始終相信他親生父親還活在世上的某個地方，只是爲了某種原因不能跟他們母子見面。

但是，善良的聖耀對醫生叔叔感到十分愧疚，因爲他知道醫生叔叔一直努力爭取自己的認同，但聖耀一直到國中一年級，還是只稱呼醫生爲叔叔，聖耀生怕他一旦開口稱呼醫生叔叔爲父親，他的親生爸爸就永遠不會再出現了。

而今天，在這個特別的節日，聖耀終於決定給醫生叔叔一個特別的禮物。

「今天是父親節，這是送給你的。」聖耀拿出一個黑色的袋子，裡面裝了一顆深灰色的名牌保齡球。

「謝謝！叔叔好高興！」醫生叔叔笑得闔不攏嘴，他是保齡球的業餘高手。聖耀在父親節送他禮物，這還是三年來頭一遭，其中的深意他當然明白。

「我不知道你的手有多大，所以沒有鑽洞。」聖耀說，他看見醫生叔叔開心的模樣，自己也跟著愉快起來。

「謝謝，我愛你。」醫生叔叔親吻了聖耀的額頭，令已經國一的聖耀耳根發燙。

「我也是。」聖耀囁嚅地說。

那一天晚上，醫生叔叔開著賓士轎車，喜孜孜地去運動用品店鑽保齡球的指洞後不久，聖耀的媽媽就接到一通醫院的緊急電話，電話的那頭傳來醫生叔叔的死訊。

醫生叔叔在等待紅綠燈的時候，被酒醉駕車兼逆向行駛的混蛋撞個正著。

唯一慶幸的是，因爲安全氣囊保護的關係，所以醫生叔叔還來得及說完幾句遺言：

一、好痛。

二、別動那裡。

三、痛死了。

四、混帳！快給我注射高劑量的嗎啡！

五、好痛啊。

六、謝謝你，聖耀。

聖耀就這樣失去第二個父親，就在他認同這個溫柔的男人爲父的那一天。

第03話

「你怎麼這樣倒楣？」

「我自己也很想知道。」

聖耀嘆口氣，在桌子上亂塗亂畫。他雖然已經不想當漫畫家了，但還是有一雙靈巧的畫手。

今年聖耀剛上國三，雖然他繁重的補習課排得滿滿的，但他的功課卻未見起色，總是在班上的最後幾名打轉，說他笨也不是，說不用功倒也還好，聖耀只是無法全心專注在課業上。

愛情就是這麼一回事。

「後來呢？你媽媽不是又嫁人了嗎？」一個眉清目秀的女孩子問道。

她叫什麼並不重要，因爲她的命運正與聖耀的命運產生某種聯繫。

「對啊，她嫁給開計程車的王爸爸，後來又嫁給現在開貨運公司的張叔叔。」聖耀說，關於這樣的答案，他自己也很無奈。

「又嫁了兩次？」女孩眼睛睜得好大。

「嗯，王爸爸死了，走在街上被摔下的招牌砸死的。大家都說我媽媽有剋夫命，讓我媽媽聽了很難過，只有我知道不是，其實是我害死了三個爸爸。」聖耀說，他對自己的命運開始有些模糊的揣測。

「爲什麼？不要這樣想啦！」女孩安慰著聖耀。

「是眞的。」聖耀的頭輕輕敲向桌子，敲著敲著，像顆裝了金頂鹼性電池的木魚。

第一個爸爸失蹤了，第二個爸爸跟第三個爸爸都在聖耀認同他們爲父的日子橫死，這令聖耀懷疑自己身上是否揹負著剋父的厄命。所以，不管現在開貨運公司的張叔叔對他多好，聖耀都冷漠以對，深怕張叔叔又給自己剋死了。

「今天放學後你有補習嗎？」女孩突然問道，臉紅了。

「有啊，不過不去上也沒有關係。」聖耀說，拿著橡皮擦拭去桌上的塗鴉。

女孩幫忙聖耀將擦屑撥到桌子下，又說：「嘻嘻，那我們去拍大頭貼好不好？我發現有一台新大頭貼機器在我家路口，圖案很可愛喔！」

聖耀心中一甜，他是喜歡這個女孩的。

「嗯。」聖耀笑說，女孩看到聖耀臉上的笑容，也在心中比起勝利的手勢。

隔天，聖耀揹著貼有女孩跟他大頭貼合照的書包，騎著腳踏車愉快地來到學校，但旁座的女孩卻沒有出現。

到了中午，禿頭導師帶來一個令人難過的噩耗：女孩昨天放學回家時，遭街頭警匪槍戰的流彈誤擊，經過一夜的急救卻告失敗，請同學爲她默哀一分鐘。

聖耀傻眼了，他的眼淚一滴滴落下，落在鉛筆盒上的大頭貼上。大頭貼上的兩人臉貼著臉，旁邊寫著「乾哥乾妹，first date！」。

聖耀不明白爲什麼自己再度失去生命中重要的人。

他拒絕明白。

因爲他害怕他看不到的陰暗魔手。

「爲什麼會這樣？」

聖耀自己問自己，他心中的恐懼與悲傷各佔一半。

隱隱約約，他知道自己的人生完蛋了。

第04話

過了一個月，學校要畢業旅行了，目的地是墾丁，聖耀帶著滿腹的苦悶坐上遊覽巴士，看著窗外，暗自嘆息女孩無法同大家玩樂。

聖耀的三個摯友知道他心情惡劣，沿途刻意跟他談天說笑，四個人擠在車後打牌，從梭哈、大老二、撿紅點、二十一點，一直玩到抽鬼。

但抽鬼才玩了七輪，大家的臉色卻頗異樣。

聖耀已經連續七次從一開始就拿到鬼牌，但在頻繁的相互抽牌過程裡，卻沒有人抽到過聖耀手中的鬼牌。一次都沒有。

鬼牌好像黏在聖耀的手指上，誰也無法將它扯掉。

「不要玩了好不好？」聖耀突然說，臉色極爲蒼白。

「嗯。」千富假裝冷靜。

「好啊，玩別的吧。」國鈞也說，顫抖地洗著牌。

「看錄影帶啦，都不要玩了。」志聰比較膽小。

其實玩什麼都不重要了，因爲遊覽車在瞬間翻覆，速度之快，車廂內幾乎沒有人來得及發出應景的尖叫。

等到車子四輪朝天地躺好，女生盡情扯開喉嚨時，聖耀卻盯著三個血流滿面的摯友發愣。

他知道躲在自己陰暗命運中的魔手再度伸出，奪取自己人生的一部分。

血在聖耀四周滴著，啪答、啪答。

千富、國鈞、志聰，眼睛睜得大大地呆看著聖耀，無言地詢問聖耀身上不安的恐怖力量是怎麼一回事？聖耀恐懼這樣疑惑又無助的眼神，卻又無法迴避好友臨死前的目光。他知道是自己害了他們。

意外過後的傷亡清點，更印證了聖耀心中默默演算的恐怖公式：車上所有的師生都只有輕微的擦撞傷，只有車後的三個學生死亡。

恐怖的公式，推演出絕望的人生。

「是不是跟我有親密關係的人，都會死掉？」聖耀痛苦地問。

「一點也沒錯。」算命先生篤定地說。

第05話

地下道。

「每個人都會死，只是遲早的事。」算命先生自以爲幽默地說。

「尋我開心！」聖耀大罵，站起來就要走。他不認爲自己的命運有任何可笑之處。

「年輕人眞開不起玩笑。」算命先生努力撐起笑臉，拉著聖耀請他坐下。

算命先生仔細打量著眼前這位穿著國中制服、滿臉氣憤的小夥子，猜測他腦子到底裝些什麼，自己應該如何將他身上的錢掏個一乾二淨。

地下道裡還有五、六個以算命維生的老江湖，算命先生若不把聖耀喚住，這筆活生生的生意鐵定飛到別的攤子。

「說完你的故事，該把你的八字給我算算吧？」算命先生拿著毛筆，煞有介事地將聖耀唸出的出生年月日時辰抄在紅紙上，滿紙騰墨，他可是這條地下道有名的「王飛筆」。

聖耀期待地看著算命先生的毛筆時而飛揚、時而頓挫，王飛筆一皺眉，聖耀的心就往下沉了一吋，算命先生微微點頭，聖耀的眼睛就睜大了一分。

「有沒有解？可不可以改運？」聖耀急切問道。

王飛筆心中嘀咕著，他開始懷疑這位命運乖違的少年剛剛說的故事是不是編的，要來考驗自己的眞功夫？

「小朋友，你的命盤雖稱不上大富大貴，但也是中上之姿，命中且無大災大難，更時有偏門小財，功名雖不順遂，但你天性善良純樸，故能立小家成小業，四十歲若能把握一個好運道，還有機會聚大財。咳，就算你把命盤給別人算，也是差不多的說法。我說你——剛剛的故事是編的吧？」王飛筆淡淡地說，拆算八字這種基本命理他還是懂的。

「當然不是編的！我爲什麼要把錢浪費在編故事上？」聖耀微怒。

「讓我看看你的相貌。你的五官堂堂，面貌格局尙佳，唯一的缺點是略犯桃花，但這也不是什麼罕見的缺失啊？若說你的遭遇奇慘，這也不對，你印堂紅潤，絲毫不見發黑患紫之相。眞是怪了。」王飛筆沉吟著。

聖耀知道王飛筆並沒有在唬弄他，但他身邊的人一個個橫死非命，卻也是不爭的事實。

「把你的手給我看看。」王飛筆看著聖耀狐疑的眼神，開口說道。

聖耀將左手遞給算命先生，手掌打開的瞬間，王飛筆竟嚇得大叫，往後摔倒在地。

「怎麼？」聖耀的心中有些害怕，又有些高興。害怕的是，或許王飛筆看出他命運中某個恐怖的缺陷；高興的是，既然知道缺陷是什麼，應該就有機會彌補！

「不要靠過來！」王飛筆嚇得踢翻椅子，阻止聖耀將他拉起來。

「我的掌紋很怪嗎？哪裡怪？」聖耀突然害怕起自己的掌紋，甚至不敢看它。

「對不起！我跟你說對不起了！對不起！求求你走開！」王飛筆歇斯底里地叫著，眼淚甚至快掉下來了，淒厲的叫聲迴盪在燈光慘白的地下道裡，頭上的日光燈突然忽明忽滅。

聖耀在這樣妖異可怖的氣氛下，自己也給嚇得發抖。恐懼彷彿自手掌上擴散開來，變成可以觸摸的魔物；更可怕的是，它就長在自己的身上！

「我該怎麼辦？」聖耀呼吸有些困難，大聲問道。

「快走快走！是我不好！是我不對！」王飛筆哀求著，卻不拔腿逃走，難道是腳軟了？

此時地下道裡其他的算命先生全都聚了過來，他們很好奇一向飛揚跋扈的王飛筆怎會倒在地上鬼叫，難道是拐錢被揭穿了？

「大家救我！救我！」王飛筆幾乎慘叫。

「什麼事大驚小怪的？」瘦高的老算命仙瞇著眼說，朝冷汗全身的聖耀看了幾眼。

一個胖大光頭算命仙哈哈一笑，他叫胖八卦，畫符鎮邪是他的專長，說：「再可怕也不過是七衰九敗，要不就是死煞聚頂，至多是天煞孤星！凶是凶，但銀兩越多貧道的法力就越高，沒什麼解不了的！」

王飛筆慘白著臉，並不答話，只求得逃離現場。

「請幫我……請幫幫我……」聖耀緊張地打開雙掌，平舉齊胸。

「操你媽！」胖八卦瞠目大吼，迅速從懷中掏出一疊鬼畫符撒向聖耀，往後急躍，一顆胖光腦袋砰然撞上牆壁。

「我的掌紋很恐怖？快救救我啊！」聖耀幾乎要暈了，尤其在這翩翩飛舞的符蝶中。

其他的算命先生一個閉目誦經，一個瘋狂在額頭上結各種密宗手印，一個倒真的拔腿就跑，雖然他邊跑邊跌倒。

唯一堪稱冷靜的，就是瘦高的年邁算命師，他儘管雙腳發抖，卻還像個高人模樣。

「老先生！你一定要救我！」聖耀哭道，立刻就要拜倒。

老算命仙大吃一驚，急忙大喊：「千萬別跪！我幫你看看！」

「真的？」聖耀不禁面露喜色。

老算命仙嘆了口氣，引聖耀來到他的小攤子前，說：「我這個老傢伙也沒什麼了不起，本事並不比其他幾個同業高明，只是勝在我一把年紀。」

聖耀心想：年紀大一點，果然比較有世外高人的風範。

「老傢伙少活幾天也沒什麼了不起，哈。」老算命仙乾笑，其實他心底也是怕得要死，但他有副好心腸，他不忍心這年輕人孤單地面對可怖的凶命。

「我……我到底？」聖耀的嘴唇發白，擦了擦眼淚。他不明白，自己又不是什麼壞蛋，憑什麼要帶著這麼恐怖的機車掌印。

「你沒有掌紋。」老算命仙捧住茶杯的雙手發顫，茶杯還未就口，茶水已濺出杯子。

「我有啊！」聖耀瞇著眼，害怕地確認了自己的掌紋。

掌紋四平八穩地躺在掌心，理絡分明。

「那不是掌紋。」老算命仙深深吸了口氣，鼓起勇氣說。

「不然那是什麼？」聖耀的眼淚又掉了下來。

「那是惡魔的臉。」老算命仙的假牙發顫。

空蕩蕩的地下道，頓時颳起陰風陣陣。

聖耀張大了嘴，汗水啪噠啪噠滴在木桌上，老算命仙潤了潤硃砂筆，示意聖耀把手掌打開。

「這個掌紋活脫就是一張惡魔的臉。」老算命仙用硃砂筆在聖耀的手掌上，順著掌紋的脈絡畫出一個極其恐怖的魔鬼臉。

聖耀的左手劇烈發抖，鮮紅的硃砂宛若死亡呼喚的烙印，深深炙在他的掌心。

「不過，小子，我們怕的不是這張臉，而是你打開手掌的時候，有種很絕望又恐怖的氣息從手掌中竄流出來。」老算命仙放下硃砂筆，閉上眼說道：「這是很直接的，只要有過幾年靈修的人都能立刻察覺，所以大家才會那麼害怕啊！」

「有救嗎？我……我還有多少……多少日子好活？」聖耀咬著嘴唇。

「要死，你應該已經是個死人了。」老算命仙把硃砂筆折斷，丟在一旁的紙錢簍裡，又說：「但，小子，這麼絕望的命根找上了你，你卻還能沒死，可見大有道理。」

「我看……我……我看沒什麼道理！」聖耀完全無法理解。

老算命仙若有所思地說：「說說你的事？任何你覺得應該說的事。」

於是聖耀便將自己悲慘的一生匆匆簡述一遍，還加上自己歸納出的恐怖公式，老算命仙邊聽邊發毛，他這輩子聽過的怪事莫此爲甚，比起什麼厲鬼勾魂都要可怕得多。

「說完了。」聖耀自己也感毛骨悚然，說：「我有救嗎？還是我乾脆自殺算了？」

「我不知道，我在這裡擺攤擺了二十多年，對於這樣的凶煞掌紋，還有這樣的人生，都還是第一次見到。」老算命仙誠實地說：「也許這幾天我翻翻幾本前人留下來的老舊掌譜研究一下，或可得到一些線索，只要你活得越久，就越可以跟我的猜測相互印證。」

一向很有禮貌的聖耀終於崩潰，按捺不住說道：「難道你現在不可以給我一些建議？或是畫幾道符貼在我身上？或是把我的手掌給砍下來！」

老算命仙忙道：「那些都不會有用的，除了死，你完全沒法子擺脫這個凶命。」

聖耀感到失態，說道：「對不起。」

老算命仙低眉沉思片刻，說道：「我猜想，目前的猜想……就跟你認爲的公式很接近，你的人生就像一場淒慘的瘟疫，所有沾上你人生的人，越是親密、越是靠近你人生的親朋好友，就越會被你的人生吞噬，然後茁壯你的凶命。」

聖耀並沒有懷疑老算命仙的話，他彷彿已作了這樣糟糕的打算，但他忍不住問道：「那我媽媽怎麼沒事？」

老算命仙皺眉道：「或許快了。」

聖耀一驚，急道：「如果我自殺了，我媽媽可不可以不死？」

老算命仙忙道：「千萬不可做如此想！你要知道，是凶命找上你，而不是你找上凶命。要是你死了，凶命還會找上別人，直到凶命的使命達成爲止！要是你能夠跟凶命諧和一致，就可以避免其他人受害！」

聖耀大哭：「我怎麼可能跟這隻魔鬼手諧和一致！」

老算命仙篤定地說：「你到現在都還沒死掉，可見你一定跟它有恐怖共存的因緣！」

聖耀的哭聲不止，一個國中生怎能接受自己跟恐怖凶命有某種緣份？

老算命仙連忙安慰道：「你奇特的命運一定具有某種了不起的價值，古來聖王將相皆有旺陽天命相授，你的凶命極陰奇敗，說不出的恐怖怪異，但既然它選上了你，可見你將有無比驚人的未來！」

聖耀哭得更厲害：「那你的腳爲什麼一直發抖！」

老算命仙汗涔涔，說道：「老傢伙時日無多，但也對莫名橫死心存畏懼啊！」

聖耀幾乎要抓狂了，他是個善良的孩子，他憎恨擺脫不掉的凶命，卻也不願將凶命拋給無辜的別人。他深刻了解這種不斷失去親朋好友的悲傷。

但，若他不將凶命拋給別人，所有跟他關係親密的朋友、親人，也都將死得乾乾淨淨，他們又何嘗不是無辜的呢？

「那我該怎麼辦？」聖耀的頭用力撞向桌子，碰碰作響。那是他消解壓力的唯一方式。

「我也不知道。小子，你別在這裡坐太久，要是你跟我太熟，老傢伙明天就要駕鶴歸西了。」老算命仙緊張地說：「要是我想到什麼建議，你來找我，遠遠就停住別靠得太近，我會把建議丟在地上，你自己撿起來瞧。」

聖耀點點頭，傷心地走了。

「凶命，善人，眞是可悲的絕配。」老算命仙嘆道，看著聖耀的背影遠去。

故事，才正要開始。

第06話

「我該怎麼辦？」

這句話在聖耀的心中盤旋已久。

這樣的人生已經毫無意義可言，親人跟摯友即將一個一個死於非命，這樣的人生簡直是個屁，而且是個孤單的悶屁。

「我不能上高中了吧？」

聖耀看著天花板，心想。要是我上了高中，那麼我將不能有新朋友，因爲新朋友很快就會變成冷冰冰的墓碑，這樣對誰都沒有好處。除了賣棺材的。

「不能上高中，也不能上高職五專，一個國中畢業生能做什麼？」聖耀懊喪著自己崎嶇的前途，但他很快就寬心了。

「笨死了，我要前途做啥？我這種倒楣鬼最適合撿垃圾了，因爲垃圾不會死。」聖耀自我解嘲著，但心情還是黑暗一片。

「哈，總之我是最不能當總統的人了！」聖耀一想到台灣被天外飛來的隕石砸個稀巴爛，不禁苦中作樂地哈哈大笑。

聖耀赤裸躺在床上，兩手手掌都纏上白色的繃帶，繃帶殷紅一片；那是聖耀用美工刀在掌心各劃一個大叉的結果，聖耀希望這樣自殘的舉動可以使凶命破局。

他看了看自己的手，心想：「除了撿垃圾，我還可以做什麼？越孤僻的工作越好，但又能養活自己，又不能靠學歷——」

黃色的床頭燈照在棕黑相框上，相框裡是一張他跟三個死黨穿著制服的合照。三個死黨眞的都是「死黨」了。

「喂，對不起啊。」聖耀愧疚地看著相片。

幾個死黨沒有說話，臉上堆滿誇張的笑容；但聖耀知道，正值青春年華的死黨是不會原諒他的。國鈞將來要當計程車司機，千富要繼承他爸爸的鐵板燒店，而志聰國中畢業馬上就要去加拿大的語言學校唸書。然而他們光明燦爛的未來全卡在遊覽車上，再也無法前進。

聖耀在腦中計算著目前死去的親人，大前年死了兩個，前年死了五個，去年死了九個，眞是屍橫遍野，自己好像買了張年年漲停的死亡股票。

「不過今年親戚裡只死了小表弟一個人，情況好像比較緩了——不對，那是因爲大家都死得差不多了。」聖耀數著數著。

此時聖耀聽見輕輕的敲門聲，聖耀趕緊穿上衣服，將門打開。

媽媽拿著燉好的雞湯走了進來，默默地坐在床邊，她心疼地看了看聖耀綁滿繃帶的雙手。

「我們再去找別的算命先生看看，說不定不是那樣的。」媽媽的眼睛堆滿了淚水。

「媽妳不要哭，那樣我也會哭出來的。」聖耀用手上的繃帶拭去媽媽眼中的淚水。

「媽媽知道潭子有間濟公廟，裡面的濟公活佛很有名的，明天我們就去——」媽媽說著說著，眼淚又掉了下來。

「好，妳住址給我，我自己一個人去就行了。」聖耀安慰著媽媽，他心裡也有些許希望，畢竟濟公是神佛，神佛是搞濟世救人的，不是搞算命賺錢的。

「媽媽不怕，媽要陪著你去。」媽媽哭著，她甚至比自己的孩子難過。

「那樣我就不去。」聖耀堅持。他不能再失去母親。

此時打開的房門邊，躡手躡腳走進一隻黃色的老狗，雙腳貼在床緣。牠不再年輕，再也無法一躍跳到聖耀的床上。

「麥克，不知道你什麼時候會離開我。」聖耀抱起麥克，讓牠四腳朝天躺在聖耀的大腿上。

自從聖耀的國小開始捕捉野狗，聖耀就把麥克帶回家避難，一避就是五年。

「那媽媽打電話去問住址。」媽站了起來，指了指雞湯：「要喝光光。」

「知道了，麥克會保護我的。」聖耀笑著，在媽媽面前他要勇敢。

麥克點點頭，咧開大嘴吐舌，露出所剩不多的牙齒。

就這樣，隔天聖耀搭上計程車，一個人前往潭子濟公廟問命改運——

「也就是說，弟子沒事？」聖耀驚喜問道，這眞是天大的好消息。

乩童微晃著身體，神智迷濛地點點頭。

「那這個呢？」聖耀興高采烈打開手中的繃帶，露出被打了個大叉叉的魔鬼臉。

「滾！」扶乩的乩童大吼，神智頓時清朗無比。

「還是不行？」聖耀哭喪著臉。

「滾！」乩童嘶聲厲喊，胯下的椅子頓時碎裂，一屁股跌在地上。

聖耀落寞地離開，從此，他不再問神拜佛。

不是因爲神佛幫不了他，而是他怕莫名其妙誤殺了某個民間信仰。

不過，還有一個人可以給聖耀意見……至少，在他們還沒熟絡起來前。

第07話

冷冷清清的地下道裡，貼滿了尋人啓事、失蹤人口海報、各種直銷公司教你發大財的文宣，以及聖耀一走下去，就開始忽明忽滅的日光燈管。

遠遠地，聖耀看著一個破舊的老算命攤。幸好，老算命仙是個大膽的好心人。

老算命仙的攤子前有個中年婦人滿臉哀愁，不斷詢問離家數月的丈夫何時歸來，老算命仙卜了個卦，嘆氣搖搖頭，細聲開導中年婦人。

聖耀耐心地站在賣廉價圍巾的攤販前，等著老算命仙的指示。

許久，中年婦人終於落寞地離開。

老算命仙若無其事地拿起毛筆，在地上撿起一張失蹤人口的協尋文宣，在背面寫了幾個字，揉成一團，隨意丟在地上。

聖耀彎腰撿起它，感激地看了老算命仙一眼，老算命仙閉上眼睛，專注地聽著收音機嘰嘰喳喳的廣播，好像根本沒看見聖耀似地。

聖耀打開紙團，裡面寫著：「黑道王者，亡黑道者。」

第08話

這就是凶命的用處？進入黑社會，用與生俱來的凶命殲滅所有的暴力組織，這或許眞是凶命唯一的用途。

但，聖耀知道這個任務一點也不適合自己。他沒有當流氓的惡質資材。

聖耀無法想像自己有把尖刀刺進別人身體裡，把內臟攪得亂七八糟的狠勁。聖耀當然更無法想像，自己必須跟一大群樂意把尖刀刺進別人身體裡的牛鬼蛇神相處，甚至當上這群流氓的老大！天知道哪一天自己會被砍成什麼難以辨認的模樣，這比自殺恐怖太多了，說不定凶命就是在等善良的自己被亂刀砍死的倒楣時刻。

「不如進立法院吧，那裡的流氓比較高階，至少不會整天動刀動槍的。」聖耀坐在椅子上想著，反覆端詳老算命仙寫給他的紙條。

也許，把立法院裡的黑金流氓都除去，是件比毀掉基層黑社會還要偉大的事業，畢竟流氓的層級計算，很可能不是依照凶殘的程度，而是與流氓所搜刮的金錢數目成正比。

「不行，要是好的立委也一齊死光光了，那樣也很麻煩，況且人家也是有家庭的。」聖耀總是爲他人著想。

況且，要當上立法委員，恐怕要先死上一堆樁腳、選民、助選員、共同參選的候選人，自己簡直是踩著鮮血跟冤魂「選」上立法委員的。

「總之，我的前途要不就是黯淡沒希望，要不就要死上一堆人，我簡直是天生的大魔頭。」聖耀的頭叩叩答答地敲著桌面，相當苦惱。爲什麼一個國中生要煩惱這種離奇的鳥事?!

這時，聖耀的媽媽敲著門，聖耀輕拍自己的雙頰，打開了門。

媽媽憂心忡忡地，拿著一大碗紅豆湯放在桌上，她看見聖耀額頭上紅通通的，忍不住又補上一記爆栗：「又在撞桌子？」

「唉。」聖耀拿起湯匙，舀起一口湯，滿臉無奈。

「先跟你說，媽絕不願意你去當流氓。」媽媽嚴肅地說。

「放心啦媽，我也不敢啊！」聖耀喝著紅豆湯，紅豆湯的甜度是他最喜歡的。

「那你要考高中還是五專嗎？」媽媽問，臉色稍緩。

「可以不考嗎？我怕唸的學校會燒掉。」聖耀苦笑，他很認眞。

「媽也不贊成你去考，但媽也很擔心你以後要怎麼辦。再怎麼說，不管你的命多……多奇怪，媽都希望你不光是平平安安，生活也能很安穩啊。」媽說。

「生活要過的安穩其實並不難，只是薪水一定不多。」聖耀安慰媽媽：「但日子一定比當流氓好，至少問心無愧。」

「那？」媽媽說。

「我去當端盤子的吧。」聖耀說，一口氣把紅豆湯喝光光。

「那怎麼行？你總不能端一輩子的盤子吧！」媽媽著急地說。

「那就邊端邊瞧吧。」聖耀堅定地說。

「阿耀——」媽媽不知道該說什麼。

「不要為我擔心，兒孫自有兒孫福。」聖耀擠出一個微笑。

媽媽不再異議，只是憐惜地看著自己的孩子。

孩子揹負著奇凶的命運出世，做媽媽的，心中總是掛著深沉的自責。

媽媽只希望，她能夠在凶命的威脅下，陪著苦命的孩子久一點，再久一點。

甚至希望，她能看見孩子脫離凶命的那一天。

就這樣，聖耀在國中畢業後（他沒參加畢業典禮，以免典禮會場崩塌），就以小小的年紀，穿上白色襯衫、黑色打褶褲、擦得光亮的黑皮鞋，走進歌聲飄揚的民歌西餐廳。

聖耀端起了盤子，就在「光影美人」。

光影美人之章

第09話

光影美人是家沒沒無名的民歌西餐廳，位在市中心地下室，裡面既沒有絢麗的霓虹光影，也沒有冶艷的美人，只有稀稀落落的顧客，還有幾乎閒著沒事、坐在一旁打瞌睡的服務生。

也因爲位於地下室的關係，光影美人總是欠缺新鮮的空氣與陽光，給人一種不夠乾淨、昏昏濛濛的感覺，牆上的海報長年沒更新過，張雨生稚氣地戴著黑框眼鏡，呆呆在牆上乾笑著。據說張雨生的跑車還沒撞上安全島之前，也曾在這裡駐唱過一段日子。

但不管光影美人是否擁有過一段精彩的歷史，它現在正走向腐爛卻是無從爭議的事實。

聖耀在光影美人裡，總是沉默寡言地坐在角落裡，等待盤根在椅子上的老顧客離開，自己好收拾沾滿菸灰的杯盤，有時還要清理黏在大理石桌上的鼻屎。

光影美人裡的服務生有兩個，駐唱歌手也只有三個人。老闆只請得起這些。

一個歌手叫大頭龍，顧名思義是個腦瓜子很巨大的傢伙。他的電吉他演奏會不定期在週一或週二登台，他擅長以飛快的指法，熟練演奏沒有聽眾的自創曲，大聲吼著沒人能夠理解的歌詞，一邊吼還一邊大叫：「Come on！把手舉起來！大聲一起唱！」然後客人連噓聲都懶得放。

聖耀不知道爲何大頭龍能持續不輟地貫徹自己的音樂理念，也不明白老闆爲何願意花錢請大頭龍登台。

週三晚上的歌手是個老頭子，顧名思義就是個老頭子。老頭子擅長演唱深情款款的日文老歌，雖然聖耀總覺得老頭子的日文好像不大標準，但老頭子擁有十幾個固定的歐巴桑、歐吉桑老歌迷，他們總是一邊下棋一邊聽著老頭子的暖暖腔調。

週四跟週五的歌手是老闆兒子自己組成的樂團，是個四人團體，顧名思義是個由四個人組成的樂團。聖耀總是一邊聽著他們的演奏一邊笑在肚子裡。這四個人不知道是在演奏還是在搞笑，他們的節拍出奇地錯亂，除了拿著三角鐵卻梳著龐克頭的女孩偶爾還能維持節奏外，拿著響板跟鈴鼓的雙胞胎光頭兄弟根本是亂搞，吹著高音笛的老闆兒子更是污辱音樂的敗類。

除此之外，這個四人組合除了張學友的〈吻別〉以外，其他任何一首歌都不曾碰過，整個晚上他們就杵在昏暗的台上，不斷重複演練同一首歌，由此可見顧客們耐心之驚人。

週六跟週日，老闆乾脆開放客人自己隨興上台表演，或是要求服務生上台秀兩手。有時聖耀會靦腆地拿著麥克風，唱唱最近聽到的新歌，另一個服務生則表演踢毽子或吹口香糖泡泡。

荒唐的地方，不知道什麼時候會經營不善倒閉。

不過，聖耀挺適合在光影美人裡端盤子。

在光影美人，聖耀儘量避免跟任何人過於親暱，也正好這裡的環境無比枯燥，人與人之間的互動同樣單調，除了顧客偶爾招招手要他過去點菜，根本不會有人來搭理他。或許光影美人真是「凶命」的最好歸宿吧？

但寂寞是一種病；不會致命，卻比致命還要致命的病。

聖耀在毫無生機的光影美人裡，呼吸到的也是毫無生機的空氣，回到窄小的租屋時（聖耀不敢同媽媽住在一起），除了滿櫃的ＣＤ陪伴著他的聽覺，其他一片空白。聖耀彷彿將自己封鎖在一個孤絕的小島上，將離島的小船砸沉，日復一日，缺乏友情的糧食幾乎將他活活餓死。

偶爾，聖耀會翻翻刻意撕掉通訊錄的畢業紀念冊，看看那些逐漸陌生的臉孔，那些臉孔因為長期泡在鹹水裡，顯得更難以辨認。

儘管臉孔難以辨認，聖耀從沒忘記有朋友的感覺。但大頭貼上女孩的笑臉，每夜都提醒聖耀：孤立自己，對任何人都好。甚至是聖耀溫柔的母親。

離家前，聖耀下跪要求母親放棄他這個兒子，母親痛哭絕不答應，聖耀只好採取折衷的方式跟母親保持聯繫：聖耀每週日深夜零時都會打通電話回家報平安，母子倉促在三分鐘內猛聊，三分鐘過後，聖耀便會狠下心掛掉電話。

「這樣的人生還要持續多久？」聖耀看著窗外的星光哭著。

今天，聖耀十八歲。

小小的桌子上，插滿蠟燭的巧克力蛋糕孤單，音響的歌聲寂寞，窗子旁的人兒傷心。

「告訴我！這樣的人生還要我活多久！」聖耀看著刻滿叉叉的手掌哭泣。

手掌沒有回答，惡魔的臉只是獰笑。

「你找上了我，就別再讓其他人跟我一樣受苦，這輩子就我倆一起寂寞吧。」聖耀看著惡魔掌紋說。這算是他的十八歲生日願望。

燭光沒有被吹滅，聖耀希望它能陪伴蛋糕久一點。他心裡幽嘆此生孤家寡人一個，鐵定光棍到死，娶妻喪妻，生兒死兒，剛剛握在手中的，一眨眼就漏空了。

「我的人生就是一直在丟東西。」聖耀看著燭光熄滅在奶油裡。

燭光熄了。

悲傷的十八歲生日也結束了。

「鈴——」電話聲。

這支電話只有家裡知道。

隔天，聖耀的臂上別上一塊黑紗。

聖耀失去人生最後一塊，溫柔的存在。

「媽，我愛妳。」聖耀合掌。

親愛的母親，請在天上照看苦命的兒。

第10話

「阿耀，你要有心理準備。」老闆坐著，菸已抽了兩包，卻沒半點憂容，一副理所當然的樣子。

「我知道。」聖耀應聲。

光影美人倒閉的時間終於來了，關於這點，任何人都不會意外。

上個禮拜，擁有最多固定客源的老頭子失蹤了，老頭子的家人也不曉得他上哪去，還有幾個警察到店裡問東問西的；勉強支撐店內開銷的財源斷了，老闆隨時都會結束賠錢的生意。

大頭龍揹著電吉他，坐在椅子上咬手指頭，滿臉愁容。他已經夠窮了，要是失去每個月唯一的收入五千塊演唱費，眞不知道大頭龍會不會餓到把手指吃掉。

老闆兒子那見鬼的樂團，失魂落魄地坐成一個圈圈，討論著解散後各自單飛的計畫，敲三角鐵的龐克女孩堅持要辦一場盛大的告別演唱會，其他人點頭稱是。

沒有半個客人，聖耀癱在椅子上看報紙，愛踢毽子的另一名服務生依舊踢著毽子。對了，他這幾年跟聖耀說過的話不超過一百句，所以可以提提他的名字，阿忠。

「老闆，你有沒有認識的地方推薦我去做？」阿忠踢著毽子道。他也只有國中畢業，除了踢毽子外沒有別的長處。

「我看看。」老闆意興闌珊。

大頭龍覬覦地看著老闆，問：「頭仔，有沒有認識我可以唱的店？」

老闆果斷地搖頭：「沒這種地方。」

大頭龍嘴角微揚，說：「我紅了一定不會忘記你的。」

老闆堅定地說：「不會有這種地方。」

聖耀拿著報紙，在求職欄上用紅筆畫了幾個圈圈，都是洗碗端盤子的工作。聖耀並不為工作的事犯愁，只不過麥克在媽媽死掉後，就跟聖耀住在一起，總不能連麥克都跟著他一起挨餓。

他摸著臂上的黑紗，他的心已經死了一大半。

但，凶命自有安排，凶命有它自己的想法。

齒輪轉了。卻沒有人能夠聽見齒輪巨大的契合聲。

此時，踢踢踏踏的腳步聲自樓上緩緩接近，是馬靴的節奏感。

「誰啊？我們店裡沒有穿馬靴的客人啊？」聖耀心中嘀咕著。

一個女孩子拿著剛撕下的徵人廣告，細長的眼睛環視了餐廳中頹廢的每個人。

女孩子穿著破洞牛仔褲、畫著核爆蘑菇頭的黑色T-Shirt，頭髮勁短，劉海挑染成淡淡鵝黃色，銀色的耳環顯眼地吊在耳洞上，她自信的外表卻隱藏不住急躁的心跳。

聖耀打量著女孩，她的個子瘦高，大約有一百七十二公分吧，比自己足足高了半個頭，她拿著一把電吉他，想必是來應徵不被需要的駐唱歌手。

「對不起，我們不徵人了，要不要抽根菸？」老闆懶散地說，拿出菸盒。

「為什麼？」女孩問，細長的眼睛突然變得又圓又大。

「店要收起來了，不做了。」老闆不知廉恥地笑著。

「為什麼？」女孩又問，她的單眼皮變成雙眼皮。

「沒客人啊！」老闆哈哈大笑。

「我不管。」女孩生氣地說：「給我一個機會，我會讓這裡擠滿客人！」

大頭龍頗有興味地看著女孩，說：「沒用的，我試過了，這個城市沒有懂得欣賞好音樂的人類。」

老闆兒子附和：「沒錯，我們都是生不逢時。」

女孩一副受不了被愚弄的神情，一掌用力打向大理石桌，大聲說道：「謝佳芸！從今天起在這裡唱歌！」

所有的人都看得目瞪口呆，尤其是聖耀。

謝佳芸？

聖耀詫異地看著眼前的女孩。

這個名字他從未忘記。不可能忘記。

「妳要唱歌也是可以啦，不過可能要等這邊換老闆了。」老闆打哈哈說道：「我已經試著找人頂下這間破餐廳了。」

佳芸大聲道：「我今天就要唱！」

老闆無可奈何地說：「我們沒錢請人了。」

佳芸堅決地說：「我今天就要唱！」

大頭龍一副老大哥的樣子，說：「上台露兩手看看？」

佳芸笑了，終於笑了：「好哇！但我要先吃碗飯，我已經兩天沒吃飯了，沒力氣唱歌。」

原來女孩已經窮途末路了，她將這次的應徵當作吃飽飯的最後機會。

老闆也笑了，他雖然懶散，心地卻很溫厚，說：「餐廳裡錢沒有，飯菜倒不缺，阿忠！」

阿忠將毽子踢上半空，一把抓住，說道：「等我十分鐘，包妳吃得走不動！」

阿忠進了廚房，自稱佳芸的女孩靦腆地坐在椅子上，視線不知道該擺向哪裡，剛剛的氣魄偷偷溜走了。

聖耀卻目不轉睛地盯著女孩猛瞧。

「剛剛眞對不起。」佳芸紅著臉，看著老闆。

「不會不會。」老闆爽朗地說：「要不是眞的沒客人了，我們還眞需要一個像樣的歌手，看妳的行頭好像還蠻有一套的！」

「沒錯，我一定行的！」佳芸又變得自信起來，指了指黑色T-Shirt上的核爆蘑菇頭，說：「我的音樂很夠勁！就像核子彈一樣！」

「是嗎？要不要跟我組一個樂團？我們一起去別的地方找機會？」大頭龍躍躍欲試。

「等你露兩手囉。」佳芸笑著。

佳芸不是個很漂亮的女孩，但她的笑很純眞自然，每個人都感到很舒服。

這時阿忠從廚房走出來，捧了碗牛腩飯放在桌上，說道：「請用，包準好吃！」

阿忠刻意堆了好多牛肉塊在飯上，他的手藝不佳，每每以量取勝。

大塊滷牛肉的香味熏得佳芸兩眼閃亮，顧不得形象喜叫：「好棒好棒！對不起了！」

大家看著佳芸把牛腩飯一掃而光，都很替她高興，雖然店裡真的不需要新歌手，但笑容到哪裡都被需要。

「吃完了！我要唱歌了！」佳芸高興地說，拿起電吉他走上表演台。

每個人都開心地看著這個吃飽飯的可愛女孩，蹦蹦跳跳地站在台上，拿起電吉他調弦。

「準備好了沒？」佳芸大聲問道，熱力奔放，彷彿現場有幾千個人頭攢動。

「準備好了！」大夥齊聲說道，也感染了女孩的熱情。

「Let's party！」佳芸興奮地尖叫。

核子彈，就在小小的表演台上炸開！

所有人的瞳孔放大。

阿忠從椅子上摔了下來。

大頭龍的下巴掉了。

聖耀不能置信地喘息。

老闆更是激動地死抓著桌上的玻璃杯，玻璃杯幾乎要給捏碎裂開來。

佳芸的聲音存在於他們無法想像的音域，那股排山倒海的氣勢掙脫了麥克風的音量極限，向四面八方來回撞擊。

不受控制的釋放著，巨大的能量！

「這……」大頭龍的眼淚飆出，喃喃自語。

「我的天……」聖耀手上的報紙被揉成一團。

佳芸興奮地張大喉嚨，左手一揚，音域陡然又往上猛竄一層。佳芸腳一蹬地，雙眼緊閉，音域在一秒內又連奔三層。她的聲音完全沒有保留，轟然穿透每個人的耳朵。

就像佳芸自己宣稱的，她的聲音擁有核子彈的兇猛能量。

老闆手中的玻璃杯終於脆裂。不愧是擁有核子彈能量的噪音！

「夠了！」老闆大叫，可是佳芸完全沒聽見，所有的聲音都被吞噬掉了。

「難怪她會餓肚子。」大頭龍心裡大吼著，跟她搭檔的話，一定會被觀眾丟上台的瓶瓶罐罐砸死。

佳芸低頭大唱，完全陶醉在無法歸類的噪音世界裡，老闆兒子四人樂團已經嚇昏在地上。

「夠了！」老闆大叫，趕緊關掉麥克風音量。

但核彈已經投下，廣島早化爲焦土。

佳芸愣然站在台上，看見魂飛魄散、散落一地的大家，失望道：「還是不行嗎？」

老闆滿臉冷汗，說：「妳試過幾家？」

佳芸落寞道：「十二家，這裡是第十三家了。」

老闆倒在椅子上，嘆口氣道：「再過二十年，也許妳的聲音會大紅大紫，但小姑娘……妳要不要先換個工作？我幫妳介紹幾個地方當服務生？或許不盡妳意，但年輕人要圖個溫飽絕不成問題。」

佳芸哭喪著臉，聖耀同情地看著她，看著這位跟自己初戀的小女孩同名的噪音女。不過聖耀很清楚佳芸完全不具備歌唱的才華。

「妳覺得呢？」老闆好心地問。

「再讓我試一次！」佳芸擦掉快要噴出來的眼淚，大聲說道。

「不用了不用了……」老闆等人忙道。

佳芸皺著眉，說：「我不喜歡唱慢歌，不過沒法子了。」

大頭龍哭喊道：「那就別唱！」

佳芸怒道：「本來以爲會有一個地方收容我唱我喜歡的音樂，可是再找下去我就餓死在街上啦！」

不等大家繼續抗議，佳芸逕自打開麥克風音量，深深吸了一口氣。

剛剛每個人的神經都快被震斷了，大家趕緊摀上耳朵，雙腳打顫。

但佳芸不爲所動，她堅強地抓著麥克風，那是她下一頓飯的機會。

「心中一直跳，心中一直跳，心中一直跳著你的心跳。」

佳芸輕輕唱著，左手自然地揮開：「心中一直等，心中一直等，心中一直等著你的腳步聲。」

光影美人不一樣了。

完全不一樣了。

外面清新的空氣突然鑽進來，陽光偷偷拐了個彎，曲曲折折在樓梯轉角嘆息。

所有人放下擋在耳孔上的手，不由自主。

「月圓掛天際，小橋流月影，此刻的晚風，獨缺一個可愛的你。」佳芸吟唱著，奇異的氣氛暈開，沾染了光影美人的一切。

這是什麼樣的歌聲？

乾淨。

絲毫不帶雜質的天籟。幽幽遊，潺潺流。

原本盤旋在天花板的蒼蠅掉了下來，牠忘記飛行應當振動翅膀。

壁虎踉蹌地滾在地上，牠不記得要怎麼黏在牆上。

聖耀原本死灰的心，竟莫名感動地再度跳動。

短髮挑染的女孩，拿著麥克風，站在早已枯槁的小舞台上，她帶來沒有人聽過的清爽歌聲，捎走了所有人的憂煩。

「老闆，我可以在這裡繼續踢毽子了吧？」阿忠揉揉鼻子。

「當然。」老闆咧開嘴，隱藏不住驚喜。

那是上天帶來的禮物。

老闆知道，從今天晚上起，光影美人，一間又破又爛的民歌西餐廳，雖然還是沒光沒影，卻有一個音色無雙的小美人。

「佳芸。」聖耀喃喃自語，他在心中尋找小女孩的模樣。

那個小女孩，曾經揹著大書包，坐在溜滑梯上，大聲說要當自己的新娘子。

小女孩的臉孔逐漸清晰，跟台上拿著麥克風的女孩臉孔，慢慢疊合起來。

「她是我的新……」聖耀不敢再想下去，他感覺到手掌微微刺痛。

原來，當年失蹤的小女孩並沒有死於非命。

她揹著一把電吉他，把頭髮剪短挑黃，拿著麥克風回來了。

就在光影美人裡。

第11話

光影美人重新開張。

連續三天的免費飲食，引誘了上百個貪便宜的客人，其中不乏以前的老顧客。

他們來了之後，毫無意外全成了光影美人的座上常客，或者說，全都成爲佳芸的專屬歌迷。

沒有螢光棒，沒有安可的尖叫聲，沒有揮動的雙臂，這些黏在椅子上的客人，只是專注地看著佳芸，聽著涓流柔美的美音，聽到飯菜都涼了。

佳芸從不唱流行歌曲，她優美的歌聲載負著的，全都是她自己創作的曲子（雖然，她寫的搖滾快歌數目比起慢歌要多上好幾倍），這個特色吸引了擺滿桌子的錄音機。儘管錄下了佳芸的嗓音，那些客人還是在光影美人中流連忘返。

聖耀也是歌迷，頭號歌迷。

他每晚回到租屋中，便覺佳芸的歌聲還在耳朵旁駐留，滿櫃的CD，卻沒有一張專輯、沒有一首歌，能夠覆蓋住佳芸留在他心中的感動。於是音響成了廢鐵。

甚至，聖耀發現，自己似乎再度愛上了佳芸，這也是毫不意外的必然。

多年來刻意遺忘的愛情，帶著小時候溫暖的記憶，一下子將聖耀捲進難以抵擋的女孩笑顏裡。

但，不管聖耀多麼動心，他的外表都是冷漠與冷漠，還有冷漠。

他跟佳芸之間，只有禮貌性地點頭打招呼而已。

「借過」、「拿去」、「謝謝」、「好」，這是聖耀唯一跟佳芸溝通的四句話。

聖耀心想：佳芸不是上天的禮物，而是凶命呼喚來的。凶命只是想再度給我一個打擊罷了。所以，聖耀總是站在眾多客人的背後，孤單站在黑暗的角落裡，等候收拾冷掉的飯菜。

佳芸唱著，聖耀聽著。

深夜了，聖耀看著媽媽的照片，窩在棉被堆裡，說：「媽，餐廳生意好多了，老闆又請了五個新服務生，所以我把自己藏得更好了，沒什麼存在感，有時候連我自己也發現不到自己。」

媽媽沒有說話，只是笑。麥克趴在地上，眼睛骨骨碌碌看著媽媽微笑的照片，聖耀將手溫柔地放在麥克的脖子上，輕輕地揑著。

聖耀繼續說：「可是我不會特別難過，甚至還有一點點開心說，因為我居然能遇到佳芸，也能繼續喜歡她……怎麼說都是好事，對吧？不過妳也知道，我可不能又把人家害死了。」

媽媽一定同意這樣的說法，聖耀心想。

「不過肯定是我想太多，佳芸身高好像有一百七十三公分，高了妳兒子半個頭，人家一定不會喜歡妳兒子的。」聖耀不知該不該高興。

聖耀又說道：「無論如何，希望佳芸可以在餐廳裡唱久一點，不要太早跳槽。媽妳知道嗎？佳芸的歌聲眞的好棒，一級棒的！上次還有一個老客人聽到捨不得去廁所拉尿，就直接拿杯子尿在裡面，哈！」

聖耀將媽媽的照片擺回床頭，雙手合十拜了拜，說：「媽，晚安，我要睡了。這一個月來我真的很快樂。」

熄了燈，聖耀滿足地進入夢鄉，麥克起身抖了抖身子，鑽進聖耀的被窩裡。

聖耀沒有意識到，被囚命呼喚出的佳芸，她的出場代表了什麼意義。

南太平洋上的蝴蝶振翅，會引發一萬公里外的龍捲風。

第12話

今天是星期二，所有的客人都趁著大頭龍在台上飆歌時，趕緊將飯菜吃完，期待著光影美人的壓軸好戲，佳芸的出場。

趁著表演的空檔，阿忠收拾著碗盤，聖耀則遞上咖啡飲料，客人高聲議論佳芸的歌聲。

這半年多來，聖耀注意到關於這些客人的幾個特色。

舞台正前方經常坐著一個禿頭的星探，他是華納唱片公司的簽約經紀人，他已經注意佳芸一個月了，但佳芸不知爲何，總是對這位禿頭星探不理不睬。

而兩個原本是老頭子死忠歌迷的老太太，包下每個星期二、星期三舞台右前方的位子聽歌，她們總是在佳芸退場後，熱情地介紹某某人的兒子或孫子人品有多好、多有前途，佳芸總是尷尬地陪她們聊上幾分鐘。

當然，還有幾個高中生呼朋引伴，在週末假日佔據了中間的位子，每次都會遞上幾封灑了香水的情書。佳芸一點也不酷，經常跟那些高中生嘻皮笑臉，但從沒眞正看上那幾個大男孩。

佳芸的眼神，總是不自覺地飄向，坐在最角落的黑衣客。

黑衣客，顧名思義，就是穿著黑色皮大衣的客人；也因爲聖耀時常看著佳芸的眼睛，所以順著佳芸的視線，聖耀注意到黑衣客的隱密存在。

但，只有在星期二晚上，黑衣客才會出現在光影美人，在幽暗的角落裡坐上一杯咖啡的時間；也只有在星期二晚上，佳芸才會自動多唱兩首情歌。聖耀心中酸酸的，他知道佳芸一定對黑衣客抱有好感。

而黑衣客當然是喜愛佳芸的歌聲，才被吸引到光影美人的，因爲在以前客稀人少的落魄時代，並沒有黑衣客這號人物。

「他是黑道嗎？」聖耀經常懷疑。他疑神疑鬼的，試圖說服自己黑衣客不是什麼好東西。儘管，黑衣客的眼神並不兇狠。

事實上，聖耀也不太確定黑衣客的眼神到底兇不兇狠。因爲黑衣客經常用劉海蓋住眼睛，蓋住他半張臉，刻意使人看不清楚面孔，也看不出大概的年紀，好像是通緝犯隱藏自己的身分。

但黑衣客是多慮了，因爲佳芸總是吸引住每個人的視線，根本沒人注意到他。

週二晚上，坐在角落的角落的黑衣客，每次都會點一杯又濃又苦的黑咖啡，好像展示自己的品味與成熟似地，聖耀每次爲黑衣客遞上黑咖啡時，都會忍不住看了黑衣客幾眼，看看他是什麼樣的人物，黑衣客卻從不與他眼神交會，只是閉目沉思，或看著地上。

「裝個屁酷？」聖耀總是在心中罵道。

十八歲的男孩還不懂得祝福。

「黑咖啡。」今晚還是一樣，黑衣客點了杯黑咖啡。

聖耀刻意將黑咖啡沖得極苦極澀，但黑衣客聞了聞，居然面不改色喝了一大口，站在遠方的聖耀心裡卻很苦，因爲佳芸又在看著黑衣客了。

「在耍什麼曖昧啊？」聖耀羨慕又嫉妒，但他知道沒自己的份。話又說回來，要是有他的份，對大家都不好啊！

只見台上的佳芸唱了兩首歌後，突然說：「對不起，請大家等我一下。」說完轉身進入後場，向阿忠使了個眼色，於是阿忠跟了進去。

過了三分鐘，佳芸重新站上舞台唱起歌，但樣子卻有些扭捏、怪怪的，不像平時的她。

阿忠卻走向黑衣客，輕聲在他耳邊說了幾句話，但黑衣客完全沒有半點反應。

聖耀心中無名火起，走過去拉住阿忠到一旁，問道：「佳芸要你傳話給那個客人嗎？」

阿忠驕傲地點點頭，說：「對啊，很勁爆喔！」

聖耀很不是滋味，問：「說什麼啊？」

阿忠笑嘻嘻地說：「佳芸跟那個很酷的怪客人說，她很喜歡他，要是他也喜歡佳芸的話，就把咖啡淋在自己的頭上。」

聖耀失笑道：「那怎麼可能？」

阿忠也說道：「我也這麼想。」

只見佳芸臉紅紅地看著黑衣客，輕聲唱著歌兒，聲音卻越來越細。

黑衣客臉色蒼白，面無表情。

佳芸的眼睛濕濕的，羞得快要掉下眼淚。

黑衣客的嘴角微揚，聖耀的眼睛瞪大……黑衣客從來沒有任何表情啊！

黑衣客拿起喝到一半的咖啡，高舉在頭頂，輕輕倒下。

他的頭髮冒著熱氣，深褐色的咖啡濕了滿臉。

聖耀看呆了。

佳芸也看呆了。

黑衣客低著頭，將咖啡杯放在桌上，好像從沒發生過任何事一樣。

佳芸放下麥克風，深深吸了一口氣。

「各位觀眾！今晚本姑娘特開心！咱們來點不一樣的吧！」佳芸熱情奔放地大叫：「讓我們把心跳加快！大家把腳用力踩下去！」

老闆在櫃台後大吃一驚，趕緊撕下衛生紙揉成兩團，塞在耳朵裡。

「不會吧！」阿忠趕緊衝到廁所裡。

「Let's Rock！」佳芸大吼，馬靴一蹬！

而聖耀失魂落魄地呆站著，看著佳芸核子彈的歌聲再度引爆，全場滿桌碗盤在瞬間跌在地上，客人或哀嚎、或縱聲大笑、或大呼恐怖，一陣驚人的混亂。

但佳芸的眼睛盯著黑衣客。

黑衣客的眼睛也穿過雜亂的劉海，盯著佳芸。

「真好。」聖耀勉強笑了。

這次，凶命再凶也沒用。

佳芸已經有別人的愛情護體了。

第13話

佳芸一定是喜歡裝酷、裝屌、裝神祕那型的男人，聖耀這麼想。

因爲黑衣客就是這一型的傢伙。男人不壞，女人不愛。

「該遺憾嗎？還是該慶幸？」聖耀難免會這麼想。

他明白，他的人生不是一部愛情小說，這個世界並不是繞著他轉，他不是任何人生命中的要角，除了媽媽與麥克。

聖耀也明白，在他生命中登場的女孩，縱使是愛情故事裡的女主角，他也不過是沒有台詞的小配角、甚至是佈景道具而已。

所以他只是端著盤子，看著黑衣客跟佳芸談戀愛。

一個活潑的女孩，與一個沉默寡言的成熟男人談的戀愛，的確跟不切實際的愛情小說中所描述的狗屁倒灶很像。

在平常時，黑衣客並不出現在台下聽歌，也不會在佳芸下班後一起吃宵夜、送她回家，黑衣客就跟往常一樣，只在星期二晚上出現，穿著黑色皮大衣，將自己的臉埋在雜亂的劉海裡，靜靜坐在台下看著佳芸。

不過，黑衣客坐在光影美人裡的時間，已從一杯黑咖啡的短暫，延長到八杯黑咖啡的柔情等待；佳芸下班後，聖耀總是目送他倆手牽著手，隱沒在都市午夜的霓虹燈火。

「眞羨慕擁有愛情的人。」聖耀拿起客人沒抽完的菸抽了一口，嗆得咳嗽。

第14話

聖耀站在地下道裡，地下道依舊貼滿了尋人啓事，新的蓋過舊的、一張遮過一張。這幾年，人間蒸發的臉孔越來越多，許多名字都不知道跑哪去。

跪在地上的獨手乞丐，隨意丟耍蘋果的半吊子小丑，拉著二胡的流浪樂師。

還有一個年老的算命仙，他的小攤子前，坐了一個淚流滿面的中年男子，要求老算命仙指引他找到失蹤多月的髮妻。

但老算命仙無法專注在尋人卜卦上，因爲一個凶氣焰盛的男孩，站在小攤子前七尺處已經很久了。

「唉。」老算命仙嘆了口氣，打發中年男子到隔壁攤子問卦，打開老舊的收音機聽著。

聖耀將一個紙團輕輕放在地上，踢了過去。

老算命仙拿起腳下垃圾桶便當裡的衛生筷，將紙團挾了起來，打開。

「你瞧瞧我，凶命會不會走了？」紙上寫著。

老算命仙替聖耀難過，因爲這一次，聖耀還沒打開雙手，凶氣就直接從他的全身毛孔中流竄出來，這可是極凶巨禍的前兆啊！這些年來，這孩子到底是怎麼過日子的？到底有多少人凶死在他的身邊？

老算命仙將紙條丟進紙錢簍燒掉，拿起毛筆，在另一張紙上寫著：「三日之內，禍星臨門，命或將盡，或將機轉。」將紙團隨意捽向牆壁。

聖耀撿起紙團，雖不怕自己命盡之時已到，卻疑惑著何謂機轉？難道是時來運轉？

聖耀用原子筆寫下：「何謂機轉？」將紙團輕丟到老算命仙腳下。

老算命仙看了紙團，一點火燒了，低頭指了指攤子上的招牌字語，默不作聲了。

「天命不可違，凶命不可測，但存一善。」招牌字語寫著。

聖耀點點頭。

「但存一善」這種要求，對他來說並不算什麼，他知道自己善良。

於是聖耀轉身就走，走出蕭瑟的地下道。

他沒意識到，等他再次站在老算命仙面前時，凶命已引領他走向全然無法想像的恐怖境地。

上官無筵之章

第15話

今夜，老算命仙預言禍星臨頭的第三夜。聖耀像往常一樣，穿上筆挺的制服，端著餐巾碗盤，穿梭在二十多個客人之間。

今天是星期二，老闆兒子的四人吻別樂團，照例先來上一首鍛鍊再三卻無法進步的〈吻別〉後，大頭龍再來段沉悶的陰鬱低吼兼吉他暴走。接著，熱力四射的佳芸終於在大家的掌聲中登場。一切都照著多月來順暢的節奏進行。

黑衣客，也如同往常般點了一杯黑咖啡，一杯又一杯，在角落的角落裡，看著他可愛的歌手情人表演。

今晚有兩個慕名而來的新客人。

「聽說這裡的主唱很漂亮，歌聲也是一流！」一個新客人走下樓梯，是個高大的男子，穿著藍色襯衫，搭著土黃色的卡其外套。

「是嗎？不漂亮我可是立刻走人。」另一個新客人也是男的，穿著高領羊毛衣，披著米色大衣，比起另一個男人還要高出半顆腦袋。

兩個高大壯碩的男子走到位於地下室的光影美人裡，東張西望。

「等會三星跟通臂也會來，再晚還有小李他們，希望他們找得到這個——」穿著外套的男人突然不說話了。

客。

聖耀迎了上去，問道：「先生，請問兩位嗎？」

那兩個男人卻不理會聖耀，只是盯著黑衣客的背影。

黑衣客彷彿擁有敏銳的動物直覺，他原本駝著的背脊突然挺直，極爲緩慢地搖搖頭。

「先生，請問兩位嗎？」聖耀再次問道，他發現兩個男人的眼神很複雜，眼睛從未離開黑衣客。

「怎辦？」穿著外套的男人以眼神這樣詢問著夥伴。

「他只有一個人。」穿著大衣的男人說著無聲的唇語。

「可他的警告？」穿著外套的男人有些不安，也是說著唇語。

穿著外套的男人很少猶豫，但今晚的人太多了，而且對方的反應也很奇特。

聖耀目瞪口呆地看著兩個不斷用唇語溝通的男人，心想：慘了，這兩個男人一定是黑道，他們是來向黑衣客尋仇的！

「虛張聲勢。」穿著大衣的男人冷笑，唇語道：「坐在那裡的，可是一箱白花花的鈔票啊。」

於是，兩個男人微微點頭，默契地走向黑衣客，以一種互相掩護的節奏。

台上的美人察覺到台下氣氛的微妙變化，歌聲急促了起來。

「幹！要報警嗎？」聖耀心中喃喃自語，看著在櫃台後的老闆。

老闆也發覺情況不對，卻想要觀察一下究竟是怎麼一回事，免得警察來了查個沒完，反而麻煩。

幾個坐在黑衣客附近的客人看到兩個凶神惡煞般的男子走了過來，趕緊換了桌子坐，等著看好戲。

兩個男人各自走向黑衣客的左邊跟右邊，站著。

黑衣客恍若無事，拿起黑咖啡，把最後一口喝完。兩個看似尋仇的男人就站在兩旁，漠然看著黑衣客的從容舉動。

黑衣客舉起右手食指，遙遙向聖耀比了一個「一」，那是他還要一杯熱咖啡的老信號。

聖耀覺得自己好像比黑衣客還要緊張，他一邊把咖啡豆磨碎，一邊流著汗。

「你很悠閒。」穿著大衣的男人開口。

黑衣客沒有回答，但聖耀好像看見他的眉頭緊緊鎖了起來。

「要不要做個交易？放你一馬，大家都好辦。」穿著外套的男人比較小心，不知爲什麼，他老覺得不對勁。

「好。」黑衣客說話了，聖耀沒想到一向酷酷的黑衣客，向人低頭居然如此快速。眞不像個男人。

「上官平常都在哪裡？飯館在哪裡？」穿著外套的男人問，左手插在口袋裡，好像緊握著什麼武器。

「上官都在飯館裡，飯館在新興路二十二巷。」黑衣客爽快地說完。

聖耀沖著黑咖啡，看見台上的佳芸臉色非常擔心，他心想：反正這幾天我就會死了，不如把命送在這裡。下定決心，聖耀要救黑衣客脫身！能替他擋幾顆子彈就幾顆吧！

聖耀看了老闆一眼，老闆已經蹲在櫃台後，偷偷撥著警察局的電話。

「放走了你，飯館還會在新興路二十二巷嗎？你未免太天真，也把我們瞧笨了。」穿著大衣的男人冷笑道：「何況，你說的話，我一個字都不信。」

穿著大衣的男人非常自信，他的雙手都露在大衣外面。

他可是台灣中部第一快手。

「到外面吧？」黑衣客說，他的目光突然尖銳起來，被他注視的黑咖啡幾乎要冰凍起來。

「當我白癡？」穿著大衣的男人冷笑，對黑衣客的要求予以否決。

「到外面吧？」黑衣客重複說道。

「要我饒你，可以，留下一雙手，跟我到秘警署。」穿著大衣的男子說，他的右手撥弄著黏滿膠水的頭髮，這個舉動顯示他極為自負。

秘警署？那是警局的一種嗎？難道這兩個人不是黑道，而是警察？這麼說，黑衣客眞的是有案在身的通緝犯？聖耀腦中閃過好幾個疑問。

左手在口袋裡抓著不明武器的男子，心中反而一直犯疙瘩，他眞希望他的夥伴可以謹愼點。

「我不想剁手，怎麼說都太痛了。」黑衣客淡淡提議。

「哈，難道你還有更好的建議？」中部第一快手冷笑。

「不如我饒你。」黑衣客的語氣平緩，慢慢撥開長及人中的劉海，露出額上的青色長疤。

氣氛驟然改變。

原本自負傲慢的大衣男子胸口劇烈起伏，他的手停在頭髮上，僵硬地掛著；偷握武器的外套男子更是面如死灰，雙腳發抖，褲子慢慢濕了。

「把傢伙通通放桌上，走，會活著。」黑衣客平靜地說，但聽在兩個尋釁男子的耳中，竟變成令人窒息的威脅。

「聽說——聽說你——你說話算話？」外套男子咬牙。

「我是。」黑衣客說，放下劉海。但他的眼神已經銳利地刺進兩人的胸口。

「把東西放桌上，我們還有命走嗎？」大衣男子強笑道，但語氣已經很微弱。

他的手不安分地靜止。

黑衣客嘆口氣：「隨便你，走就是了。」

這已是黑衣客從未有過的慈悲。

因爲這裡，站在台上的是他的愛人，坐在台下的，是他愛人的朋友。可能的話，他不希望這裡變成戰場。

「對不起。」外套男子緊張地說，拉著大衣男子，慢慢地、慢慢地倒著走，慢慢靠近光影美人通往樓上的樓梯，他們絲毫不敢鬆懈地看著黑衣客。

「吁，好險。」聖耀鬆了一口氣，雖然他根本不知道情勢是怎麼逆轉的。也許黑衣客額上的疤痕說明了他的靠山很大條吧？

但，就在危機解除的關鍵時刻，兩個男人大剌剌地走下樓梯。

一個人高馬大，脖子上刺著三個綠星星，留著一把大鬍子，樣貌兇狠。另一個矮小精悍，臉上的浮腫皺紋宣告著他的經驗老道。

「喂？這是幹嘛？」大鬍子粗聲笑道，他看見兩個夥伴倒著走路很是怪異。

「小心。」矮老頭說，機警地摸著長衣袖中的雙刀。他看見黑衣客。

約好一起聽歌吃飯的夥伴在這個關鍵時刻趕來，穿著大衣的傲慢男子立刻恢復該死的態度，喜道：「來得正好！上官你死定了！」

一高一矮的兩人聽到「上官」兩字，臉色大變，立刻躲到柱子後，大鬍子從腳上拿出掛著的短槍，矮老頭則掏出閃閃發亮的雙刀。

「不要，他說過不會動手的，只要我們走。」穿著外套的男子緊張地說，他完全不戀戰。

「嘿嘿，我們有四個人！上官能有多厲害？」大鬍子笑道，他的血液沸騰了。

「是啊，上官的頭值上一億！」大衣男子，他媽的中部第一快手，得意地摸著腰上的雙槍。

外套男子看著矮老頭子，矮老頭子是他一向敬重的前輩。此刻他多麼希望前輩拒絕對戰，這樣大夥就可以全身而退。

「這樣的距離，可以。」矮老頭子慢慢說道，手中的雙刃露出噬血的晶芒，外套男子無奈，只得拿出口袋裡的短槍。

佳芸的心臟簡直快炸開了，她停下走調的歌聲，站在台上發抖。

所有的客人一動也不敢動，大頭龍暗暗祈禱警察快點趕到，老闆則慶幸自己早就躲在櫃子下，十分安全。

聖耀從咖啡台的角度看著黑衣客，黑衣客一動也不動，好像四個拿著傢伙前來尋釁的男人全都是死人。

不。

聖耀發覺黑衣客的眼神充滿了不安。

「我跟你們回警局吧。」

黑衣客突然說道，其他客人都鬆了一口氣，四個尋釁男子大感意外。

「不行！」佳芸突然說，拿著麥克風。

這一句「不行」，又讓現場的氣氛驟降到冰點。

大衣男子盯著佳芸，問：「妳跟上官一夥的？」

佳芸不理會傲慢的大衣男子，只是看著黑衣客，露出不懷好意的笑容。

黑衣客微笑。

聖耀的心怦怦怦怦地跳著，佳芸這個笑容的意思是——

「Let's Rock！」

佳芸突然尖聲歌唱，令人抓狂的噪音在台上引爆，釋放出排山倒海的不良能量！

這一尖叫奪敵之先，縱然是老手中的老手，在噪音核子彈的奇襲下，四個男子剎那間居然恍神了，這絕對是要命的間隙！

「咚。」

聖耀無法相信，在一眨眼的瞬間，大衣男子的額頭上插了一柄餐刀，中部第一快手慢慢倒下，他居然在飛刀與槍的優勢決鬥中輸了，輸了自己的腦袋。

槍火猛然飛射，但全撲了空，他們沒想到傳說是真的！

黑衣客的身法比他自己射出去的餐刀要快，瞬間欺近。

矮老頭子矯捷的身手並非浪得虛名，第一時間看見黑衣客衝近，雙手立刻銀刃飛舞——在空中飛舞！

接著矮老頭子錯愕地看著自己最自豪的雙手釘在天花板上，然後，聽著身旁共夥二十年的大鬍子「三星王」發出慘叫，跪倒在地。

三星王的臉被黑衣客從中削去，只剩下血肉模糊的肉面，痛苦地在地上打滾；矮老頭子想解除三星王的痛苦，卻無奈自己的手已經被斬離，創口巴巴作響。

外套男子躺在地上，後悔著沒有相信自己的直覺。他早知道會出事的，自從出道以來，他的直覺救過他不少次，但，這次——他開始想些別的事情，例如今天報紙的頭條、股市的漲跌、哪個明星又戀愛了——以及，小女兒下個星期就周歲了。

將鏡頭倒帶。黑衣客衝向四人組的時候，一邊跑、一邊刮起路經餐桌的餐刀，除了快手額上的那把，其餘六把都猛插在外套男子的胸上。

「……」黑衣客沒有欣賞對手慘敗的興致，轉過身來，竟看見佳芸驚魂未定地坐在聖耀的身邊。

佳芸驚惶說：「快叫救護車！」聖耀倒在血泊中，虛弱地半閉眼睛。

此刻，所有的客人全都嚇呆了，老闆跟大頭龍等人也害怕地發抖，黑衣客對這些人的反應再熟悉不過，嘆道：「對不起，我不會再出現了。走吧。」

所有人像接到特赦令般，發軟的雙腳頓時勇氣百倍，爭先恐後地奪門而逃，黑衣客則趕緊走到聖耀與佳芸身旁。

「我已經打電話叫救護車了！」老闆戰戰兢兢地站在黑衣客身後，拿著電話。

大頭龍跟阿忠也沒逃走，他們關切地看著臉色蒼白的聖耀。

黑衣客知道，這是人類的溫情，可以超越恐懼的脆弱依存。

「剛剛他們開槍的時候，聖耀突然擋在我前面，他——」佳芸哭著，握緊聖耀的手，她看見聖耀的心口不斷湧出濃稠的血液，又急又內疚。

「怎辦？喂！撐著點，救護車馬上來了！」大頭龍蹲在一旁，鼓勵著聖耀，但大頭龍心裡知道，聖耀離死神的召喚只剩幾分鐘時間。

此時，警車的汽笛聲嗡嗡趕到，但卻沒有衝進地下室，想必是聽到衝出的客人驚慌的恐怖說詞。

「救救他！」佳芸哭著，眼淚不斷滴在聖耀的胸口。

聖耀卻感到一陣喜慰，他知道，解脫的時刻終於來臨，老算命仙眞是鐵口直斷。終於，可以擺脫莫名其妙的悲哀命運。

他彷彿看見媽媽溫暖的手正在撫慰著他；到了天堂，他可以開心地告訴媽媽，他這輩子活著的目的，說不定，說不定就是爲了這一刻，解救自己喜歡的女孩。

「我總算還有些用處。」聖耀滿足地閉上眼睛。

再見了，孤獨的世界。

再見了。

第16話

再見了？

「我沒有把握。」黑衣客躊躇地看著聖耀的心口。

佳芸沒有說話，只是一直掉淚。

「小子，不知道這對你公不公平。」黑衣客嘆口氣，露出尖銳的犬齒，咬上聖耀的脖子，吸吮著逐漸失去活力的生命精華。

老闆呆呆地站在一旁，大頭龍嚇得一動也不動，阿忠開始懷疑留下來是不是明智的選擇。只有佳芸，沒有恐懼，沒有疑惑，好像早就知道黑衣客的眞實身分似地。

樓上的聲音越來越多，越來越騷動，警察隨時都會蜂擁下來的樣子。

黑衣客不停地吸吮著聖耀的鮮血，就像著魔似地，佳芸害怕地拉開黑衣客，忙問：「怎麼了，聖耀有沒有救？」

黑衣客一臉的迷惘，說道：「不知道。」

突然，黑衣客的眉頭緊皺，站了起來，雙拳格格作響，說：「不對。樓上來了好幾個獵人，我沒辦法帶這小子走。」

佳芸哭道：「那怎辦？」

黑衣客冷靜道：「只要他不被發現，我會找到他的。如果他被警察抓走了，我也會救他出來。我保證。」

說完，黑衣客快速收集了幾把餐刀，抓在手上，說：「老闆，眞對不起。」

老闆傻傻地站在一旁，不知道該說什麼。今晚是他畢生難忘的血腥夜。

「芸，老地方。」黑衣客說，全身散發出一股驚人的氣燄。

黑衣客大吼一聲，吼聲連綿不止，激烈震動空氣，老闆等人耳朵刺痛得要命。

這吼聲使得樓上的氣氛更加緊張了，打算立刻衝進光影美人來上一陣亂槍，因爲黑衣客發出的吼聲是用來呼喚同伴的！務必要在黑衣客的同伴趕到前結果他！

但，黑衣客開始他的心理戰。

瞬間，樓上的警方、獵人看見四個著名獵人的身體被一一拋出，沒有臉孔的三星王，斷了雙臂的通臂佬，眉心上晃著柄刀子的中部第一快手，被當成活靶的陳東，個個觸目驚心。

警方跟獵人遲疑了，他們手中的槍炮突然變成不被信任的玩具。畢竟，被拋出來的四個獵人都是頂尖的行家，全是號稱中部獵人十煞的成員！

深深黑黑的地下室走道，傳來低沉又有磁性的聲音：「我，上官。」

有些搞不清狀況的警察一愣，但獵人們馬上暗罵：「操你娘的！這麼倒楣！」

這個名字，足足拖延了警方與獵人半分鐘之久。

「怎辦？」鼻子上有條長疤的獵人終於問道。

「我們有這麼多獵人，一起把他給轟了吧！」西裝筆挺的獵人說道，這次碰巧趕來赴約的獵人，不算倒在地上的，共有十一個大傢伙。這可是極怕人的陣仗！

突然，一輛黑色轎車衝向佈好陣勢的獵人群，獵人機警地往旁跳開，對著黑轎車與轎車下來的人一陣掃射！黑轎車的玻璃迸裂，車板被擊穿，車底下也是子彈飛梭，車裡面或躲在車下的人一定死得不能再死！

但獵人很快便發現他們被誤導了。

車子裡面、下面，都沒有人。

不過，光影美人的出口處，倒了兩名大量出血的刑警。

「幹！被跑了！」一名獵人罵道，摸著自己的脖子；幸好，「上官」免脫前沒隨興摘下自己的腦袋。

警察們衝進光影美人，抬著重傷的聖耀奔出，送上醫護車，而獵人們審視四名太過自負的獵殺專家，發覺只有通臂佬還活著。

「喂，給我一槍吧，老傢伙沒了雙手，不如死了乾淨。」通臂佬嘴唇發白，他失血過多。

「……得了吧，老大，是該享清福的時候了。」一個獵人安慰道，將通臂送上救護車。

夜色，暗巷，迷惘的鬼魅。

「這孩子的血液有種魔力，讓我越吸越著迷，竟無法罷手……」

黑衣客急步潛行，不斷想著剛剛吸血的奇異感覺。

感染之章

第17話

「他被感染了嗎？」

「好像是的，他的心跳越來越微弱，血壓也越來越低，但逐漸穩定下來。」

「出血的情況？」

「傷口已經開始癒合，但是非常緩慢啊！」

「眞是奇蹟。」

「是嗎？」

朦朦朧朧間，聖耀聽見自己的心跳聲。

奇怪？我的身體好沉重——卻仍然有知覺，甚至還感覺到指尖上的血管微微跳動著。指尖告訴聖耀，他正躺在結實的床上，卻沒有力氣動彈。

我應該已經死了啊？子彈明明打在我的心口——我甚至還可以感覺到，那顆子彈還停留在我的心臟裡——聖耀感到迷惘，他猜想自己身體的反應，只是傳說中的迴光返照。

但，他聽見血液裡鼓動的迴音，聽見孱弱的呼吸聲，聽見一股慾望。

好渴。

聖耀感到一股難以掩飾的饑渴，他渴望喝點什麼——至少喝點什麼後再死。

「覺得想喝點東西？」一個聲音在問他。

聖耀試著睜開眼睛，看見身旁圍了一群穿著綠色手術衣的人。

這些是醫生吧？……眞可惜，不是迎接我的天使。

「渴嗎？」一個醫生繼續問道。

聖耀點點頭，手術台的強光刺得他眼睛很不舒服。

「是喉嚨的渴？還是心裡的渴？」醫生問道，拿著筆記本。

「都渴。」聖耀說，他發現自己還能說話。

醫生們面面相覷，其中一個年紀最大的醫生終於開口：「看來我們抓到一頭吸血鬼了。」

吸血鬼？聖耀迷惘閉上眼睛，他實在很渴。就算是血，他現在也會把它吞下去。

「小鬼，把嘴巴打開。」一個醫生說，拿著一根吸管放在聖耀的嘴上，吸管連著血漿袋，那是從血庫調出來的最新鮮血液。

聖耀滿足地吸著血漿，無視醫生們的議論紛紛。

吸吮著血漿，聖耀發覺自己的精神變好了，心口的痛楚也減輕了不少，醫生忙審視他的傷口，記錄傷口恢復的速度。

「還有嗎？」聖耀發現血漿袋已經乾癟了，他卻還沒喝夠。

「喝吧。」一個醫生戰戰兢兢地拿著另一包新血漿，令聖耀含住吸管。

聖耀繼續喝著，這一包比起第一包要好喝多了。但他卻沒意識到，醫生爲什麼會拿血漿給重傷的病人喝。

就這樣，聖耀一連喝了十包血漿，他不但沒發覺自己的行爲怪異，還詫異血液爲何如此甜美爽口？爲何飲料公司沒出品血液飲料？穩賺的啊！

「審視傷口。」一個年邁醫生說。

「傷口甲已經結痂，傷口乙表面恢復得很迅速，但心臟的傷口卻依舊緩慢。」一個醫生說。

「哇！」聖耀這才低頭，看見自己的胸口破了個小洞，醫生竟如此不人道地觀察他心臟的彈孔！

「剛剛你喝的血漿，哪幾包你覺得特別好喝？」一個醫生問，等待記錄。

聖耀不加思索答道：「第二、第三、第七包。」

醫生點點頭，在血型關聯一欄中塡上：「印證O型吸血鬼嗜飲O型血液。關聯成立。」

聖耀的精神不錯，正奇怪自己的大難不死，想要起身伸展一下，卻發現自己的手腳都被鋼鏈綁住。

「爲什麼綁住我？」聖耀疑道，這眞是太誇張了。

「對不起，請你再休息一下。」醫生微笑，似乎沒有敵意。

「算了。」聖耀躺在床上，百般聊賴地看著胸口上的小洞，那顆擊入的子彈居然躺在一堆複雜的血管裡，並沒有被取出。

聖耀正想開口質問時，醫生卻魚貫走出「病房」，一個也不留。這時聖耀才注意到「病房」的玻璃外面，站了一群荷槍實彈的武警，還有七、八個穿著便服的凶神惡煞。

閒閒沒事，聖耀只好觀看自己胸口中的子彈。

聖耀發現子彈旁的複雜血管好像有生命一樣，以肉眼極難觀察到的速度生長，慢慢纏繞銀亮的子彈，好像想將它包覆在裡面，但子彈卻彷彿有種怪異的力量，將細微的血管緩緩推開，不讓它們將其纏繞。

聖耀這時驚覺，他的視覺好像變得很不一樣，感覺變得敏銳多了，連這麼微小的變化都可以感受。

「凶命，你到底把我變成什麼怪樣子？」聖耀無奈。

就這樣過了三天，那些醫生偶爾會進來觀察他的傷口癒合情形，東抄西寫，或是給他一、兩包血漿喝，直到聖耀表示自己很想吃便當，他的食物才出現排骨便當這種正常的東西。

三天了，聖耀開始感到不安，因爲他逐漸想起來：喝血好像是不正常的！

「我究竟發生什麼事？爲什麼老給我血喝？」

「喂喂喂！你們什麼時候要把子彈拿出來？」

「我是囚犯嗎？挨子彈犯了什麼罪？要被五花大綁？」

「讓我照個鏡子好不好？」

「幹！你們都是死人是不是！」

聖耀一天到晚都在詢問，但醫生總是不正面回答，他們在不斷抽血、量血壓、計算脈搏之餘，只是拋下「過些時候會有人向你說明」這句話。聖耀厭倦這樣的回答，乾躺在床上實在非常無趣！

第四天，聖耀胸口上的小洞早已完全癒合，看不見裡面的子彈了，但聖耀清楚知道：那顆該死的子彈，已經被藤蔓般的小血管綿密地包在裡頭！而那些見鬼的醫生還眞的不肯把子彈取出來！

第五天，三個看似大人物的傢伙進了聖耀的「病房」兼「牢房」。

「你們就是那些『過些時候會有人向你說明』的那些人？」聖耀沒好氣答道。

爲首的，是一個面色紅潤、穿著高階警官服裝、頭髮花白的老人。老人慈祥地笑著。站在老人左手邊，是一個穿著黑色西裝，頭髮微禿的中年男子，他的眼神似乎擁有無窮爆發力。站在老人右手邊彎腰駝背的，是個留著山羊鬍鬚的猥瑣男子，年紀約莫四十出頭左右。

「沒錯。」爲首的老人精神奕奕說道。

「你好，我是台灣區獵人協會會長，馬龍。」穿著黑西裝的精悍男子說道。

「獵人？」聖耀微覺好笑。

「吸血鬼獵人。」馬龍簡潔說道。

多日來的不安與疑惑，頓時湧上聖耀的心頭。

第18話

這幾天以來，聖耀不是沒聯想過這可笑的關聯，但，這怎麼可能呢？吸血鬼？那種東西的生態環境應該是在幾呎見方的螢幕裡，或是乖乖躺在一成不變的老套書堆中啊！但自己心臟中槍未死，五感變得極爲敏銳，知曉身體內的細微變化，最恐怖的莫過於，自己甚至還愛上喝血！

「不要告訴我，我變成一頭吸血鬼了。」聖耀緊張地說。

「喔？」馬龍，號稱吸血鬼獵人會長的傢伙，好奇地打量著聖耀。

「你認識上官？」一直沒說話的山羊鬍子突然問。

「誰？那個黑衣客嗎？」聖耀問。

「對。」山羊鬍子摸著鬍鬚說。

「不算認識。」聖耀淡淡說道。

「那他爲什麼要救你？不，我是說，爲什麼他會把你咬成吸血鬼？」山羊鬍子問，他的表情很認眞。

「我的媽呀！我怎麼知道？等等，你說我眞的變成吸血鬼了？」聖耀急問。

「可以這麼說。」山羊鬍子聳聳肩：「你不接受也沒辦法。」

聖耀瞪大雙眼，心想：幹，當眞是禍星臨頭！比死還慘！想死也死不了了現在！

「那你們是來幹嘛的？啊我知道了！我在電影裡面看過吸血鬼獵人，專門殺吸血鬼的吧！」聖耀開始自暴自棄，胡言亂語：「那好啊！看是要我喝聖水、還是要在我的奶頭上釘木樁？還是要抓我去作日光浴？」

山羊鬍子認眞道：「如果你的選擇是這樣，我們也只好照你的意思做。」

老警官連忙說道：「不必如此喪氣，反過來，我們需要你的大力協助！」

「協助？我？一頭他媽的吸血鬼？」聖耀抓狂大喊：「幹你媽的快把我給殺了！免得我到處吸人血！」

山羊鬍子向馬龍使了個眼色，馬龍的衣袖中突然彈出一柄銀光霍霍的尖刺！

「你眞是這麼想？」馬龍面無表情地看著聖耀，銀刺距離聖耀的眼珠只有兩公分，聖耀頓時像洩了氣的皮球，不敢多話。

老警官咳了咳，慢聲說道：「我們先說明自己的身分。除了馬龍，我是秘警署署長，秘警署權限凌駕一般警察機構，核准使用國防部的所有武器。我們專門負責各種魔物的案件，消滅吸血鬼是祕密警察總署的大宗業務，最近這幾年秘警署的預算不斷追加，卻無法有效阻撓吸血鬼族類的橫行。你的適時出現，正好可以帶來一些轉機。」

山羊鬍子簡單說道：「刑警，大家都叫我山羊，上官的案子都是我管的。」

老署長補充道：「山羊是秘警署的重案組組長，他追蹤上官的案子已經有好幾年的時間了，是個非常能幹的探員，希望你以後能跟他合作，緝拿上官。」

「合作？我是個該死的吸血鬼！」聖耀看著馬龍的銀刺縮回，不禁又大叫。

「就因爲你是個吸血鬼，半個吸血鬼，所以我們才需要你。」山羊說道，他的眉宇之間透露些許無奈，彷彿並不贊同這個瘋狂的計畫。

聖耀大聲問道：「半個吸血鬼是什麼意思!?」

山羊大方地在身旁的小沙發坐下，老署長跟馬龍也跟著坐下。

山羊縮著身子，說：「不管出自什麼原因，你被上官咬到是事實，很明顯，他是爲了救你才這麼做的，因爲你被吸血鬼獵人的子彈擊中心臟，命在旦夕。」

聖耀聽得很火，因爲黑衣客——所謂的上官，所謂的吸血鬼，怎麼咬上他的，他全然沒有印象。

山羊不理會聖耀眼中的怒火，繼續說：「照理說，你是死定了，因爲獵人用的子彈材質都是純銀或鍍銀，就算上官把你咬成長命百歲的吸血混帳，你也會因爲血液中含有銀的成分而死——以吸血鬼的身分。」

「不過你很幸運，子彈擊破了你的左心室後，便莫名其妙停在裡面，最重要的是，上官咬你時，感染的過程發生了異變。」山羊鬍子說道：「吸血鬼感染這種事，原本就很奇妙，我們也正在研究——做不完的研究。」

聖耀聽得一愣一愣。

馬龍隨即補充：「該說你的運勢很強吧？你的身體發生奇怪的變化，你不僅接受了吸血鬼的傳統體質，更重要的是，你的身體拒絕銀彈被手術摘出，甚至容納它的存在，這在吸血鬼的身上是絕無可能發生的怪事。」

運勢很強？這還是聖耀第一次聽說！

但聖耀無法問話，他不知道該從何問起。

山羊看穿了聖耀的迷惑，說：「你的身體接納了銀，也因此降低了吸血鬼的感染效力，勉強保有半個人類的身分。醫生實驗過你的血液，你並不會特別畏懼陽光、也不會被銀殺死，對於血液的渴望只有吸血混帳的三分之一不到。」

聖耀茫然：「這代表了什麼？」

馬龍凝神看著聖耀的雙眼，說：「這就要看你自己了。當個在陽光底下來去自如的妖怪？還是在黑暗與魔鬼共舞的人類？」

在陽光底下來去自如的妖怪？

還是，在黑暗中與魔鬼共舞的人類？

「我好像在電影裡看過——叫刀鋒戰士Blade的是不是？」聖耀突然這樣問。

馬龍愣了一下，說：「沒錯。日行者刀鋒，在陽光下不減威力的吸血鬼獵人，但那只存在於電影裡，而你，才是誤打誤撞擁有兩種身分的……的東西。」

聖耀嘆了一口氣，說：「我很倒楣我知道，但沒想到是這麼倒楣。」

老署長看了山羊一眼，山羊於是開口：「在這幾天內，我們調查過你的身家背景跟成長歷程，發現你的親人大多都過世了，除了幾個工作場所的同事，你現在是孤家寡人一個，成長的歷程單純，非常符合我們的要求。」

聖耀盯著山羊，微怒說：「我還有一條老狗，叫麥克。這幾天我都躺在這裡，不知道牠餓死了沒。」

山羊淡淡地說：「麥克現在被我們警署的同事暫時養著，你可以放心。」

聖耀嚇了一跳，這些祕密警察的動作眞快。

「你們剛剛就一直提到要我幫你們，那是什麼意思？」聖耀問，此時他的態度已經和緩多了。

「幫我們混進吸血鬼幫派，提供我們大大小小的情報。」山羊十指交叉成拳，放在下巴，說道：「當我們警方的臥底。」

聖耀受到極大的驚嚇，說道：「哇！幫我養幾天狗，就要我混進吸血鬼裡面當臥底！這樣會不會太便宜了？」

山羊沒有說話，觀察著聖耀。

馬龍誠摯地說：「小朋友，這個任務從來沒有人成功過，你可能是第一個！」

聖耀聽到這麼偉大的一句話，心中只有更加抗拒的份，他說道：「我就是不想混黑道，所以才跑去當服務生的，你現在不只要我混黑道，還要我去混吸血鬼黑道，你不覺得很扯很扯嗎！我看還是把麥克還給我，我自己養吧！」

山羊默然看著聖耀，老署長依舊溫和地微笑。

馬龍鼓吹道：「我們不是要你混吸血鬼幫派，而是假裝打入他們，你是警方的人，是正義的一方。」

聖耀根本不在乎自己是不是正義的一方，他在乎的是「恐懼」、「壓力」。這些東西有時候比死還要可怕。

看著聖耀百般不願意的眼神，馬龍自己當然明白這份臥底的工作何等艱鉅，就算是受過良好訓練的特工也無法勝任。

吸血鬼的體質何等怪異、文化差異何等懸殊，以往有兩個長期研究吸血鬼的一流秘警經過一年培訓，練習喝生血、吃生肉、在兩秒內辨識出人血與動物血液、鍛鍊可怕的肌力等，最後僞裝成吸血鬼混入他們的幫派探秘，結果不到兩天，他們的腦袋被放進乖乖桶糖果禮盒，寄到警署裡。他們的額頭上刺著「上官」兩個血字。

幾年前，吸血鬼獵人們活捉到一個笨拙的吸血鬼，命他將兩個可能是有史以來最厲害的特警咬成吸血鬼，好讓他們擁有完好的條件混進吸血鬼幫派，結果，他們眞的很成功地打入黑暗的族群，甚至當上了上官的左右手。

但問題就出在，這兩個特警臥底打入吸血鬼社群太成功了，最後居然和盤托出自己的臥底身分，向吸血鬼投誠，反將了秘警署一軍，重創了前往圍殲上官的獵人。那兩名特警臥底，現在應該仍位居吸血鬼幫派的要位〔註〕。

那次嚴重的背叛給了秘警署一個教訓：完全變成吸血鬼，這在本質上會扭曲了他們的人類特質，變成完全不同的族類。不同的族類，是不可能替對方效勞的，這個因素早在血液裡的基因就決定好了。

所以，他們看上了聖耀。

因爲純銀子彈與他的身體奇異地交互變化，讓聖耀跨越兩個族類，也許，也許他眞的具備成爲吸血鬼臥底的完美條件。更何況咬中聖耀的，是鼎鼎大名的上官。只要是上官看重的東西，他必會取走。

然而現在的聖耀，儘管四肢綁上堅固的鋼鍊，但他的眼神強烈地表達拒絕任務的意味。

「我一直不相信命運。」

山羊開口了，他的認眞表情跟他的猥瑣身態完全兩碼子事。

「多年以來，我一直追蹤上官，上官無筵。」山羊的眼神平靜，好像在述說跟自己無關的事情。但馬龍知道此刻山羊的內心很澎湃。

受過獵人最嚴格訓練的馬龍，可以在瞬間感受到周遭的體溫變化，吸血鬼的體溫平均在二十五到二十七度，最出色的獵人甚至可以倚賴對溫差的敏感度，發覺二十步距以內的任何吸血鬼。

而山羊的體溫，是熱血的三十七點四度，短短的一秒內上升了零點八度。

山羊淡淡說：「上官是台灣最有名的吸血鬼。吸血鬼的名氣有很多種，有的以濫殺無辜著稱，有的以貪婪嗜血爲名，而上官兩個字，則是『強』的代名詞。他名氣壓過所有吸血鬼黑幫的名號，『傳說』他一次可以搏殺六個頂級的吸血鬼獵人。但只有我知道傳說的眞相。上官的最高記錄是五分鐘內，在廢棄大廈裡殺掉二十個一流的吸血鬼獵人，外加十二個埋伏四周的狙擊手。只靠他一個人。」

聖耀知道上官就是黑衣客，佳芸的戀人，現在又知道上官不單是吸血鬼，還是頭兇猛的吸血鬼，不由得兩眼發直。

「那晚被屠殺的吸血鬼獵人裡，其中一個，是我最好的朋友。」山羊依舊一張撲克臉，說：「從那天起，我就誓言做掉上官，把他吊在大太陽底下。」

山羊靜靜地說：「我不相信命運，但你也許可以讓我相信。你的出現並不是偶然，而是早註定好的。也許你會背叛，也許你會被殺，但是，請你讓我相信。」

聖耀戰戰兢兢地問：「相信什麼？」

山羊慢慢地說：「相信你會幫我逮到上官。」

註 請見《獵命師傳奇》卷六，〈參見上官傳奇之章〉。

第19話

聖耀的胸口一陣緊繃。

他的人生，第一次被期待。被期待去做一件很有意義的事。不僅很有意義，不僅空前危險，更重要的是——非他不可。

原本以爲自己命帶奇凶，這輩子除了拖累別人、轟殺別人的人生外，註定一事無成，現在卻突然成了警方寄予深厚期望的吸血鬼臥底？

「可是我什麼都不會。」聖耀咬著牙說。他發現自己的牙齒好像特別堅硬。

馬龍跟老署長難掩笑容，他們知道聖耀排斥的心動搖了。

「不會，可以學。不過你只有二到三天的時間。」山羊依舊沒有笑容，平靜地說。

「可是……」聖耀遲疑著。

「嗯？」山羊。

「可是，是不是我們不去惹吸血鬼，叫大家多多捐血，賣給他們血漿不就可以和……」聖耀說著說著，把「和平共處」四個字吞進肚子裡，因爲山羊、馬龍、老署長的臉色越來越難看。

聖耀會這麼說，全是因爲他有副善良的心腸，再加上於光影美人那血腥夜的親眼所見：黑衣客「上官」，其實一直都在避免流血的手段，反倒是吸血鬼獵人一副囂張跋扈的樣子。與其說是上官殘忍，不如說是被逼得痛下殺手。或許上官眞的很恐怖、很狂暴，但他一定是爲了不傷害店裡的人，所以態度始終低調，甚至願意跟他們到秘警署——雖然上官多半打算半路開溜吧？

反正吸血鬼喜歡喝人血，倒不見得喜歡殺人，這點聖耀非常清楚，畢竟他自己完全沒有任何殺人的衝動，只是單純覺得血很好喝。所以聖耀懷疑，這兩個族類是不是有和平共處的可能？

「你懂吸血鬼嗎？」山羊平靜地說。

「我根本不會想殺人啊，給我血喝就好了。」聖耀無辜地說。

「是嗎？」山羊輕輕嘆了口氣，說：「走，給你看些東西。」

聖耀看了看手鐐腳銬，山羊從抽屜中拿出遙控器，按下解鎖鈕，聖耀渾身舒暢地站了起來，走下牢床。

「戴著它，我們必須讓你看起來像個囚犯。」山羊從牆上拿下一副特製的囚具，銀光閃閃，山羊將囚具套在聖耀的脖子上、手上，像牽著一條站著走路的狗。

山羊跟老署長走在前頭，聖耀跟著，一邊摸著脖子上的創疤，馬龍則壓後。

「表情要兇狠。」馬龍低聲提醒，於是聖耀齜牙咧嘴地裝成大熊，左顧右盼鬼叫。

聖耀早就知道這間醫院不是普通的醫院，但沒想到這裡竟是座戒備森嚴的吸血鬼研究所，每隔二十公尺就是一道厚厚的鋼牆，需要用密碼通行。

馬龍解釋，用視網膜和指紋辨識，只會造成吸血鬼摘下研究者的眼珠或手指通行，不如用最原始的密碼制度來得保險。

「不過這都是多此一舉，他們絕對無法通過前面的關卡。」馬龍說，他很清楚吸血鬼的能耐。

「這些鋼牆鍍了銀，就算是上官也沒法子撞開。」老署長說，但聽在聖耀的耳中，只感到上官是個高深莫測的魔王，好像所有的嚴密機關都是衝著他一個人設計的。

研究所位於秘警署的地下五層，地底一到四樓是刑事組、特別調查組、重案組、火力庫，資料室等編制。

聖耀走在研究所的通道中，驚訝政府竟然花了大量預算在人民毫不知悉的機構中，有的實驗室用特殊的液體保存了幾具吸血鬼的屍體，有的實驗室專門研究吸血鬼的血液與身體構造，有的房間則堆滿古老的書籍和檢索光碟，以及各國學者專家祕密撰寫的吸血鬼研究論文。

聖耀還注意到，有間實驗室用怪異的器材綁住一個可憐的人，他看起來半死不活的，身上插著許多管子，管子流動著不明液體，接著大大小小的儀器。

馬龍解釋道，這個平民被吸血鬼咬到了，及時送到這裡來，科學家試著用藥品將他變化成吸血鬼的速度減緩下來，希望能藉此研發出「感染後的逆轉解藥」。

「為什麼不把秘警署建在地面上？萬一遭到吸血鬼攻擊，地底下可是沒有陽光的啊！」聖耀疑問，跟著山羊踏上往上的樓梯。

「這些機構跟吸血鬼一樣，都是見不得光的，要是被社會大眾發現了，一定會引起重大的恐慌，藏在地底下比較好管制，更可以肆無忌憚地裝置防衛武器。何況，就算吸血鬼要來攻打這裡，也不會挑白天過來，既然會是晚上，哪裡都一樣。」老署長笑咪咪地說。

「喔。」聖耀說，這也有道理。

山羊領聖耀到資料室中，關上門，拉下百葉窗，迅速調出早已準備好給聖耀看的資料。

聖耀接過檔案，又驚又怒，拿著檔案夾的雙手卻又害怕得發抖。

「我爸？這是我爸？」聖耀的胸膛極其煩躁，傷口隱隱發疼。

檔案中的男人臉孔蒼紫，兩眼翻白，身體躺在黑色的大塑膠袋裡，露出歪歪斜斜的腦袋。男人的脖子上，左右各有兩個巨大的創口。

「我們是在甘蔗田裡發現你爸爸的，但基於屍體的樣子，我們決定不通知家屬認領，直接將你爸爸火化。」山羊刻意避開聖耀激動的雙眼，他了解這是多麼傷痛的事實。

老署長沉痛地說：「這樣的事件層出不窮，每年總會有上百個流浪漢消失街頭，上百個人失蹤，多少家庭等待著永遠回不了家的親人，這些都是吸血鬼危害人群的血證！」

這幾年來，地下道裡的尋人啓事貼滿了白磚牆，蓋過租屋、徵人等廣告，原來眞相是——

「原來，爸爸不是失蹤了，而是被吸血鬼殺死了……」聖耀喃喃自語，他的心中難過得快要炸開，他想到爸爸被噬咬的掙扎痛苦，他怒吼一聲，往後一拳捶向牆壁。

牆壁破了個小凹洞，隱隱約約的拳印，灰白的細粉瀰漫。

「這就是吸血鬼的力量。」馬龍說，右手不經意輕觸袖間的銀刺。

「我加入。」

聖耀的眼睛充滿血絲。

臥底的故事，才正要開始。

房間之章

第20話

當臥底，要學很多事，特別是潛進吸血鬼黑幫的超級臥底。

但是一個初入門的臥底，不但要懂得學東西，還要懂得寬心。

老署長走了，馬龍走了，只留下聖耀跟山羊在斗室裡。

「我們會告訴你應該知道的，或是吸血鬼也知道的東西，其餘的，你暫時不能知道，也最好不要知道。」山羊老實地說。

「不是很懂你的意思。」聖耀問。經過一個小時的沉澱，他的心情還是很激昂。

「臥底的工作，是刺探敵情，你只要知道我山羊不知道的就行了。其餘的知道太多，對秘警署是很高的風險，對你自己也不好。」山羊很坦白，遭到背叛的代價實在太高。

「風險的意思我明白，我清楚自己是非常耐不住拷問的那種人，雖然我沒被拷問過。」聖耀紅著臉說：「但是爲什麼知道太多也對我不好？」

「知道太多，若在無意間透露出你無從知道的事，很容易暴露出你的臥底身分，一個新生的吸血鬼是不會知道太多事情的。而且，你沒有受過嚴格的訓練，所以更不能知道太多。」山羊。

山羊的坦白搏得聖耀的好感，他認爲山羊是個踏實的幹探。

「我知道了。告訴我我該知道的部分吧。」聖耀說。

接下來的幾個小時裡，聖耀看了幾十張幻燈片，聽了一場關於吸血鬼的專題講演。

最重要的重點是：吸血鬼不是鬼，而是另一種生命形態，把他們想像成外星人遠比鬼魅貼切。或者更科學的說法，是種被感染而產生突變的異人類。

「吸血鬼咬人後，有三種下場。第一，要是血沒吸乾的話，被咬的人會因爲吸血鬼牙管毒素內的突變基因流進體內，而變成新的吸血鬼。第二，血吸乾的話，被咬的人會變成乾屍，也就是乾枯的屍體，很抱歉，你的生父就是個例子。第三，血幾乎被吸光卻還剩一點點的話，會變成殭屍，殭屍沒有腦力，感染力又不高，很容易解決，就跟電玩裡那群咿咿啞啞的活靶一樣。」山羊。

「怎麼解決他們？電影裡說的是眞的嗎？」聖耀問。

「不盡然。」山羊。

吸血鬼怕陽光，這點跟千年來的傳說相符，烈陽的威力可以「融化」他們，使他們變成黏稠的泡沫。但初晨、黃昏、陰天的陽光並不足以殺死他們，只會令他們較平常虛弱。至於紫外線，吸血鬼並不畏懼，這個事實是在警方投資幾千萬研發出紫外線手槍後，發現沒有用處後得到的珍貴教訓。至於爲什麼吸血鬼會畏懼陽光卻不害怕紫外線，原因不明，顯然陽光中有某種尙未被人類解析出的祕密成分？

此外，有些傳說是假的，吸血鬼並不怕聖水，這點可能跟近年來都沒有眞正的聖水存在有關吧？誰知道，知道不管用就行了。吸血鬼也不怕聖經，有些甚至朗誦聖經的熟稔速度超過牧師，或乾脆擔任神父。

歸根究柢，吸血鬼並沒有跟反基督信仰特別牽連，早在西元前好幾百年，吸血一族早就存在世界各個文化裡，不獨爲西方基督所擁抱。

「那吸血鬼還怕什麼？銀？」聖耀問。

「沒錯。」山羊點頭。

幸好有些傳說是眞的，吸血鬼怕銀，怕得厲害！但畏懼銀的程度跟吸血鬼的年資或訓練有關，也跟銀的純度有關；有的吸血鬼新鮮人被鍍銀的子彈擊中就會死去，但兇狠的吸血鬼只會被鍍銀的子彈所傷，並不會致命（除非被打成蜂窩），而純銀的子彈和兵刃則肯定會造成吸血鬼重傷瀕死。

秘警跟吸血鬼獵人的經費有限，用的子彈大多是鍍銀的，但爲了對付像上官這類的不死凶煞，大家往往在口袋裡多放三顆純銀的子彈保命，當然了，一流的吸血鬼不會讓他們有機會換子彈的，所以經驗豐富的老手往往多帶一把槍，裡面裝的全是純銀子彈，危急時便能立刻發揮效用。被上官擊殺的四個獵人便是這種裝備。

不過有一點必須說明的是，吸血鬼畢竟不是鬼怪，所以使用非銀製武器攻擊吸血鬼也是有效的，只是吸血鬼的內在體質修補傷口非常迅速，唯有銀，才能完全阻礙傷口的復元速度，甚至造成死亡。

「吸血鬼獵人跟秘警是什麼關係?」聖耀問。

「秘警終究屬於政府，要遵守許多規定，但對付吸血鬼，有時候難免手段過激和違反法律，所以我們容許不必照規章行事的獵人存在。」山羊淡淡說：「事實上，我們鼓勵他們存在。」

吸血鬼獵人大多是辭職的優秀秘警，他們熟知秘警的一切，又有力量獨當一面，他們與秘警相互合作，但秘警只執行團體勤務，安全多了，而獵人隨時可以殺進鬼窩裡，不過，獵人經常會結伴行事，畢竟對手可是吸血鬼!

獵人領取離職津貼、賺取公定的賞金維生。賞金不定期公告，金額跟頭顱主人的身價成正比，從十幾萬到一億元不等。

上官，這兩個字價值一億元。

「上官到底是何等人物?值這麼多錢?」聖耀問道。

「上官橫行全台已有數十多年之久，死在他手上的秘警、獵人不計其數，窮凶惡極。上官也是黑奇幫的二當家，地位僅次於黑奇幫幫主壺老頭子，但他的名氣是全台灣之冠。上官兩個字是台灣吸血鬼的圖騰，就算在全亞洲，他也是極為強悍的頭臉人物。」山羊冷冷地說著。

「全亞洲?」聖耀訝異。

「你以為吸血鬼是台灣特產?」山羊很正經。

吸血鬼分布在全世界，只要有人的地方就有吸血鬼，這跟人與蚊子的關係是一樣的。同理，吸血鬼有幫派之分，全世界皆然。

在台灣，除了黑奇幫，還有赤爪幫、哲人幫等，還有一堆秘警不曉得的幫會，秘警跟獵人對幫會的組織方式與大小並不清楚，畢竟情報來源很稀少，這正是需要借重聖耀的地方。

「那，我要怎麼混入黑奇幫？」聖耀知道山羊想逮到上官，這意味他必須混進黑奇幫？

「你是上官親自咬的，所以你是他的直屬部下，按照他那驕傲的脾氣，他一定會想辦法把你搶回去，所以這點你不必花心思。」山羊凝重說道：「麻煩的是，我們要製造合理的機會，讓你既順利又不太順利地被搶走。」

「那我可以怎麼幫忙？我要跟誰聯絡？怎麼聯絡？」聖耀說，開始回憶以往看過的間諜電影。

「我們對吸血鬼的世界充滿陌生的臆測與想像——嗯，我們曾經在一次行動中活捉四個吸血鬼拷問，但在捉來的當晚，就被暴牙率領敢死隊衝進來殺死。當時我們太大意了，防衛也遠遜現在，不過暴牙那邊也死了三十一個吸血鬼，赤爪幫元氣大傷。總之，他們寧願殺死同族，也不願意讓我們掌握有用的情報。」山羊答非所問，越說越遠。

「那我可以做什麼？」聖耀再問了一次。

「因為我們對吸血鬼很陌生，所以你有任何資訊都可以告訴我們，記住，任何的資訊只要經過分類跟確認，都是有價值的情報。」山羊說，又解釋道：「資料要分層級，在資料上附記你的判準，也就是可信度。我們相信你的判斷，因爲你最接近前線。」

「寫下資料後，有人跟我接應嗎？」聖耀緊張地問，電影裡通風報信的鏡頭總是令人緊張的不得了。

「不會，太危險了，至少在你還沒融入他們的文化之前，我們無法獲悉什麼是安全的祕密溝通方式。」山羊謹慎地說：「暫時先用網路吧。你會用網路嗎？」

「一點點，寄電子信件還行。」聖耀覺得蠻好笑的，居然要他寫電子信件密告。

「那就上這個網站吧。」山羊要聖耀一同觀看電腦螢幕，螢幕上是個網路虛擬書店。

「博客來。」聖耀唸道，表面上這是個知名的購書網站，但顯然大有玄機。

山羊說：「這個網站行之有年，所以不會被懷疑，昨夜我們的工程師才駭進網站，設下一個暗門。從今天起，你在博客來的會員專屬帳號是Cellus，密碼是hellomydarling，按下確定後，你就是一個非常普通的一般會員，權限也跟一般會員沒有兩樣，可以買書，可以寫書評等等。」

山羊彷彿對這個設計很滿意，又說：「但是，一旦你輸入密碼後，再按下螢幕左下角不顯眼的蘋果符號，你就會擁有跟我溝通的權限。隨便進入一本書的書評區，寫下你臥底的心得與資料再寄出，只有我才會收到。要是有緊急的狀況，譬如說有人接近你跟電腦的話，你只要再按一次左下角的蘋果符號，你的權限立刻就會變成一般會員，你所寫的資料也會立刻消失。」

聖耀點點頭，這樣的設計的確安全。

「反過來，若我要給你意見，或是交代你調查事情，我也會寄信給你的臥底權限帳號，你用一般會員權限是看不到的。」山羊補充。

「我知道了。」聖耀點點頭，試著操作一下電腦。

「你邊操作，邊聽著。」山羊站了起來，為兩人倒了杯即溶咖啡，說：「你的身分是人類重要的資產，你一定要保護自己的安全。」

聖耀隨口應了聲：「嗯，我會。」

山羊將咖啡遞給聖耀，語重心長：「要是遇到特殊的狀況，就算是我，你也可以殺了我取得吸血鬼的信任，不能遲疑。這是為了保護你自己，也是保護人類最重要的情報庫。」

聖耀點點頭不作聲，山羊踱步走來走去，說：「還有，知道你是臥底身分的，只有我、署長、馬龍，還有幾個醫療研究員知道一丁點，所以大多數不知情的獵人跟秘警可能會對你不利，你自己要留神。切記不要跟任何人透露你的臥底身分，因為吸血鬼在警方這邊也可能有臥底，消息很快就會傳開。」

「真危險。」聖耀開始連上別的網站。

「要是你發現警方裡面有吸血鬼的反臥底，記得寫信跟我說。記住一句話，輕易相信別人，會死得很難看。我的切身之痛。」山羊閉上眼睛。

聖耀唯唯諾諾。聽了這麼久的講演，他實在累了，吸血鬼也是會疲倦的，倒是身為人類的山羊精力過人。

「先這樣吧，你休息一下，我想想怎麼讓上官把你救走。」山羊說，示意聖耀在沙發上睡覺，自己埋頭苦思。

聖耀躺在沙發上，閉上眼睛。其實他無法成眠。

雖然生父被吸血鬼謀殺，結下了不共戴天之仇，但聖耀隱隱感受到此行的艱險。

臥底不是朝九晚五的工作，是個隨時隨地都要演戲的長期任務，聖耀記起偶像周星馳曾經拍過一部電影，叫「喜劇之王」，電影的末段描述了臥底的緊張氣氛。電影裡的臥底吳孟達認為：臥底是最出色的演員，因為他不能犯錯，犯錯的代價就是死，臥底才應該得奧斯卡影帝。

聖耀為自己肩負重任感到很有意義，他喜歡這種被期待的感覺。

但是，一個未成年的孩子已經可以嗅到危險的氣味。吸血鬼的第六感總是特別發達。

「媽，妳覺得呢？妳一定覺得太危險了吧？」聖耀在心裡看著媽媽慈愛的臉孔：「妳兒子變成吸血鬼了，眞是家門不幸。」

媽媽慈祥不語，聖耀說：「媽，我的壞運氣終究還是要用在壞人身上，支持我好嗎？跟他們稱兄道弟之後，我看不出幾個月，他們一定會死得很難看，我也可以替爸爸報仇了。」

聖耀想著想著，迷迷糊糊便睡著了。

第21話

「喂！醒醒，你安全了。」

聖耀迷迷糊糊地打了個哈欠，揉揉眼睛。

「看看這裡是哪裡？」

不看還好，看了後，聖耀嚇得從沙發上摔了下來。

這是一間漆黑的房間，但完全不像山羊那間資料室。

牆上沒有滿櫃的檔案夾、桌上也沒有成堆的照片與電腦，實際上，這裡根本沒有桌子，牆上則貼了許多明星的海報，湯姆克魯斯、劉德華、蜜雪兒菲佛、濱崎步、倖田來未、史密斯飛船、邦喬飛等。

吊衣架三三兩兩立著，衣架上吊著多件黑色皮衣，幾張黑沙發靠著牆壁，上面坐著幾個人。

那些人好奇地看著聖耀，個個全身赤裸。

赤裸，所以聖耀看清楚他們身上掛著許多傷口。

「我……」聖耀的舌頭抽筋，他嗅到濃濃的血腥味，這令他腎上腺素波濤洶湧。聖耀發覺身上的銀光囚具已經消失，但巨大的壓力使他窒息。

這裡不是秘警署。絕不可能。

一隻修長的手向聖耀伸了過來，聖耀嚇得雙手一撐，往後亂爬。

那隻手的主人，有張熟悉的蒼白臉孔。

上官，價值一億元的名字。

「你……」聖耀的牙齒猛顫，他實在不該躺在這種地方，至少，他不能接受自己莫名其妙出現在這裡！剛剛明明還在秘警署的資料室睡覺啊！

上官赤裸上身，蹲在自己面前，伸出他蒼白的大手，在聖耀面前輕晃。上官友善地看著這個半生不熟的吸血鬼男孩，他知道這個小服務生被他們嚇壞了。

「謝謝你。」上官微笑，他的劉海不再凌亂地垂在臉上，而是濕濕地往後梳、綁了一個馬尾，露出額上青色的疤痕。

「不謝……謝……謝什麼？」聖耀張口結舌，他不曉得自己爲什麼一覺醒來，居然跑到這個吸血鬼魔頭旁。

「謝謝你救了佳芸，我很感激。」上官笑著，他的臉色蒼白得厲害。

聖耀駭然看著上官，說：「你的左手……」

上官的左手不見了，從左肩以下空空蕩蕩的，左肩血肉模糊，還微微冒著白煙，但上官似乎不以爲意，搖搖頭。

「你的命，是我們家老大用左手換來的。」一個冰冷的聲音。

坐在沙發上，胸膛破了兩個大洞的高大猛漢，猛漢的表情不置可否。

「還有三個弟兄。」幽幽的聲音。

坐在衣架上，瘦小的男孩披著黑色的超長大衣；大衣其實不大，只是男孩的身子過於瘦削嬌小，以致他像一隻黑沉的蝙蝠掛在天花板上。

聖耀大概知道發生什麼事了。眞是個措手不及的恐怖事實。在他睡著的時候，上官居然率領一群吸血鬼部隊衝進防衛嚴密的秘警署，拚死將他救了出來！而他竟然無知無覺地被抱走！

聖耀環視四周，雖然只有微弱的燭光，但他還是看得頗清晰；除了上官，有七個吸血鬼受傷坐在沙發上，有的胸口灼傷一片、有的腹部灼傷，其中有個光頭吸血鬼半邊臉不見了，傷勢最爲嚴重。

唯一沒有明顯受傷跡象的，就只有坐在衣架上的瘦小男孩，還有站在角落不發一語的紅衣女人。

「我……我……」聖耀不曉得該說什麼，他心中的徬徨與恐懼不是一般人可以想像的。

「我知道你現在很害怕。」上官慢慢站了起來，順手將聖耀扶回沙發上，聖耀趕緊坐好，腦中一片混亂。

「嗯。」聖耀應道。

雖然自己也是吸血鬼，但吸血鬼不一定喜歡跟吸血鬼在一起。

「變成吸血鬼不是你願意的，但這已是無法回頭的路，不能回頭，所以索性用力往前看吧。」上官說，他的神色有些哀傷。

「這裡沒有人願意成爲吸血鬼。看開點吧。」腹部灼傷的肥胖男子慢聲說道。

聖耀只有點頭的份，他的腦子眞的很亂，他沒心思自怨自艾自己的悲慘命運。

「我的腦子好亂。」聖耀說，他的眼睛避開所有人的目光，他沒這個膽。

不成熟的臥底，總是畏懼別人的眼神。他們總以為自己會被別人一眼看穿。

「還想睡嗎？」站在角落的紅衣女郎不滿地說，隨即被上官瞪了一眼。

「不……不會……」聖耀囁嚅。

「不必介意，大家都是一樣的。」上官說，冷眼掃視全場，不敢再有人對聖耀出言不遜。

後來聖耀才知道，吸血鬼在睡著時的知覺是非常遲鈍的，除非體力完全恢復，否則很難自然清醒，只有少數嚴格自我訓練的吸血鬼才能克服這樣的物種天性。所以獵人往往趁白天吸血鬼昏頭大睡時，搜尋吸血鬼的藏身之處，希望能逮到倒楣的吸血笨蛋。

「不過，你為什麼會在資料室裡啊？」原本在檢視胸前傷口的紅髮男子，突然抬起頭來盯著聖耀。他的眼神不甚友善。

是啊！為什麼聖耀不是待在囚牢，也不是待在研究室，而是待在資料室睡覺？

聖耀的心跳踩了緊急煞車。

他們看見山羊跟我在一起了嗎？

他們一定知道山羊——說不定，他們還知道山羊的計畫……

他們擄走我的時候，說不定警署裡有人不小心透露我的身分？

聖耀的背脊發涼，冷汗自眉滑入眼珠，刺得他連眨子都發抖。

就一個問題，聖耀暴露在十幾道充滿質疑的眼神裡，鼻子裡全是厚重的血腥味，那可是為了救他出警署所流的血。

在下一秒，聖耀很可能會被撕成十塊，只因爲這個小夥子嫩得不像話。

「嗯？」上官看著聖耀，他的左肩冒著白煙，滲出黑血。

「因爲我是臥底。」聖耀嘆口氣。

第三個魚缸之章

第22話

走在鋼索上的回答。

聖耀感覺到四周的溫度瞬間下降，他的脖子被無形的薄刃抵住，腦袋隨時都可能會摔落地上。

「嗯，果然很符合山羊的作風。」紅髮男子咧開嘴笑著。

上官斜著頭，好奇地看著聖耀，說：「原來是新的臥底啊，這下子麻煩了。」

聖耀吸了口大氣。這可能是他最後一口氣。

「麻煩什麼？」聖耀問，他慢慢想起吸血鬼殺害他父親的深仇，他的膽子莫名其妙地膨脹。

「你是我的恩人，也是我親自選中的部下，但你卻是個臥底。」上官的語氣頗爲戲謔，他的眼神卻沒有殺意。

「老大，我們犧牲那麼多夥伴救回來的小傢伙竟是個臥底，眞是糗了。」坐在衣架上的瘦小男孩搔著頭髮笑著。

聖耀卻笑不出來，他的腳趾抽筋。

「上官哥？這個小傢伙……」紅衣女子冷冷說道，上官示意她別再說下去，紅衣女子咬著牙，忿忿瞪著聖耀。

上官倨視著聖耀，說：「你知道上次有人來這邊當臥底的下場嗎？」

聖耀咬著牙，說：「山羊跟我說過。」滿臉通紅。

上官知道這個男孩明明逃不出這裡，但態度卻那麼倔強，他感到好奇。

「既然知道，爲什麼還敢當臥底？」上官看著聖耀快要哭出來的臉。

爲什麼？

聖耀握緊拳頭，在腦中飛快尋找能夠讓他活下去的答案。

因爲山羊拿著槍底著我的頭，要我當臥底？但其實我自己根本沒膽子當——這個答案如何？

……不，哪有人用性命相脅，逼人當臥底的？壓迫下的任何承諾都是不具約束力的空話！這點山羊知道，上官也一定清楚。

聖耀只思考了半秒，便將這個爛答案縮回喉嚨底。

紅髮男子一直看著聖耀，他的眼神甚至比上官來得有威脅性。

那麼……山羊在我身上注射一種新的毒液，逼我當臥底換解藥，這個答案如何？挺合理的！就是這個！

聖耀正要開口時，紅髮男子卻先他一步。

「山羊一定跟你說，你是全人類的希望，是最重要的情報庫，所以你一定要好好保住你自己的小命，嗯？」紅髮男子低頭舔著胸口的創口，眼睛看著聖耀。

聖耀不置可否，他覺得這個紅髮男子的眼神充滿不屑。

聖耀隱隱約約，覺得這個紅髮男子一定認識山羊——說不定他就是之前背叛秘警的臥底！

既然他這麼熟悉山羊，那麼他很可能清楚山羊不會是使出這種慢性威脅手段的人——不行，不能胡謅答案冒險。

「山羊一定跟你說，有必要的話，連他都可以毫不猶豫地殺掉，是不是？只因爲你肩負拯救全人類的任務？」紅髮男子酸酸地說。

「沒錯。」聖耀擦去鼻子上的汗珠，索性大方回答。

「你在這麼多吸血鬼面前，居然敢承認自己是警察的臥底，我想聽聽你的理由。」上官的眼神變得冰冷。

聖耀看著上官，心想：他在給我機會？

「我也想。」衣架上的瘦小男孩舉手。

「我也想。」胸口破了兩個大洞的巨漢。

「我也是。」紅髮男子用舌頭玩弄著傷口。

「不論什麼理由，臥底就是該死。」紅衣女子的犬齒慢慢變長。

「我們失去這麼多夥伴，還害上官斷了條手，領死吧。」臉色青黑的猛男目露凶光。

「死！」失去半張臉的光頭咆哮。

上官斜眼看了眾人一眼，語氣冰冷：「當我死人嗎？」

眾人頓時安靜，有人甚至不敢抬起頭來，剛剛才咆哮完的光頭表情尤其窘迫。

「說。」上官說，坐了下來，盤腿而坐。

聖耀鼓起勇氣，小聲說道：「我要替我爸爸報仇。」

上官一愣，反射問道：「你爸？」

聖耀的眼睛流下淚珠，說：「幹！我怕得要死，可是我還是要說，你們吸血鬼殺了我爸爸，我爸他是好人爲什麼要這樣傷害他？你們毀了我的家！吸血鬼了不起啊！」

上官的表情很複雜，但心裡暗暗鬆了一口氣。這個理由好辦。

「但你自己也是吸血鬼啊，至少從今以後都是。」坐在衣架上的瘦小男孩說道，一臉的老成世故。

「人都可以找人報仇了，吸血鬼爲什麼不可以找吸血鬼報仇？」聖耀的火氣壓抑住他的害怕，大不了立刻結束這爛到不行的人生！

「山羊給你看了你爸爸屍體的照片吧？」紅髮男子問，他的眼神不再那麼咄咄逼人。

「對！我一定要找出殺我爸爸的凶手！」聖耀大聲說道，腳卻在發抖。

「你在這裡承認你是臥底，你覺得你還有機會報仇？」上官嚴肅地看著聖耀。

聖耀頓時像洩了氣的皮球，剛剛硬撐起來的勇氣立刻無影無蹤。

「求你不要殺我。」聖耀的聲音在發抖，他不由自主舉起自己的右拳，開始敲著自己的前額。

「喔？」上官歪著頭，彷彿被這個要求迷惑住了。

聖耀覺得自己的脖子馬上就要被折斷了，開始祈禱秘警署的叔叔伯伯對麥克能夠好一點。

「好像還欠一句話？」上官看著聖耀，表情很輕鬆。

「嗯？」聖耀呆住，不曉得自己還漏說了哪句話。

每個吸血鬼都凝視著聖耀，聖耀突然若有所悟，說道：「求求你別殺我，我不當臥底了。」

上官哈哈一笑，眾人隨即擊掌大笑，聖耀的汗珠滑落鼻心。

「歡迎你加入我們。」上官微笑，伸出手。

聖耀握住上官的手，上官的手出奇地溫暖。

「請多指教。」聖耀說道，不知道自己的臉上究竟是什麼表情。

這兩個人，不，這一．五個吸血鬼，即將寫下台灣吸血鬼歷史上，最扣人心弦的熱血篇章。

第23話

似乎所有的人都對上官的決定感到滿意，儘管這次的突擊犧牲了不少好兄弟，他們仍不願將這個臥底少年撕成肉片。因爲少年有個好理由。

他們是吸血鬼，不是殺人魔。

但，有個人例外。

紅衣女子的眼神表露著不滿，她無法容忍令上官斷臂的傢伙存在，不過既然上官已經表態，她也不能多說什麼。

走著瞧吧，紅衣女子心想。

「以後你就是我們的夥伴，或者，你不想加入黑奇幫也行，你可以當個自由的吸血鬼，以後所作所爲自己負責。我們只是自己喜歡把你從秘警那邊救出來，你不必覺得欠了我們什麼。」上官溫和地笑笑。

「山羊提過黑奇幫吧？」紅髮男子說，他的態度變得很和善，判若兩人。

「提過，我加入。」聖耀說。

「明智的選擇。加入黑奇幫，好。」巨漢說，咧開嘴笑。

上官點點頭，說：「過幾天再帶你參見壺老大，正式拜入黑奇幫，現在先爲你簡單介紹這些救你出秘警署的夥伴。」

「阿海，海洋的海。我最最最機靈了。」坐在衣架上的瘦小男孩迫不及待地自我介紹。小男孩真的很瘦，穿什麼衣服都會鬆鬆垮垮的，但他卻穿著異常大件的黑大衣，宛若一隻營養不良的蝙蝠。

「怪力王，我的力氣是黑奇幫最大的！」巨漢大聲說道，他身上筋肉糾結，似乎沒有一個地方不成壯碩的肌肉，連深黑色的乳頭看起來都像鐵做的。

「力氣大了不起啊，還不是挨了兩槍哇哇叫。我叫螳螂，變成吸血鬼以前是螳螂拳高手，當然現在也是啦，而且還更厲害哩！所以我乾脆叫自己螳螂，很好記吧？至於我的本名也叫唐郎，不過不是昆蟲的螳螂，而是唐朝的唐，郎中的郎，其實我就是因為自己的名字才跑去練螳螂拳的，所以練起來自然水到渠成，練——」一個綁著馬尾頭髮的中年男子滔滔不絕，住不了口。

「囉唆。」肥胖的男子打斷螳螂的連篇廢話，說：「我叫甜椒頭，火藥跟武器組裝是我的專長，任何黑市裡的武器跟血漿包，我都能在三天內調齊貨。」肥胖的男子沒什麼特色，唯一的特殊之處就是他的名字。

「如果你想學螳螂拳，可以找我拜師，至於其他的拳法，唉，不是我愛批評……」螳螂又插嘴。

「麥克，後天努力型的神槍手。很高興救你出來。」失去半張臉的光頭笑笑，他拿著炙燙的小刀貼著臉上的巨大傷口。一時焦煙噴起，創口不斷流出的血液頓時燙結。

看樣子，麥克是個相當勇悍的人，或是一個相當會表現勇悍的人。

聖耀心想：「跟我養的狗同名。」眼睛不敢直視麥克恐怖的傷口。

「賽門貓，我的動作比貓還輕，下手卻比老虎還重。李小龍創發的截拳道在我手中只有更強十倍。」紅髮男子說道：「我從前是山羊的手下，傳說中背叛秘警的臥底前輩，哈哈。」

賽門貓露出親切的笑容，是種自認與聖耀心照不宣、默契的笑容。

聖耀點點頭，說：「果然是你。」

「我下手比老虎輕，卻比豹子快。敝姓張，賤名熙熙，爛人都直接叫我張熙熙，好人都叫我熙熙。我擅長各式各樣的兵器，武當太極。」張熙熙是個臉白肉淨的女子，雖然長相樸素了點，但一點也不髒，她赤著高挑的身子，露出大腿與胸口上的燙傷。

「熱蟲，幹你娘的我什麼也不會，大家做什麼我做什麼，幹。」一個雙耳戴著十多個耳環、臉色青黑的大男孩胡亂咒罵著。

熱蟲也是全身赤裸坐在黑沙發上，不過他看起來格外喪氣，甚至比嚴重毀容的麥克還要沮喪百倍，因爲他一向自豪的陽具挨了一槍，下體並非血肉模糊，而是被轟個一乾二淨了。

「節哀。」聖耀同情地看著熱蟲，心道。

只剩下紅衣女子沒有自我介紹，聖耀從她倨傲的表情中，強烈感覺到女子對他的不滿。聖耀被瞧得很不自在，卻不知道該將眼睛放在哪裡。

紅衣女子是個冶艷的美人胚子，一頭亮麗長髮，皮膚白中淡淡透紅，唯獨一雙眼睛湛著莫名的冷漠。

「玉米？」上官轉頭看著紅衣女子，對著她莫可奈何地笑笑。

女子只好輕嘆一口氣，說：「我叫玉米，我脾氣不好，不要惹我。」

「喔，我知道了。」聖耀說道，他這幾年來都處於人際孤立的狀態，與人甚少溝通，現在突然被玉米憎惡，實在是非常陌生的感覺。

「哈，其實玉米脾氣最好了，只是玉米——哇不要瞪我！」螳螂欲言又止，大家的表情變得很詭異，玉米凶狠地看著多話的螳螂。

上官拍拍聖耀的肩膀，說：「正式入幫時，再換你自我介紹。」

聖耀呆呆地點頭，上官瞥了自己的斷臂處一眼，說：「今晚的行動大家辛苦了，這幾天道上恐怕不得安寧，沒事的就藏好，有事的就小心，有危險照例到其他幾個窩找我，我會跟阿海、聖耀在一起，我還行。三天後飯館見。」

「老大，不如大夥聚在一起！」怪力王小聲說道，眼睛看著地上。

「不需要。」上官快速回絕，玉米到嘴邊的話只好苦吞下去。

眾人相顧默然良久，上官看著窗縫中的天色，說：「把握時間。」

眾人只好忍住傷痛站起來，從衣架上拿回自己的衣服穿上，那些衣服沉甸甸的，裡面似乎還裝著武器吧。

甜椒頭從牆壁後扳開一個小密門，裡面裝滿數個小型的黑色皮箱。甜椒頭一個個拿出交給眾人傳遞分配，聖耀知道箱子裡面多半是冷凍血漿，但自己卻聞不到血的氣味，這些箱子的外殼應該是特殊材料做的。

賽門貓從門內窺視外面確認安全後，打開門讓眾人魚貫走出，聖耀跟在上官後面，看著眾人個個拎著皮箱，或快速隱沒在夜色中、或招呼計程車離去、或漫步進小巷。

曲終人散。

「大家在一起養傷不是比較好嗎？」聖耀小心翼翼問。落單又負傷的吸血鬼被逮到的話，下場不難想像，爲何不聚在一起好有個照應？

「你知道我的頭值多少錢嗎？」上官笑笑，把頭髮撥到額前蓋住青疤，將門鎖上。鎖很平常，一般的喇叭鎖。

「一億不是？」聖耀疑道。

「明天大概又會升值，翻上新的歷史紀錄吧。」上官苦笑：「你跟阿海現在跟著我，倒是最危險的。」

原來眾人是被上官支開的，天曉得黎明破曉後，會有多少不要命的秘警與吸血鬼獵人開始追緝上官？

聖耀嚇得臉都綠了，卻見阿海搖搖頭，笑說：「老大這次想住哪個窩？」

「魚窩。」上官說。

第24話

魚窩在市中心，一棟平凡老舊的公寓地下室二樓。

地下室原本有些潮濕、有些陰暗，但終日開啓的冷氣除濕效果不錯，通道的燈光在幾天前也換新了。聖耀一進魚窩，便覺得十分意外，跟他想像的吸血鬼窩截然不同，至少跟十分鐘以前的陰暗房間差異甚大。

地下室二樓雖然很窄小，但暗門後是個相當寬敞的乾淨房間，白色磁磚地板明亮，兩個四呎大魚缸靠在牆上，兩張柔軟的大床，地上有幾個相當沉重的啞鈴。另一邊的牆上則掛了個在夜市買的圓形飛鏢靶，桌上擺著電腦，書櫃上擺著電視機與音響，大約有十五坪的寬敞空間。

上官打開另一道門，裡面是間窄小的浴室。上官很快沖了冷水澡，渾身濕透坐在地板上，阿海將一大袋冰血漿遞給上官，上官咬破袋子，慢慢喝著。

阿海迅速將上官的斷臂傷口包紮好，上官並非鋼鐵男子，聖耀從他的眼神中看出上官對斷臂的遺憾。

「對不起，害你的手——」聖耀不知怎地，竟對他的臥底對象感到歉咎。

「是挺可惜，不過麻煩事還在後頭。」上官看著斷臂處，手上的血漿袋已經癟了。

「幸好你不是在秘警署最底層，那裡的厚重銀門相當難搞，時間一拖，說不定大夥都會死在警署。人類只要聚上一群，加上一堆雷射、機關的，那可是厲害得不得了。」阿海收拾著紗布、剪刀，自己換了件白襯衫。

「原來如此。」聖耀說，試圖想像混戰的場面。

「你不必介意，我不當你是手下，我當你是朋友，好朋友。」上官說，躺在床上。

「因爲我救了佳芸？」聖耀微感詫異，問道：「其實就算佳芸中槍了，你也可以咬她啊？」

「山羊沒跟你說過你很幸運嗎？子彈是純銀做的，就算及時成爲吸血鬼，佳芸也會因爲銀子彈而死的。」上官嘆口氣，卻又笑道：「況且，吸血鬼的人生不適合佳芸……事實上，也不適合任何人。」

聖耀想繼續追問，阿海卻說：「讓老大先睡吧，現在天快亮了，老大很累了，要多休息。」

上官沒有反駁，說：「明晚再跟你聊吧，我先睡了。」

上官抓了條粉紅色的大毛巾蓋著，躺在床上大睡，阿海知道聖耀剛睡醒不久，還挺有精神，於是跟聖耀坐在魚缸前看魚，說：「在老大醒過來前，我們都不能睡，學著點啊。」

聖耀以爲是單純的階級關係，但阿海很快補充道：「我們吸血鬼體內細胞的新陳代謝速度是普通人類的十幾倍，能量消耗很大，所以睡著後會進入完全休憩的狀態，此時我們特別脆弱，體力還沒恢復前很難自己醒過來。平常的話，老大即使一個人睡也沒什麼問題，但昨晚老大受了重傷，體力到臨界點了，警覺性也跟著變差，這也是老大要帶著我們的原因之一——逞強只會早死，不會變強。所以我們要守在老大旁邊，等老大醒了我們才能睡。」

聖耀點點頭，卻又問：「要是有危險的話怎辦？揹著老大逃啊？」

阿海搔著頭，嘻嘻笑說：「用銀叉子捅老大的身體，他很快就會跳起來的。」

聖耀覺得好笑，但阿海的上衣口袋眞的放了支銀色的小叉子。

或許是因爲房間明亮的關係吧，聖耀覺得這裡並不可怕，他又想：也或許是因爲自己已經是個吸血鬼了，所以對身在咫尺的兩個吸血鬼有種同儕感也是很正常的。

這種同儕感，聖耀刻意遺漏很久了。不如，就讓致命的感情聯繫再度啓動，覆滅吸血一族吧！

「你養的魚啊？」聖耀看著魚缸。

一個魚缸住的是大魚，展現出強壯之美。兩隻深黑色的成吉思汗淡水鯊優雅地在擺尾散步，另兩隻帶著毒刺尾巴的魟魚翩翩貼著碎石地滑行，一隻巨大的長頸龜伸長脖子，與聖耀隔著玻璃對看。

另一個魚缸漂亮得多，呈現了生命繽紛的美。數十隻小燈魚悠游於綠意盎然的水草山洞中，幾隻蜜蜂蝦在水草裡呆晃，遲緩的八字娃娃啄食青苔上的蘋果螺，幾隻雄貓鼠不停啃著玻璃。

「算是大家合養的，你喜歡哪一缸？」阿海問，他開了盒夾心餅乾，聖耀拿了一片吃，阿海將餅乾碎屑扔進小魚的魚缸裡，看著燈魚衝上爭食。

「不知道，小魚的缸子吧。」聖耀說。

「養過魚嗎？」阿海說。

「沒養過，不過我養了條狗，也叫麥克。」聖耀說：「爲什麼不弄個更大的魚缸，把兩邊的魚養在一起？」

阿海吃吃地笑，怪聲道：「果然是沒養過魚的白癡，大魚會把小魚通通吃光啊。」

聖耀「喔」了聲，自己也感到可笑。這麼簡單的道理啊。

「兩隻淡水鯊魚是怪力王養的，長頸龜是熱蟲養的，魟魚，就是那一隻，是昨晚任務死掉的老B養的，現在算在我頭上好了。」阿海介紹，餅乾一片一片吃。

「小魚呢？」聖耀問，也吃著餅乾。他想念老狗麥克。

「八字娃娃，胖胖的那些，是玉米跟張熙熙合養的，雄貓鼠是昨晚死掉的霹靂手養的，蜜蜂蝦是我養的，燈魚是老大養的。」阿海指著燈魚，說：「老大的燈魚不容易生小魚，因爲缸子太小了，差不多要七呎缸以上的大小，燈魚才會正常繁殖。」

「怎麼會想養魚？」聖耀問。

「人會做的事，吸血鬼都會做啊。我們這一群以前都是人類，只要是跟著老大的，沒有人一生下來就是吸血鬼。」阿海看著燈魚爭食著餅乾碎屑，說：「何況小魚好養多了，幾天不餵東西也不會嗝屁，水草缸裡面有種奇妙的生態平衡，微生物、青苔、蟲卵，餓不死這些小傢伙的。」

「那大魚咧？都吃小魚啊？」聖耀問。

「我們都買朱文錦，也就是夜市給人撈著玩的便宜小魚給大魚吃，朱文錦稱斤論兩賣，一兩大概是十五到二十元。」阿海說：「有時候懶得去買朱文錦，就撕幾片雞肉丟下去。」

「我還沒看過餵魚，下次要餵要叫我。」聖耀說，他眞的想看。

「嘿，以前我也喜歡看，但看久了會膩，倒是釣魚釣不膩，你看。」阿海拿出小小的自製魚竿，那根本是扯鈴的棍棒，上頭綁著棉線，棉線繫住一只塑膠勾。

「很怪耶。」聖耀發笑，看著阿海那支白癡小魚竿。

「以後釣給你看，現在沒有活餌不好玩。」阿海認眞說道：「不過我只釣到過成吉思汗一次。」看著魚缸裡自己的倒映。

「那已經很厲害了。」聖耀不停發笑，大概是自己太久沒接觸「朋友」這種特殊的生物吧，阿海偏偏又是個好笑的人，或說，好笑的吸血鬼。

但，聖耀瞥見阿海口袋中的銀叉時，對自己的笑聲微感訝異。

在剛剛的幾分鐘裡，聖耀意識中的吸血鬼符號悄悄藏了起來，他誤以爲自己臥底於一個犯罪組織——也就是黑幫中，卻突然忘記這個黑幫的成員都是吸血鬼。聖耀意識到同樣存在於人類社會中的黑幫氛圍，卻沒意識到最詭異血腥的嗜血族群的氣味。直到聖耀看見阿海口袋中的銀叉，他才從意識中挖出身旁的男孩是個不可思議的吸血鬼。

聖耀在心裡打個哆嗦。

「有件事很奇怪，你們好像也叫自己吸血鬼？這樣是不是不太好？」聖耀問，想找個話題聊聊，因爲要看魚缸看到上官醒來是件不容易的事。

「這樣叫沒什麼不好，我以前還是人類的時候，就叫吸血鬼作吸血鬼，所以我自己變成吸血鬼以後，繼續這樣叫並不會奇怪。只是個稱呼，沒有吸血鬼會歧視自己的稱號。」阿海回答，他以前也回答過同樣的問題。

「爲什麼不叫吸血族？那個『鬼』字實在不怎麼好聽。」聖耀說。

「我們又不是人，只是曾經爲人罷了，『族』聽起來是人類族群的分類，『鬼』聽起來就大大不同於人了。」阿海靠著床說：「或許，你現在還會覺得自己是人類，別擔心，一開始都是這樣的，當人要學做人，當鬼要學做鬼，等你慢慢學會怎麼做鬼後，你就會知道自己是屬於哪一邊的。」

「是嗎？」聖耀不以爲然，他剛剛遺忘自己身處吸血鬼中，就是最好的證明。既然吸血鬼曾經是人類，就該保有人類的一切，他們不是相互孤立的兩個世界。吸血鬼擁有人類的過去。

「本來只有一缸魚的。」阿海說，他知道聖耀在想什麼。

「嗯？」聖耀。

「本來，兩隻成吉思汗還是仔魚的時候，也是跟一群小魚住在水草缸裡，一起吃餅乾碎片。」阿海說：「後來，成吉思汗慢慢長大，有幾天我們忙，沒住這裡，等到事情結束後回來，才發現水草缸裡只剩下兩隻成吉思汗，其他的小魚全都不見了。」

「太餓了吧。」聖耀說。

「一開始是這樣的。」阿海笑笑：「後來我們又放了新的小魚進去，丟下很多餅乾碎屑，但成吉思汗卻視而不見，只顧著把小魚吃光，後來我們又丟了一次小魚進去，也是立刻進了成吉思汗的肚子，而餅乾碎屑全沉到缸底。」

「吃上癮了？小魚比餅乾好吃吧？」聖耀說，他想起麥克討厭狗餅乾這回事。

「對，成吉思汗沒吃過小魚之前，牠以爲小魚跟牠是一樣的，直到有一天，牠才發現小魚只是牠的食物。從此以後，牠們就眞的不一樣了——再也回不去了。」阿海歪著頭說，這個故事以前他也曾跟賽門貓說過。

「都怪那一次你們忘記餵魚，不然牠們到現在都還住在一起。」聖耀說。

「不，這只是遲早的事，一開始就註定好了。」阿海頗有意味地說。

「反正時光不能重來，所以乾脆養兩個缸子？」聖耀說：「其實可以養第三個缸子的，我們來實驗看看。」

「這兩群魚之間，有沒有第三個缸子，老大也很想知道。」阿海笑。

「一定有的。」聖耀說。

「我們也希望。」阿海說。

魚缸再美麗，也無法將話題不斷繞在上面打轉，尤其是清晨五點半，距離上官醒轉還有十幾個小時。

「說說你們怎麼救我出來的？」聖耀問，他想弄清楚自己昏睡時發生的激鬥。

「幸好有賽門貓。」阿海說。

第25話

幸好有賽門貓，他對秘警署瞭若指掌，這次的行動就是他策劃的，如果秘警署的機關布置沒有更動太大，我們得手的機會就大大增加。反之，我們可能要冒著全軍覆沒的危險。

賽門貓分析，如果你在最底層鋼門重重的研究室，我們所有人都要負責掩護的工作，在樓層間組織一個強大的火網，好讓老大一個人衝進去救你。但秘警總部畢竟是秘警總部，這樣做的結果，可能只剩老大跟你出得來；老大本來想放棄這個計畫，改成他一個人僞裝成秘警，然後將你偷出來。

賽門貓主張萬萬不可，老大絕無可能通過各種檢測身分的關卡的，根本混不進去；不過賽門貓說他的直覺告訴他，山羊一定正在說服或訓練你臥底，所以你很可能待在較高樓層的資料室、偵訊室、山羊辦公室等等，所以我們便決定賭運氣，要是你在較高樓層，我們便把你搶出來，如果你在底層研究室，我們衝殺一陣後便留下隱藏好的老大，再引誘秘警出來追殺我們，老大趁著警署大亂，自然會想法子抱你出來，到時候再與我們會合吧。

賽門貓的直覺很準，你果然在資料室。

但儘管如此，秘警遭到奇襲後很快就組織起來，槍林彈雨中，我們雖然都穿了防彈衣，但還是犧牲了好幾個同伴，沒死的，防彈衣也轟破了好幾個洞。我負責的工作是製造走廊的混亂，沒受傷眞是僥倖。

你是賽門貓抱出來的，老大一見賽門貓得手，立刻大叫所有人快點出去，張熙熙跟麥克衝上樓殺出血路，甜椒頭丟出所有的煙幕彈跟瓦斯彈後，老大便在後面負責斷路，等到所有人已經在約好的地點「黑屋」集合後，過了好幾分鐘，老大才出現窗户旁。

那個時候，我們才看到老大的手已經斷了，玉米氣得差點一槍轟了你的頭，大家都知道她很愛老大。

在你醒過來前，賽門貓就開始猜測你會不會接受山羊的建議當臥底，也猜測你會不會編故事騙我們你爲什麼躺在資料室，而不是研究室。大家都沒心情猜，只求你沒答應要當臥底，不然老大的好意就白費了，也白死了幾個好兄弟。

接下來的部分，你就知道了。我想老大一定很高興你承認自己是臥底，更高興你不當臥底了。

因爲你是老大的朋友。

第26話

「你們爲什麼相信……我說不當臥底就不當臥底？」聖耀耳根子發燙。

「因爲你是老大的朋友。」阿海認眞道：「我們相信老大，所以也沒道理不相信你。就算被你背叛，我們也只能無可奈何接受。還沒發生的事，就當不會發生。」

「謝謝——」聖耀不知道該說什麼。

「其實，老大也沒辦法幫你報你爸爸的仇，因爲很多吸血鬼都不記得自己殺過哪張臉孔，這種濫殺的情況直到最近幾年才被老大壓下來。老大的理念你慢慢就會理解，就算你現在心裡打著別的主意，以後也會清楚自己該站的位置，臥底是沒有意義的。」阿海的口氣不像個小孩。

「什麼理念可以抵得過復仇雪恨？」聖耀脫口而出，一想到他爸爸，聖耀又開始憤怒。

「第三個魚缸。」阿海說。

「第三個魚缸……」聖耀喃喃自語，他隱隱約約理解這個比喻。

以噬吮人類血液維生的鬼魅，能不能與它的食物和平共處？第三個魚缸是這樣的意思嗎？

阿海知道聖耀對爲父報仇這件事仍舊執著，對於上官的理念或許一時無法接受，於是笑著說：「我們跟著老大，也不見得每個人都認同老大的主意，但大家都想看看老大一步步靠近理想的樣子。」

阿海眼睛發光，看著熟睡的上官說：「這就是老大的迷人之處。」

聖耀不置可否，低下頭來，理念對他而言既熟悉又遙遠了；這幾年來，聖耀的人生理念就是千萬不要對人生抱持任何理念，因爲所有具意義的理念都無法不牽涉人群。一牽涉人群，大家就等著彗星撞地球吧！

阿海打了個哈欠，經過一夜的亡命任務，他著實累了。

「要不要睡一下？」聖耀問。他看到書櫃上滿滿的都是書，各式各樣的書，阿海睡著時他可以翻看看。

「不了，老大很信任我，才會在我身邊睡的。」阿海揉著眼睛，說：「守護老大是我的榮幸，就像守著一個偉大的魚缸一樣。」

「喔，眞奇怪的比喻。」聖耀羨慕起上官。上官不但擁有可愛的佳芸，還有一堆可以將生命託付其手的朋友，這些都是自己人生最匱乏的。

「要不要聽聽老大的傳奇？」阿海突然神采奕奕，這個故事他難得說上幾次。

因爲上官的故事是台灣吸血鬼的經典、傳說、神話，幾乎沒有人不知道。

「好啊！」聖耀也很有興趣，說：「我只聽過山羊說，上官橫行了幾十年，殺過的獵人與秘警不計其數，是他不計死活要逮到的超級重犯。」

「這是人類的官方說法，也頭重腳輕地說不明白，死在老大手下的吸血鬼，恐怕遠超過那些秘警跟獵人呢。」阿海興奮地說。

第27話

吸血鬼大多有個諢名，這是爲了區別生前身分的關係，代表告別人類身分的表面儀式。

但吸血鬼的諢名因頭，也跟黑社會的特異性質大有關聯，這個關聯常見於武俠小說中對江湖人物的描述。

諢名通常有兩層意義。

第一層意義，是自己對自己的期許，或對自己特色的觀感，例如怪力王這個諢名就是自己取的，意味著自己具有強大的肌肉爆發力；賽門貓這個諢名也是自己取的，只因爲賽門貓很喜歡Simon這個英文名字，又碰巧養了隻貓；螳螂更是個好例子。

第二層意義，就是來自江湖對這個人的敬畏與評價。通常，江湖的評價加在一般的諢名前，有如獨特的黑道姓氏。每一個黑道姓氏都是連場血戰得來的尊號。

鬼影螳螂，妙手張熙熙，銅牆怪力王，夜哭賽門貓，火樓甜椒頭，去你的死光頭麥克，偷王阿海，愛上官上官卻不愛的那個玉米，髒熱蟲。

老大，吸血鬼的傳奇，當然擁有過許多嚇死人的黑道諢名。擁有過。

雙刀上官。

五刀上官。

九刀上官。

霹靂手上官。

飛刀上官。

死神上官。

佛手上官。

這幾個諢名不知嚇破多少英雄好漢、奸人魔頭的膽子，每一個諢名的背後都充滿了血腥氣味，只有在「佛手」上官這個名字背後，還聽得到些許求饒的哭聲。

但是經過那場著名的「血廈」一役後，老大就沒有諢名了。

他不再需要。

上官兩個字，就是無敵的名號，上官無筵，台灣吸血鬼的魔王傳奇。

上官傳奇之章

第28話

「這麼厲害！」聖耀居然感到興奮。

「厲害的背後，不知樹立了多少潛在的敵人，幸好佛手這個名號背後，也爲老大找到許多肝膽相照的朋友和可敬的敵人。」阿海說，神色有些擔憂。

「上官老大是什麼時候變成吸血鬼的？好幾百年了嗎？」聖耀問。

「不知道，老大提起這件事總是模模糊糊的，不過可以確定的是，老大最晚從八年抗日戰爭起就變成吸血鬼了。」阿海篤定地說。

「上官老大參加過八年抗戰啊？」聖耀摸著頭。

老大的老家在東北，日本鬼子在那裡大肆屠戮的時候，老大一個人在黑夜裡作掉一批又一批的日本突擊隊。當然，老大那時候是以吸血鬼的身分出沒的，老大自己提過，他的戰技是自日本鬼子那裡奪得兩把武士刀後，才開始從實戰中習得。

雙刀照上官，夜路脖子翻。哈。

不過，老大的敵人不只是日本正規軍隊，隨著日本軍隊入侵中國東北的，還有日本古老的吸血氏族特意派遣的「**皇族闇殺團**」，那可是日本吸血氏族的精銳部隊之一……嗯，日本的吸血鬼組織嚴密，是氏族式的階層，嗯，那個以後再說。總之，日本吸血氏族眼見中國經年積弱不振，於是在發動東亞戰爭上發揮了不小的政治影響力，在他們眼中，中國簡直是個擁有數億人口的大血庫！日本吸血氏族的意圖再明顯不過。

老大的理念並不是在那個時候就形成的，但對於日本吸血鬼暴行東北這檔事，老大顯然感到很不爽，毅然挑戰皇族闇殺團——一方面是因爲那時候老大還拋不開對中華的民族情懷，另一方面，我猜老大對人類總是抱著感情吧，連女朋友都是人類。

那段紅色的日子夜夜血戰，爲了以一敵多，老大在不斷重複的重傷、瀕死邊緣中，終於練成可怕的多刀流。

皇族闇殺團的死傷越來越多，老大的威名傳遍整個中國東北吸血鬼界，於是有許多華北一帶的吸血鬼好手也加入了老大。這一下形勢逆轉，中國能人輩出，潛藏的吸血鬼高手本領更是恐怖，加上暫時策略合作的中國道派獵人、軍派獵人、俄國獵人，日本的皇族闇殺團在數月間被殺退到合江省，眼看就要全滅了。

不料，日本吸血氏族東京總本山，竟派出最強悍的「牙丸禁衛軍」支援東北的皇族闇殺團，準備一舉反攻，奪下中國這個超級大血庫的控制權。

「丸牙禁衛軍?很強嗎?」聖耀聽得入迷。

「『牙丸禁衛軍』是守護東京地下皇城的戰鬥軍團，也是日本吸血氏族殲滅菲律賓吸血鬼聯盟的主力，強悍異常!他們甚至在十七分鐘之內就拔除了新加坡所有的吸血鬼部隊。」阿海誇張的表情。

「不過好怪，日本吸血鬼幹嘛到處搶血庫？日本人也不少啊。」聖耀疑惑。

「所以他們該死。」阿海哈哈笑道。

話說那惡名昭彰的牙丸禁衛軍一到合江，加上皇族闇殺團的殘軍敗部，力量立刻與中國的吸血鬼、獵人聯盟僵持不下，最後兩軍在極北苦寒的雙鴨山裡鏖戰兩夜，屍橫遍野，堪稱是亞洲百年來血庫爭奪的最大戰役，在那一戰過後還能站得起來的傢伙，現在都是叱吒風雲的大人物。

吸血鬼的戰爭只有夜晚，所以白天變成不得不休戰的療傷時光，只有獵人還有力氣在白天的山林間搜尋日本吸血鬼的藏身之處，但牙丸禁衛軍的匿蹤術一流，中國的獵人經常無功而返，或甚至誤中陷阱而死。

鏖戰的第二夜，天快破曉，當日本吸血鬼發狂衝過關鍵的「莫渡橋」，準備回到秘密巢穴暫憩時，老大跟他的最強盟友，獵人劍豪老馬，兩人一起自橋下翻上，從中阻斷了牙丸禁衛軍的精銳，那眞是令吸血鬼再三傳頌的一刻！

牙丸禁衛軍的開路將軍，第一高手牙丸斷嶽，怒目拿著發出青光的妖刀「不知火」站在前頭，身後還站著二十一個牙丸禁衛軍的超級凶煞，一齊向老大跟老馬衝將過來！

老馬一躍，暴起鋼銀大砍刀與牙丸斷嶽在橋索上跳躍激戰，老大則冷然守住橋頭，以一擋二十一！

老大說，要是早一個月在橋上死鬥，他無疑死透了，但此刻他已練就九刀連環的神技，頃刻便與二十一個煞星分出了生死。老大的左手掉進松花江裡，跪坐在橋頭，身上插了四柄武士刀，其中有兩把深深地將老大釘在橋上，但他的身旁全是牙丸禁衛軍的殘屍！

老大看見獵人老馬坐在橋上，便勉力將身上的武士刀折斷、扶著橋索走了過去，他瞥眼鋼銀大刀插在牙丸斷嶽的脖子上，牙丸斷嶽雙眼翻白，一動也不動。

但劍豪老馬的胸口也被妖刀不知火貫穿，眼看就要沒命了。

「進入我們的世界吧。」老大說，看著奄奄一息的老馬。

「白癡。」老馬笑罵道。妖刀鍍上了銀，就算他變成吸血鬼也是死路一條。

「值得一試。」老大這麼說，露出尖銳的牙齒。

「省省，獵吸血鬼的……跟吸血鬼合作……已經……很離譜了……」老馬慢慢拔出妖刀不知火，說：「還變成吸血……鬼？……操你媽……操……」

老大點點頭，他明白老馬的意思。他陪著老馬坐著。

老馬罵道：「天……快亮了……你他媽的……還……坐……」

老大哈哈大笑：「我要賭看看，看是我的宿敵先死，還是你的宿敵先被陽光曬死。」

老大知道老馬一向嗜賭，他們兩人自從認識以來，便在無數個賭命之約中燦爛彼此的生命。

老馬嘿嘿笑道：「小子有種——賭什麼？」

老大笑說：「賭你的左手。」

老馬勉強笑道：「賭了。」

於是，兩個人便這麼坐在橋上耗著。

直到天空轉成藏青色，老馬終於氣若遊絲，斜斜倒在橋上。

老馬細聲說：「小子……你贏啦……賞你一條胳臂去吧……」慢慢闔上眼睛。

老大點點頭，說：「好朋友，好敵人，再見了。」

於是老大便用妖刀砍下老馬的左手，將妖刀折斷拋入松花江，帶著老馬賭輸的左手遁入雙鴨山黑林。

第29話

「所以上官老大的左手是獵人老馬的?!」聖耀問，他已神馳在東北極寒苦地的血戰中。

「是啊，可惜在這次行動斷了。」阿海嘆氣。

「眞對不起。」聖耀竟覺得非常遺憾。剛剛的上官傳奇已經令他深深著迷。

「老大說沒關係，那就沒關係了。」阿海不置可否：「老大很快就能找到新的手臂代替。」

「對了，那後來的雙鴨山之戰，日本吸血氏族慘敗了吧?!」聖耀問。

「沒錯，群龍無首，剩下的殘兵敗將在第三夜簡直一面倒被屠殺，沒死成的也都散了，躲在大雪紛飛的黑林裡偎著樹洞不敢出來，料想他們也不敢回去日本，因爲日本吸血氏族的羞恥心很濃厚，失敗者是沒有立足之地的，甚至還會被處死。」阿海說。

「後來上官老大怎麼會跑來台灣啊？大陸那邊不是人比較多？血也比較多？」聖耀問。

「因爲老大愛上了一個叫湘雰的女人。」阿海吐了吐舌頭。

「那女人是台灣人？」聖耀問。

「不，國共內戰時湘雰跟著國民黨政府坐船來台灣，所以老大便跟著過來這個小島，一待就是五十幾年。」阿海說：「老大一直都是個癡情人。」

「那個女人是人還是吸血鬼啊？」聖耀好奇。

「是人啊，湘雰是壺老爺子的孫女兒，壺老爺子自己是吸血鬼，但他的孫女兒可不是，老大便是因爲愛上他孫女兒的關係，所以加入了壺老爺子的黑奇幫，老大可是很尊敬他的老丈啊。」阿海打了個哈欠，說：「不過湘雰嫂子既然是個人，所以後來自然是死了，老大一直陪著湘雰嫂子二十三年。」

「一直到老？」聖耀感到奇怪，吸血鬼與人類之間存在著「年齡不對稱」關係，談了幾十年的戀愛後，上官的樣子還年輕，湘雰嫂子卻是歐巴桑一個，這樣的兩人不知道要如何相處。

「老大一直都是個癡情人啊。」阿海說。

其實老大跟著壺老爺子到台灣落腳後，也是經過一個多月的血戰，黑奇幫的根才正式抓著這塊土地。

日本殖民台灣好幾十年，吸血氏族的力量並沒有隨著交還台灣政權的動作撤退回日本，仍舊是不斷運送「計畫繁殖」後的人類回日本供吸血氏族食用，他們將台灣當作是永遠的殖民血庫。

當然，台灣一直都有幾個吸血鬼，也就是電視上那些政客說的本省人，但本省人所變成的吸血鬼長期都被日本吸血氏族鎮壓、當作笨蛋使喚，唉，以後再慢慢告訴你日本吸血氏族是怎麼一回事，他們對自己的血統相當著迷，簡直是自戀，總之他們認爲天下萬物都是爲其所生的一樣，驕傲得不得了。

提過了，老大一直對日本吸血氏族感到不爽，尤其是「豢養人類」的類似想法一直爲老大跟壺老爺子所斥，所以壺老爺子跟老大便號召台灣原本的吸血鬼，和日本吸血氏族在台灣的勢力決一死戰，此時老大已經身形如電，雙掌練就出摧金斷鐵的眞空斬功夫，強得不得了。

而日本吸血氏族還沒從中國東北的慘敗中恢復過來，幾個所謂的一流吸血武士在老大的霹靂手下簡直不堪一擊，所以一個月之內，日本吸血氏族就被壺老爺子跟老大逼得跳海，台灣這才眞正光復了。

台灣的黑暗界被壺老爺子跟老大收復後，黑奇幫便成爲台灣第一大吸血鬼幫派，此後許多小幫派也慢慢茁壯，老大並沒有將這些小幫派收編進黑奇幫的意思，應該說老大在擴張勢力這點上是很懶散的，所以哲人幫、赤爪幫、綠魔幫、東山幫、國度幫等等幫派才有今天的大規模。

不過不是所有的幫派都能存活下來，曾經有幾個抱持類似日本吸血氏族那樣豢養人類想法的幫派，都被老大的飛刀神技給挑了，不過那樣的幫派其實很少，被老大弭平的寨子多是濫殺人類、帶來不必要的麻煩這類的因由，其餘的無害幫派只要不亂丟屍體，老大都不太管事。

「上官老大沒想過一統江湖比較好管理嗎？」聖耀疑問：「如果他有什麼大理想，像第三個魚缸那樣的大理想，大家都乖乖聽他的話，理想不是比較容易實現嗎？」

「老大挺喜歡現在這個樣子的，只要不濫殺人類，不要豢養人類，不要亂丟屍體，大家就能慢慢地靠近第三個魚缸的夢想。老大說，幫派本來就有無法一統的特性，統一了還是遲早要崩壞的。」阿海說，臉色卻有些躊躇。

「怎麼？」聖耀看出阿海臉色的擔憂。

「不過危險的是，吸血鬼若是不被殺掉的話，通常可以活個三百年不成問題，掌握長生秘密的甚至可以有上千年的生命，這一點在根本上違反任何權力結構的更替法則——『一代換一代』，更違反了慾望。正常的話，吸血鬼的幫派大哥一握權就是好幾十年、好幾百年，這當然會令底下的小弟心情不好啊！誰想一輩子當跑腿的？

所以吸血鬼的幫派隔幾年就會傳出弒主奪位這種事，但奪來奪去，那些幫派始終超越不了黑奇幫的勢力，因爲老大擁護壺老爺子，而老大自己又不可能被幹掉，所以台灣吸血鬼勢力版圖就一直僵在那邊。僵了四十幾年。

我想現在老大受重傷，那些二流角色一定不會放過奪權的機會，在老大找到新的左手之前，我們一定會受黑白兩道殘酷的獵殺。」

「但老大不是很強嗎？」聖耀覺得即使失去一隻手，歷經無數惡戰的上官，依舊是吸血鬼界的不敗神話。至少，他剛剛聽到的故事給他這樣強烈的感覺。

「有個純種的吸血鬼，這一兩年囂張得厲害，他似乎擁有可怕的力量可以跟老大抗衡。」阿海凝重地說。

「純種的吸血鬼？」聖耀感到困惑。

「極爲稀少的純種吸血鬼，八寶君。」阿海咬著嘴唇。

「八寶君跟八寶粥應該沒關係吧？」聖耀笑問。

「沒關係啊！」阿海卻笑不出來。

八寶君，他是壺老爺子當年在大陸拜把兄弟的兒子，自從他七年前帶了一批吸血鬼渡海來台發展，加入黑奇幫後，黑奇幫內部便一直存在著特殊的緊張關係，這一切都導因於八寶君的思想充滿了純種吸血鬼的優位迷思，這種血統的迷思使得八寶君傲慢跋扈的個性難以駕馭他那天生的可怕力量。

「純種吸血鬼的意思是？」聖耀問，剛剛進入另一種全然迥異的黑暗世界的人，總是有許多疑問。

「八寶君的爸爸媽媽都是吸血鬼，所以他一出生就是吸血鬼，而非後天遭到感染突變。這種純粹的血統掌握著與生俱來的力量，力量的大小又隨著血統的純正程度有所不同，八寶君的父母也都是天生的吸血鬼，所以八寶君血液裡潛藏的力量自然相當恐怖。」阿海說，神色間表露出他對八寶君的不滿。

的確，吸血鬼在生育能力上似乎有基因上的缺陷，精卵結合的機率奇低，所以都是依靠「感染」人類去增加族群的數量，即使是保衛地下皇城的日本牙丸禁衛軍，裡頭的組成分子也幾乎都是遭到感染的人類。但若兩個吸血鬼眞正藉著精卵結合，生出下一代的吸血鬼，此名「純種」吸血鬼與生俱來的能力將無比驚人。若兩名父母都是純種吸血鬼而非後天感染型的吸血鬼，下一代的小孩更是珍貴的存在。

「八寶君想幹掉壺老爺子跟上官老大，自己當黑奇幫老大？」聖耀問，這情形跟香港黑社會古惑仔電影大同小異啊！

「恐怕不是那麼簡單，八寶君表面上很尊敬壺老爺子，卻也公然挑戰老大的權威，常常找我們這個派系的麻煩，是個超機八的人，不過老大看在壺老爺子的份上，也沒跟他計較太多。」阿海說：「但老大懷疑八寶君腦子有問題，他認爲八寶君跟日本吸血氏族有暗盤。」

「那就作了他啊！」聖耀大聲說道，他認爲上官至少在武力上是無敵的。

「沒有證據，老大在壺老爺子那邊沒法子交代啊！」阿海聳聳肩，說：「何況，雖然八寶君心底一定很畏懼老大，但老大也對他頗爲顧忌。老大說，要是不幸開戰，雖然他有十足把握幹掉八寶君，但八寶君從中國大陸帶來的那群跟班個個都是高手，就算我們贏了，黑奇幫的氣數也差不多盡了，到時候虎視眈眈、卻又孬種的日本吸血氏族鐵會趁機殺進來，而其他的幫派在各自爲政的狀態之下，根本沒辦法抵抗。」

「所以大家就一直僵著？那不是很尷尬？」聖耀說，看著上官熟睡的背影。

「老大一方面等著八寶君露出馬腳，一方面也暗中佈局。」阿海皺眉，說：「不過現在一下子死了四個好兄弟，老大的手又斷了，恐怕——」

「死了四個，趕快再多咬幾個人不就可以彌補過來？」聖耀說，雖然他心底是極不願意有任何人受到傷害的。

「注意你的用詞！更要注意你的想法！」阿海斥道，語氣嚴峻，白色襯衫頓時鼓了起來。

「……對不起。」聖耀被嚇到了，他看著阿海的尖牙，驚出一身冷汗。

阿海的眼神變得很可怕，令聖耀重又想起自己面對的不是一般黑道，而是吸血魔物這事實。

「你以爲我們是什麼？以爲我們是電動遊戲裡那些殺也殺不完的怪？你以爲我們是怎麼看待我們自己的？你以爲我們是怎麼看待那些爲你戰死的伙伴？咬幾個人彌補？彌補戰力？彌補友情？」阿海的聲音很平靜，也不大聲，但聖耀卻感覺到一股令人無法直視的氣焰。

「對不起，我——」聖耀不知道該說些什麼，眼睛不知道該看著哪裡。

阿海的怒氣似乎無法立即平息，逕自站了起來，坐在書桌前打開電腦。

聖耀尷尬地看著魚缸，額頭不斷輕敲著玻璃缸壁，咚咚咚咚，魚兒驚得亂竄。

許久，兩人都不發一言，阿海默默玩著即時戰略「星海爭霸三」，聖耀則持續朝魚缸磕頭。

聖耀的腦子已經當機了，這種尷尬的氣氛處理，對於孤獨數年的聖耀來說實在是太難了，他只能機械式地敲著腦袋，完全放棄回復對話的可能。

兩頭吸血鬼這樣沉浸在三個小時的靜默後，阿海，年長的吸血鬼，終於忍不住打斷聖耀鐘擺式的自我放棄。

「喂，你從什麼時候開始有敲腦袋的習慣？」阿海問，他覺得不管是人還是吸血鬼，持續不輟、連敲三小時腦袋都是相當罕見的。

「小學二年級。」聖耀說，停下敲腦袋的壯舉。

「你都敲這麼久？」阿海問，將遊戲畫面結束。

「看情形啊。」聖耀感到頭很昏。

「看什麼情形？」阿海又問。

「看是我先敲到睡著，還是有人打斷我，或者是我突然想到別的事了。」聖耀說，他的脖子簡直快鬆掉了。

「眞是奇才，你最厲害敲過多久？」阿海露出笑容。

「沒算過，這種事哪有人想算。何況我常常敲到睡著。」聖耀雙手扶著腦袋，但阿海還是變成三個移動的畫面。

「喂，剛剛眞對不起，我忘了你是新的吸血鬼。」阿海突然爆出這麼一句。

「沒關係，是我不對，害你們這麼多人死掉，又害得大家現在快被追殺，我還說出那種話，我很難爲情。」聖耀說著說著，又開始敲頭了。

「你不要敲了啦！」阿海笑罵，捧住聖耀的腦袋。

「喔。」聖耀說，他感覺到阿海冰冷卻溫暖的雙手。

「我剛剛想到你的諢名。」阿海笑著。

「嗯？」聖耀好奇。

「敲腦袋的。你覺得怎麼樣？」阿海得意地說。

「爛透了。」聖耀老實說，兩人哈哈大笑。

「對了，你爲什麼會變成吸血鬼啊？」聖耀看著阿海，三個阿海已經漸漸變成一個。

「我想一想。」阿海沉思。

「這種事還需要想？」聖耀感到可笑。

「我在想我的故事適合哪一首歌。要當背景音樂用的。」阿海微笑。

說完，阿海走到電腦旁，選了王傑的老歌〈亞細亞的孤兒〉，然後從小冰箱裡拿出兩罐麥香紅茶，一罐遞給聖耀，說：「我的故事遠遠沒有老大精彩，但卻挺催淚的喔！」

「爲什麼不喝血？」聖耀的舌尖想起鮮血的美味。

「血很珍貴。」阿海打開麥香紅茶，跟聖耀擊瓶。

第30話

當我還是人類的時候，我家住在屏東的小漁村，我爸爸跟媽媽都是老實的漁夫，家裡還有一個哥哥，一個弟弟。生活雖然清苦，可是漁村生活本來就很簡單，捕捕魚、打零工，日子也還過得去，但屬於大時代的白色恐怖，仍舊無情地穿透這個小村莊。

那時候，爲了讓日子舒服點，許多漁家都會在海上跟大陸漁民私下交易，包括我爸爸，幾個隔壁鄰居也是。本來一切走私交易都小心翼翼地進行，但有一天消息走漏，幾個荷槍實彈的軍人在村子裡兇狠地走來走去，抓走了好幾個村人，我爸爸跟我哥哥，和我自己，都被帶到警局問話、毆打，最後許多村人被帶到海堤上，準備以「通匪」爲名目就地槍決。

那時大家的手腕被無情的軍人用燒紅的鐵絲串了起來，痛不欲生，連眼睛也給蒙住了，死亡的恐懼盤旋在大家的心頭，大家卻只有嗚咽，沒有一絲叫喊反抗。當時我就夾在我爸爸跟我哥哥中間，一手串著爸爸，一手串著哥哥，早尿濕了褲子。

然而，正當槍聲將響之際，我爸爸突然小聲說道：「阿兄，待會保護阿弟，一定要讓阿弟回去照顧家裡。」說完沒多久，槍聲響起，我爸爸跟我哥哥一齊撲在我背後，幫我擋住冰冷的子彈，接著，所有人一起摔進海裡。

我閉住氣，背上一陣灼熱，我知道那股灼熱並不是子彈的痛楚，而是爸爸跟哥哥捨命保護我的溫情；我在黑壓壓的海浪中看著爸爸跟哥哥蒼白的臉孔痛哭，心裡想著，我一定不能辜負爸爸跟哥的交代，於是我忍住手腕的痛楚，拚命咬著手腕上的鐵絲。

但，結果我並未能掙脫穿骨刺肉的鐵絲，大浪卻一直將我捲入海裡，眼看我就要隨著村人二十幾條屍體一起沉入大海淹死了，突然間，我一股悲憤之情湧上心頭，硬是拉著二十幾具屍身朝岸上游去，游著游著，居然眞讓我看到模模糊糊的岩岸，可惜在最後關頭，一個大浪將我打入海中，我身爲人類的最後意識，便是葬身在漆黑的海底。

當我再一次睜開眼睛，我已經變成吸血鬼了。

「啊？」聖耀揉出眼中的淚水，問道：「結束得太奇怪，到底是怎麼一回事？」

〈亞細亞的孤兒〉這首歌，眞是太催淚了。

「我醒來時，不，應該說，我再一次活過來時，我的身邊站了兩個人，其中一個見到我睜開眼睛，便摸摸我的臉，告訴我令我一輩子難以忘懷的話。」阿海說。

「我看你這麼努力要游上岸，一定有非活下去不可的理由，你很堅強，也很勇敢，可惜還是差了一步。所以，我給了你新的、只屬於夜晚的生命。希望在新的生命裡，你依然能夠抓緊讓你努力求生的理由。」那個人說。

當時我還不曉得自己變成了吸血鬼，也根本不知道這世界上有吸血鬼這回事，我只是不停地道謝，吐出胃裡的鹹水。直到我看見他們兩個人咬開村人屍體的頸子時，我才知道救我逃出死神魔手的，是怪物。

而對我說了那些話，給了我嶄新生命的那個人，就是老大。另外一個人，就是怪力王。

「後來呢？」聖耀的嘴巴張得大大的。

「後來，我晚上常常回到村子裡，帶些東西跟錢給我媽跟我弟，老大也很照顧我家，常常多給我幾十塊錢，要我把家裡安頓好。後來，我看著我弟上了高職，便拿了一袋鈔票給他，要他好好孝順我媽，從此我就沒有在他們面前出現過，只敢偷偷地在遠處瞧著。」阿海的鼻子也酸了。

「爲什麼？啊，是因爲你的樣子嗎？」聖耀說。

「是啊，那麼多年始終一個孩子模樣，不把人嚇壞才怪。」阿海笑道。

「那麼現在呢？你還是遠遠看著他們？」聖耀問。

「十幾年前我媽得了癌症病倒，臨死之前，我偷偷進入醫院病房，在她耳邊跟她道別，沒想到媽不但不怕我的樣子，還一直關心我這幾十年過得怎麼樣，我們母子就這麼一直說著、哭著。第二天我媽就過世了。」阿海的眼淚掉了下來。

自己的故事，阿海總是說到掉眼淚。

「多虧老大，我才有機會孝順我媽，供我弟弟唸書。」阿海微笑：「所以，我跟著老大的理想走，走得一點也不心虛。」

聖耀看著被上官踢到腳邊的大毛巾，又看看斷臂上的白紗；這個男人眞有一股強大的魔力，使得身邊的伙伴願意同他扛起第三個魚缸，扛起理想，犧牲性命也在所不惜。

「上官無筵……」聖耀唸著唸著。

第31話

上官一直睡到黃昏，這才精神飽滿地坐了起來。而聖耀跟阿海已經在電腦前呵欠連連，他們玩了好幾個小時的電腦遊戲。

「老大，現在覺得傷口怎樣？」阿海問，眼睛裡充滿血絲。

「傷口今晚要麻煩你了。你們兩個快睡吧，我要出去一下。」上官笑著說，穿上一件紅色的運動T-Shirt，黑色的運動褲，再套上一件黑色風衣，揹上耐吉背包。

「老大要去哪？」阿海問。

「選隻合用的手，順便買幾個便當回來吃。」上官說，一邊把頭髮蓋在額上的青疤上。

「老大，我看過兩天的堂聚還是不要去吧？」阿海說。

他不認為負傷的上官應該出現在黑奇幫例行的堂聚上，即使上官換了新手，新手與身體接合處也適應良好，但新的手根本沒有舊手的千錘百鍊，比例、肌力、速度、持續力、精密的小動作，全都得重新調整一遍。接上新手的階段，也就是上官最脆弱的時候。

平時扳倒上官的機會微乎其微，在這種時候八寶君一定會出席堂聚，觀察上官的傷勢，甚至不惜當場開戰。

「為什麼不去？受傷的獅子也比貓強。」上官忍不住發笑，從抽屜中拿出一條特殊的皮帶，皮帶上扣著多柄黯淡無光的小飛刀。

十三柄銀刀，十三柄鋼刀。

「喔。」阿海莫可奈何，卻也知道上官的顧慮。

要是上官不出席黑奇幫的例行堂聚，便會傳出上官傷勢過重、無法出席堂聚的江湖訊息，八寶君一定會動員所有人力尋找上官的巢穴，來個改朝換代。所以上官一定要出席示強——不管是展示他已適應新手，或是假裝根本沒有斷手這回事。

「老大小心點啊。」阿海說，上官吐吐舌頭。

上官輕輕關上門，房間只剩下阿海跟聖耀，兩個人累得趴在床上，一下子就睡著了。

吸血鬼也會作夢。於是聖耀在夢裡端著盤子，站在光影美人的一角，靜靜地聽著佳芸在台上散發迷人的光芒，唱著只有在夢裡才能聽到的歌。

險計之章

第32話

聖耀跟阿海是睡到自然醒的。一醒來，上官正吃著排骨便當。

「老大、嫂子。」阿海說，聖耀則傻傻地看著坐在上官身旁的女孩，正是佳芸。

佳芸，正雙手合十，深深向聖耀一拜，說：「對不起害你變成現在這個樣子！對不起！都是我自己不好！」

聖耀不知道該說什麼，反正自己本來就是爛命一條，但見佳芸不停道歉，只好慌張地說：「沒關係，是我不對。」

上官看著有趣，說：「你有什麼不對？」

聖耀說不出話來，又要開始找東西敲頭，阿海拍了聖耀的後腦一下，笑罵：「你救了人家，人家感激你是天經地義，你幹嘛又開始敲頭？」

聖耀呆看著佳芸，說：「妳還好吧？老闆他們都還好吧？」

上官從背包裡拿出幾個便當，說：「你們邊吃邊聊吧，阿海，你過來幫我。」

聖耀接過便當，佳芸卻把便當放回背包，說：「那麼臭，我怎麼可能吃得下？」

聖耀這才注意到上官身旁的黑色塑膠袋中，散發著一股濃重的血腥味，裡面顯然裝了上官夜行的戰利品。

佳芸拉著聖耀坐在電腦前，回頭跟上官說：「弄好了才可以叫我回頭看喔。」趕緊回頭，打開電腦。

上官點點頭，阿海把黑色塑膠袋打開，聖耀看見裡面是一具面無表情的屍體，還有一隻斷手。

但屍體卻是完好的，一隻手也沒少，而那隻不屬於屍身的斷手，卻是隻右手。

「老大，我不懂。」阿海說，上官斷的可是左手啊！

「這隻手是白髮的。」上官的笑有些調皮，說：「以前就看他不順眼了。」

「厲手白髮？」阿海問道。

「嗯。」上官說。

厲手白髮是赤爪幫底下的猛將，一頭詭異的純白髮絲，一雙號稱風速的殺人快手鎮煞黑白兩道，他這一年來常狂稱自己這雙厲手，比起當年的「霹靂手上官」那雙霹靂手還要了得。

而他的厲手，顯然被上官割了下來。

「但你斷的是左手啊！」阿海茫然。

「所以我扛了一具屍體回來。哲人幫新進的小弟，他的胳臂長短跟我先前的差不多，所以就扛了回來。」上官說，將上衣脫掉，準備接手。

「老大你真是太奇怪了，是砍錯了手？還是來不及砍對就讓白髮給跑了？」阿海仔細觀察屍體的左手長度，慢慢割下。他心想：難道老大斷了隻手，戰力就真的大打折扣，竟令白髮逃了？

聖耀心中也犯疑：上官砍手便砍手，幹嘛辛辛苦苦扛整條屍體回來？

「啊，我懂了！」阿海突然哈哈一笑，畢竟他生性機靈。

「固定得緊些。」上官閉上眼睛。

聖耀看著阿海拆下上官斷手的紗布，露出乾涸的傷口，上官拿著飛刀輕輕一劃，傷口重又鮮血淋漓，阿海便將那個倒楣到家的哲人幫新人的斷手，「黏」在上官的傷口上。

上官眉頭一皺，聖耀依稀聽見骨頭摩擦、筋肉抽動的聲音，阿海簡單地用針線縫住傷口，上官露出很痛的表情。

聖耀嚇了一跳，他以爲上官是個刮骨挑肉都能面不改色的英雄豪傑。

「好了嗎？」佳芸關切地問，但眼睛只敢盯著螢幕。

「還沒。」聖耀說。他的胸口有些躁鬱。

「跟我說話好不好，我會緊張。」佳芸說，似乎頗爲擔心上官怎麼把手接上。

「痛死了！」上官罵道，佳芸忍不住回頭看了一眼，上官趕緊露出誇張的慘痛表情，不料佳芸立刻回看螢幕，啐道：「好假。」

聖耀看著身旁勾人心魄的女孩跟吸血鬼大魔王調情，忍不住問道：「妳早就知道上官老大是吸血鬼？」

佳芸點點頭，說：「我們在一起不久後就知道了，不過很奇怪，我雖然被嚇了一跳，心裡卻不怎麼害怕。」

聖耀奇問：「爲什麼不害怕？我雖然已經是吸血鬼了，卻還是怕怕的。」

佳芸嘟著嘴，說：「因爲我知道他不會害我啊，而且，有個吸血鬼男朋友還蠻新鮮的。」

聖耀嘴巴張得很大：「蠻新鮮的？」

佳芸點點頭：「不新鮮的時候，換男朋友就好啦。」

上官嘻嘻笑道：「要是妳交別的男朋友，我就把他咬成吸血鬼收作部下。」

佳芸說：「好了不起。」但嘴角卻是幸福的笑意。

聖耀看著前後形象不一的吸血鬼傳奇，再看看不怕吸血鬼的勇敢女性，不禁暗暗嘆了口氣，心想：他們眞是天生一對。

佳芸看著滿肚子嘆氣的聖耀，關心地問：「你現在好不好？讓你變成吸血鬼眞的很不好意思，我很過意不去。」

聖耀隨手拿起桌上的電腦喇叭，開始敲著額頭，說：「沒有想像中差，本來以爲要睡棺材的，沒想到還有大床可以睡。妳不必介意，日子有些變化才不會太無聊，當吸血鬼正好換換口味。」

佳芸聽著聖耀亂七八糟說話，心中有種異樣的感覺，說：「以前在光影美人時跟你沒什麼交集，你爲什麼要冒險救我？」

爲什麼？因爲我很喜歡妳啊！聖耀心裡這麼想著。

「不知道，誰都會這麼做的不是？」聖耀含糊地說。

「是嗎？」佳芸微笑。

「對了，老闆跟大頭龍他們後來怎麼樣了？」聖耀試著轉移話題。

「光影美人這幾天暫停營業，只是暫時的啦。而且上官說這陣子風聲緊，叫我請假一個月，所以我就自己放自己假囉。」佳芸說。

「警察沒有把你們抓起來問話？」聖耀問。

「沒有，老闆他們人很好，口徑一致地說大家都不認識上官，不過他們私下還是會跟我問東問西的。我就老老實實說了，把老闆他們嚇得半死。」佳芸摀著嘴笑，好像惡作劇成功的頑皮小鬼。

「以後妳還會上台唱歌嗎？」聖耀問，佳芸唱歌的模樣眞好看，歌聲更是天下無雙。

「當然，我最喜歡唱歌了。」佳芸用力點頭。

「沒錯，儘管唱，我會保護妳，也會教聖耀保護妳的。」上官不住點頭。

「你不怕敵人對佳芸不利嗎？」聖耀皺眉。

「謹慎有兩個壞處，一是成不了大事，過兩天你就會看到這種笨蛋；第二個壞處更慘，那就是失卻生活的樂趣，死不了的吸血鬼要是太過謹慎，那漫漫歲月不知道活著做什麼？人呢？短短幾十年都太過謹慎的話，什麼樂趣也得不到。」上官輕鬆地說：「何況佳芸的天性就是愛唱歌，一個人就該將生命賭在這樣的事上。」

「沒錯，我要唱歌。」佳芸說，比了個勝利手勢。

上官站了起來，阿海將屍體跟白髮的斷手用塑膠袋重新裝好，上官的新手顯然已經縫好了，只是還不能活動。

上官掌握了吸血鬼的秘密，所以修復傷口的能力遠超過一般吸血鬼，過幾個小時就能牽動新的手臂。

但，即使如此，阿海還是懷疑上官在兩天內能夠將新手練到何種程度？

「我們來特訓吧，教教你一些活命的本事，以後好幫我照顧佳芸。」上官說，叫聖耀走到浴室前，佳芸好奇地看著。

阿海將塑膠袋拖到門邊後，說：「我去處理屍體。」

上官說：「不，先放著吧，過兩天再處理。」

阿海於是放下屍袋，坐在地上，看上官如何特訓聖耀。

「接著我丟過去的筷子。」上官從抽屜拿出一捆免洗筷，將塑膠封套全部拆掉，聖耀緊張地盯著上官的舉動，說：「慢一點。」

「我丟得很慢，你看好了再接，不難的。」上官微笑，將幾根筷子交給佳芸，又說：「妳先丟，速度快些無妨。」

佳芸將一根筷子丟向聖耀，聖耀輕鬆接住。

「快些快些，讓聖耀感受一下吸血鬼優異的動態視覺。」上官說，佳芸於是用力丟出手中的五根筷子。

筷子來得挺快，但聖耀卻輕鬆接住，一根也沒接漏。

「很好，現在試試我的。」上官手中的筷子穩穩射出，比佳芸剛剛丟出的筷子還慢，聖耀當然接住，心中暗暗讚嘆自己可能是下一個叱吒風雲的吸血鬼高手。

「越來越快。」上官說，筷子的速度穩定上升，有的是筆直射出，有的是旋轉甩出，聖耀凝神招架，但眼睛跟手都已漸漸跟不上上官手中的筷子，上官不禁搖搖頭。

「你的速度好像比一般吸血鬼慢？」上官語氣有些可惜，又說：「你用力向我揮一拳看看。」

聖耀漲紅著臉，用力朝上官胸口擊去，但聖耀什麼也沒打到，卻見上官不知何時已走到他的背後，喃喃說：「力氣也很小？不會吧，你是我親自咬的，我的口水可是很貴的。」

聖耀感到困窘，在喜歡的女孩面前被說速度差勁、力量小，他的臉皮發燙。

「山羊……山羊說我死前被銀子彈擊中卻沒死成，體質產生異變，所以說不定我的力量沒有一般吸血鬼來得大。但陰錯陽差，我好像不怕陽光跟銀。」聖耀說。

原本聖耀希望將不畏懼陽光跟銀的秘密藏在心底，雖然他並不清楚這個秘密有何價值。但此刻，聖耀希望他的特異體質可以讓他在佳芸前扳回一點面子。

「我的天。」上官訝異地說：「山羊他們做過實驗？」

聖耀點點頭，阿海興奮地拿出銀叉子碰了聖耀的手臂一下，聖耀索性將整支銀叉子握在手中。

上官興奮地跳上天花板，在上面快速倒立走來走去，縱聲大笑：「小子眞有你的！我當吸血鬼那麼久，日行者還只是個幾百年前的虛幻傳說，沒想到這個傳說竟然活生生站在我旁邊！還救了我心愛的女人！這個巧合眞有意思！眞有意思！」

聖耀心想：這個巧合當然有意思，我是來滅掉吸血異族的，凶命是老天爺對我的另類期許，所賦予我的可怕武器。

上官躍下天花板，喜道：「來！我們再來過，力量可以訓練，何況是我幫你訓練！沒有辦不到的事！」

於是聖耀整個晚上都在練習接筷子，數百根的竹筷從上官的手中不斷飛出，聖耀努力一一接住，佳芸一邊聽著周杰倫的〈威廉古堡〉，一邊上網聊天，阿海則將雞腿撕成小塊餵大魚。

「加油，你跟我之間的巧合一定很有意思，在我們搞懂它之前，你一定要有無論如何都要活下來的堅韌力量。」上官整個晚上都很開心，不斷重複這幾句話。

「爲什麼不練習舉啞鈴？我力量不是不夠嗎？」聖耀瞥眼牆角數個沉重啞鈴。

「眼睛專注在筷子上。」上官隨意丟著筷子，說：「不管是人或是吸血鬼，氣力只是力量的元素之一，但力量的關鍵在於專心致志。只有專心致志，才能鍛鍊出活命的力量。」

聖耀不斷漏接，但仍竭力招架上官的筷子攻勢。

「小李飛刀，你看過嗎？」上官問，手中筷子的速度又提升了一層。

「看過。小李飛刀，例不虛發。」聖耀說，無聊的人生總有武俠小說的空位。

「那是古龍對我的描寫，我跟他是老交情了。」上官笑道，手中已經沒了筷子。

「不會吧？」聖耀覺得想笑，將地上的筷子把把拾起。

「古龍描寫小李飛刀當初練習飛刀絕技時，數年來只是苦心致志在飛刀上，所以小李探花方能以飛刀無雙天下。你也一樣，在飛刀融入你的生命之前，不要多作他想。」上官說，他想起古龍跟他一起煮酒論英雄的舊事。

「要練多久？」聖耀將筷子交給上官。

「放心，吸血鬼的時間多的是。」上官笑笑：「現在要小心了，你要開始分辨哪些筷子可以接，哪些筷子不能接。」

「什麼意思？」聖耀問。

上官不語，筷子照例飛出，聖耀抓了兩根，卻見第三根筷子來勢不妙，聖耀連忙縮手。

筷子深深插入牆上，一動不動。水泥牆上絲毫不見龜裂。

「嗅出危險，是吸血鬼的本事。」上官說：「也是阿海的拿手好戲。」

阿海比了個勝利手勢「V」，眼睛貼著魚缸。

「吸血鬼比人難當啊。」聖耀呼了一口氣，將筷子拔出。

「你的第二個諢名我已經想好了，就叫小飛刀吧。」上官頗爲得意。

「第一個諢名呢？」聖耀問道，至少不要什麼「敲頭的」。

「按照江湖歷久不衰的諢名定律，你的第一個諢名雖然沒有個性，但會很屌喔。」上官說，阿海在一旁笑到倒地，聖耀不解地看著他們。

數百根筷子，就這麼穿梭在聖耀跟上官之間，整整兩個夜晚。

這兩個晚上，聖耀根本沒有機會單獨使用網路，向山羊報告任何他對上官的瞭解，甚至，他有些遺忘自己的身分。

他只是反覆接著筷子。

第33話

第三夜，約定的時間已到。

「老大。」

一個高大的巨人，身後的人影靠在電線桿上。

怪力王跟熱蟲。

「大家都好吧？」上官微笑，身後跟著聖耀跟阿海。

「大家都在前面的小吃店，隨時等老大去飯館。」熱蟲說。

「很好，我有事要宣布。」上官舉起左手，拳頭一張一握。

「今晚眞要去飯館？」怪力王摸著腦袋，看著上官的新手。

怪力王雖然天生愚笨，但吸血鬼的長壽使他得以豐富的經驗彌補其智力不足，他知道今晚凶險無比，一出了錯，鮮血瞬間就是一地。

「怎麼不去？懸賞一億的名字，就有價值一億的力量。」上官笑道。

「老大沒看網路上的獵人頻道吧？你的名字，已經漲到一億五千萬啦！」熱蟲扮了個鬼臉，哈哈大笑。

黑奇幫會堂，又稱「飯館」，從前是黑奇幫撕咬活人的吃食場所，但現在有了眞空冷凍包裝的血漿，許多新加入的吸血鬼甚至沒看過飯館過去滿地屍體的恐怖樣子。現在取而代之的，是四面大理石的冷調。

飯館曾被秘警抄了兩次，現在的飯館位於一家名爲「CityFear」的Pub底下，每個月的第一次滿月夜，黑奇幫幫眾都要在此聚議大小事、報告幫營業務、一起享用新鮮血液，名爲堂聚。

但今晚堂聚的氣氛特別古怪。空氣中有好奇的味道、凝視的味道、質疑的味道、顫抖的味道，還有肅殺的味道。

上官穿著黑色皮衣，綁著小馬尾，走在眾人的前頭，刺進眾吸血鬼的眾目中，就跟往常一樣。

而聖耀，就站在上官的左後方，渾身發抖著。

黑奇幫，台灣吸血鬼最大的幫派，成員多年來維持在一百六十眾左近。想在一百多個吸血鬼中牢牢站穩，並不是件容易的事，何況，聖耀走在一個隨時會被子彈挖空的靶心後。

聖耀感覺到怪異的氣氛，隱藏著眾人對他的議論紛紛，讓他非常努力壓抑著掄起拳頭敲腦袋的衝動。

「那新來的小子，跟在上官後面那個，聽說就是害上官斷了一隻手的傢伙。」

「上官爲什麼要救那小子？」

「『害上官斷手的小子』來了。」

「『害上官斷手的小子』好像在發抖？」

「聽說『害上官斷手的小子』是上官的乾兒子。」

「『害上官斷手的小子』，不知道今晚會不會變成『害上官送命的小子』？」

「三槍說『害上官斷手的小子』掌握了吸血鬼的某種秘密，所以上官說什麼也要救他。」

聖耀這時才知道他的江湖諢名是「害上官斷手的小子」，真是光榮與恥辱各半。什麼跟什麼啊？

上官似乎對今天的特殊氣氛抱持漠然的態度，既不顯得嚴肅，也不故作輕鬆，而「上官組」的成員則分散在上官的身後，個個表情不一，並不特別作態。

聖耀發現飯館很大，椅子卻沒幾張，半弧形排放著，顯然有位子可坐的必是一組之長，其餘的吸血鬼都要在椅子後罰站。

飯館的燈光是幽魅的藍色，藍光照在牆上巨大的白色十字架上，更突顯出妖異的矛盾感。最大的十字架前坐著一個頭髮灰白的老人，一個目光銳利的高大男子站在旁邊。

老人雙手捧著一本厚重的聖經，雙目緊閉，喃喃祈禱著，並不理會眾人。

「那就是壺老爺子，虔誠的基督教徒。」阿海輕聲在聖耀旁說道。

虔誠的基督教徒？一個吸血鬼幫派老大？聖耀的脖子不禁歪了。

「等一下老爺子還會佈道演講，奇吧？」阿海細聲說道。

「上官兄多日不見，身價又翻了不少，可喜可賀。」

說話的，是一個綁著黑人辮子頭的男子，語氣帶著酸溜溜的味道。

他坐在椅子上，抖著二郎腿。一大群面帶微笑的吸血鬼站在辮子男的身邊，看樣子辮子男在黑奇幫的地位頗高。

「哪裡，應該的。」上官淡淡說道，眼睛盯著壺老爺子，深深一鞠躬，完全不將辮子男放在眼底。

辮子男忍住怒意，聳肩發笑：「到底是上官兄了得，把秘警署當自己家裡，進進出出，好不威風。」

上官坐了下來，說：「哪裡，誰教我是上官。」上官語氣毫不謙讓，彷彿自己理所當然是吸血鬼的第一招牌人物。聖耀卻嗅到濃厚的火藥味。

辮子男鼓掌道：「說得好！上官兄英雄無敵！折服了小弟啊！」所有身旁的吸血鬼也跟著鼓掌，氣氛更顯詭譎。

雖然上官一直沒把他看在眼裡，但辮子男心中暗暗喜悅，因爲傳聞的確不假。

不管上官如何掩飾，他斷手果然不是謠傳，而是千眞萬確的事實，上官的排場已經洩露了上官的秘密。

他等這一刻已經很久了。

前兩夜，赤爪幫的猛將「厲手白髮」慘遭襲擊，連對方是什麼來路都看不清楚前，「右手」就被割走了。

能這樣「偷走」白髮自傲的手，只有一個人。

而那「一個人」的「右手」邊，站著妙手張熙熙、鬼影螳螂、夜哭賽門貓、銅牆怪力王，左手邊站著「害上官斷手的小子」、髒熱蟲、偷王阿海、火樓甜椒頭、去你的死光頭麥克、愛上官上官卻不愛的那個玉米。

雖然左邊比右邊多了兩人，卻隱藏不了兩翼實力的差距，所有的證據都顯示──上官的「右手」眞的斷了！

辮子男低頭，看見身旁兩名女子的左腳微蹬，那是「確認重傷」的信號，辮子男不禁微笑。

辮子男身旁的女子可是大有來頭，是他從中國帶來的父族舊部。人稱「玉兔」塔瑪江，她的殺人技跟她的美貌不相上下，血液裡有一半是不爲人知的日本吸血鬼白氏的血統。而「圈圈」美雪的惡名早已存在半個世紀。

「今晚動手？」辮子男心想，臉上掛著微笑，摸著右耳。

「再觀察一下。」美雪猶疑，左腳輕落。

「存疑。」塔瑪江的左腳也落下。

辮子男摸著油光的髮辮，心中恥笑著身旁這兩個驚人高手的膽小，暗暗打定主意：今晚就要了上官的命！

「大家都到了。」壺老爺子身旁的高大男子躬身說道。

「上官？」壺老爺子張開眼睛，額上都是褐色的塊狀老人斑。

「我在。」上官微笑。

「聽阿虎說，你那邊死了好幾個兄弟？」壺老爺子揉著眼睛。

「是，死了四個。」上官凝重說道。

「那大家乖乖聽話，默哀吧。」壺老爺子。

壺老爺子說完，眾吸血鬼幽幽長長地嘆了一口氣，表示簡單扼要地哀悼。

「我還聽阿虎說，你的手受傷啦？要不要緊？」壺老爺子的眼神有些迷離，聖耀訝異他竟然當眾詢問這麼關鍵的事。

「斷了，又接了，現在還不大靈活。」上官笑笑，並不隱藏。

「你可要小心啊，小心八寶君那小子趁機做了你，那樣很不好啊！」壺老爺子的口水滲出嘴角。

聖耀歪頭，簡直傻眼。

「放心，他沒種。」上官莞爾。

辮子男的拳頭緊握，但臉上的笑容更燦爛了。

壺老爺子自從五年前被獵人馬龍率眾偷襲，用快刀削去四分之一顆腦袋後，神智就模模糊糊的，甚至還信了基督教，說話變得顛三倒四，經常將「內心話」掛在嘴巴上，教眾人處於尷尬的氣氛中。幸好這五年來一直有上官相挺，不然黑奇幫幫主早就易位了。

「上次我們講到哪了？上官老弟？」壺老爺子的嘴巴開得好大。

「講到我們應該思考自己跟上帝之間的關係。」上官說。其實他也不記得壺老爺子說到哪了，不過這完全不打緊。

「是啊，上帝賜與萬物生命，這上帝很不錯哇！跟著他一定有好處的，所以人還是不要亂殺得好，因爲大家以後都要一起進天堂的嘛，這個一天到晚你殺我我殺你的，大家以後在天堂見面豈不會不好意思？上帝造人……」壺老爺子東扯西扯了一個多小時，最後還說到用功讀書對吸血鬼上天堂的重要性，聖耀想笑又不敢笑，卻也訝異大家聽講的好精神。

以前黑奇幫堂聚時，必有大量幫眾在壺老爺子的胡說八道中陷入短暫昏厥，連上官跟八寶君也常常恍神，但今天氣氛緊張異常，壺老爺子的冗長演說，將詭譎不明的態勢硬生生拖延下去，沒有一個人敢睡，也沒有一個人睡得著。

「八寶君？」壺老爺子終於暫停遨遊宇宙的講演，突然搖著腦袋來上這麼一句。一旁的高大男子阿虎，拿著絲巾爲壺老爺子擦去口水。

「叔叔，我在這裡。」辮子男親切地微笑，心中打算連這個白癡老頭一起幹掉，自己坐上台灣第一幫主的位置。

所有人精神爲之一振，心中益加緊張，不曉得待會該靠向哪一邊。

「八寶君啊，上官斷了一隻手，其實是假的、誆你的，你可千萬別去送死啊！」壺老爺子認眞說道，眼睛卻看著八寶君身旁塔瑪江的胸部。

「是啊，就算是眞的，小姪也沒那個種。」八寶君大笑，拿起杯子，杯中是腥紅色的人血，說：「祝上官兄的手早日康復，黑奇幫幫務蒸蒸日上！」

其他坐在椅子上的堂主遲疑了一下，也跟著八寶君的動作，一起拿起酒杯看著壺老爺子。

阿虎皺著眉頭，並不將酒杯遞給壺老爺子。阿虎是壺老爺子忠心耿耿的護衛，他心知八寶君對付完上官後，就會取走主人的性命。

「今天這麼快？我都還沒說夠咧，小心我叫阿虎幹掉你們。」壺老爺子歪著頭，癡呆地看著眾人。

原本一齊飲人血的動作，都是在堂聚即將散會時，才由上官帶頭舉血乾杯的，但八寶君想試探其他堂主的意向，於是提早了時間，大膽代替上官舉杯敬血。

所有的堂主都慢慢舉起杯子。看樣子，風向球慢慢飄向八寶君了。

八寶君興奮在心裡。按照原先的計畫，當八寶君將杯子放回桌上時，其身後二十五名吸血鬼將會一齊出手，將上官轟成蜂窩。而現在所有的堂主都向著他，眞是天賜良機，眞不明白今天上官哪來的自信赴會？

八寶君即將飲酒，即將放下酒杯，上官只剩十秒的生命。

「……」八寶君的心燃起熊熊戰意，興奮無比。他可是越狂妄越強，越是自信就越能發揮平常戰力的好幾倍。或許是他特殊的遺傳因子賦予他的恐怖能力？

上官看著杯子，再看了看眾堂主，頗有興味地說：「拿好你們的杯子。」

上官的右手中指輕輕一彈，瓷做的酒杯弧形快速飛出，靈巧地輕撞堂主「冰大便」手中的酒杯後，居然接著擦過堂主「烙賽魚」的酒杯，又擦過堂主「朔亞」的酒杯，旋即滴滴溜地閃過八寶君顫抖的酒杯，快速地敲了堂主「海風」的酒杯後，又回到上官的手裡。

右手。

神乎其技。

「敬西瓜。」上官頑皮一笑，將人血一飲而盡。

堂主們尷尬地喝掉手中人血，愧疚地看著上官。

而八寶君臉色蒼白，慢慢喝掉人血，酒杯夾在指尖，距離桌面只有半公分。

半公分的猶疑。

美雪跟塔瑪江的右腳同時微提，意味著「放棄」。

他們看出八寶君信心瞬間遭到摧毀，若是立刻動手，不僅其他堂主會幫著上官，就連八寶君自己也發揮不了原先百分之百的實力。

少了八寶君該死的狂暴自信，他們的勝算幾乎等於零。

何況，上官「新接上的右手」強悍依舊！

「上官無筵……好可怕的敵人。」美雪暗忖：「他一定掌握了某種秘密，才能令新肢在短時間內就能夠運用自如。」

塔瑪江心中納悶：「難怪牙丸禁衛軍的強人會敗給他。上官難道全沒縫隙？」

於是兩人堅定地表達不開戰的意念。

她們兩人爲了特殊目的幫助八寶君消滅上官，跟八寶君的關係不單是主從那麼簡單，如果八寶君在沒有勝算的情況下還要抓狂出手，她們也不會盲目賣命。

八寶君也知道這一點。他最恨不能把別人穩穩踩在腳下的感覺。

「……」八寶君的酒杯緊緊鑲在指間，他心中的憤怒遠超過失望，他聽著各個堂主例行公事地向壺老爺子報告最近一個月管區內的幫眾活動情形，與股票、期貨等金融交易獲利虧損的狀況。這些都是廢話連篇，壺老爺子也聽不明白，這些堂主等於是報告給上官聽的。

上官聽完各個堂主的報告後，滿意地點點頭，他跳過八寶君的發言，指著身後的聖耀說：「大家都給我看明白了，他是我上官新收的小弟。傳言說的沒錯，他就是害我斷了條手的小子，所以以後誰傷了他，就是跟我的手過不去。」

聖耀緊張地看著上官的手指，不敢抬起頭來。

「你的名字？」上官要聖耀自我介紹。

「聖耀。」聖耀中氣不足地說。他希望自己能夠保有原來的名字，因爲他不是吸血鬼，或者說，他認爲自己只是棲伏在吸血鬼中的人類希望。

他是臥底。

「小飛刀聖耀。」上官微笑：「請大家多多指教。」

聖耀惶恐地向大家一鞠躬，唯恐禮數不周。

所有黑奇幫幫眾一起點頭示意，八寶君更是大聲鼓掌叫好，指間的酒杯在掌中拍成碎片。

接著，阿虎拿出四大桶從黑市購得的冷凍血漿，分別是O、A、B、AB型血液，大夥各分得一大杯血液，維持基本的生命。

吸血鬼每個月至少要獲得五百至二千毫克的人血維生（視體重不等），否則便會導致細胞劇變，衰弱致死。全世界的吸血鬼經常聚眾結黨，很大的原因便是爲提供吸血族群安穩的攝食管道，以避免跟人類全面武力衝突，至於各個分堂是否有別的管道取得人血，那就是另一回事了。

眾吸血鬼飲畢人血，互相寒暄一番便要散會，一直處於神經緊張卻又不能敲頭的聖耀，不禁深深吐了一口氣。

塔瑪江看見聖耀的表情，眼皮突然跳了一下。她的第六感一向敏銳無比，幫助她在無數惡鬥中取得出招的先機。

而現在，塔瑪江懷疑一件事——毫無來由地，只因爲聖耀的表情。

「上官前輩在秘警署內橫行無阻，小妹深感佩服。」塔瑪江突然走向即將離去的上官一行人，冷冷伸出左手。

眾人停下腳步。

「前輩處變不驚的態度，尤令小妹折服，不知是否有榮幸跟前輩握手握手？」塔瑪江目光銳利地看著上官，左手在上官的胸前不移不動。

全場都盯著這突兀的畫面。

上官看著塔瑪江的左手。

塔瑪江的眼神沉穩精斂，潔白纖細的手指看似柔弱，此刻卻緊緊捏住上官的命運。

所有人都看著上官與塔瑪江，雖然除了八寶君一行人外，並沒有人意識到一場殘酷的大戰即將爆發。

一旦塔瑪江的左腳蹬下，八寶君等人立刻動手！

聖耀感到一陣昏眩。

只見上官爽朗一笑，伸出左手握緊塔瑪江的手，說：「聽說妳的直覺總是很準？」

塔瑪江淺淺一笑，感受著上官左手的生命力。

的確，塔瑪江「白氏」的純色血統，讓她擁有極敏銳的「直覺」，在惡鬥中總能在對方出招前的半秒內預知出對方的行動，是以塔瑪江能閃電朝對方致命的漏洞出手。百戰不敗，是個亦智亦力的絕頂高手。

上官看著塔瑪江動人的朱唇，說：「不過，我的直覺更準。」

塔瑪江輕笑：「是嗎？」

塔瑪江正暗自高興，她感覺到上官的左手生機黯淡，她的懷疑果然是眞。卻突然，上官的手傳來一股令她遍身生寒的心念。

「最近妳要多照顧身體，最好不要出門，相信我。」上官笑，感覺到塔瑪江的手心微汗。

聽到上官的話，塔瑪江背脊彷彿被冰凍住。

因爲，上官所曾經擁有的「死神」上官稱號，不是因爲上官凶殺無數。

而是上官的凶口。

上官說過的死亡預言總是分毫不差地實現，任何人都無法逃過上官的死亡預告，因此，上官就像勾魂索魄的死神。

「我好像看到妳的死狀，妳的左手會被釘在牆上，當妳的右手想斬斷左手脫逃時，妳的右手卻被砍飛。」上官笑得很歡暢：「不過妳不必擔心妳的腳，因爲妳只剩上半身，下半身的事跟妳毫無關係，而既不是上半身也不是下半身、卡在中間的腸子倒會淅哩嘩啦摔在地上，很難清理。話又說回來，儘管是吸血鬼，被腰斬還是很難不死的。」

塔瑪江笑得很勉強，她的雙腳感到無力，但她絕不敢將左腳蹬下。她想縮回手，上官卻紳士般地拿起她的手輕輕一吻：「妳的手好漂亮，被釘在牆上多可惜。」

上官放下塔瑪江顫抖的手，大大方方轉身就走，全身而退。

塔瑪江深深吸了口氣，看著上官離去的背影慢慢吐氣。她並不對自己的怯懦感到羞恥。因爲跟她說話的，是個瞬間就可以將她粉碎的怪物。

死神。

第34話

一前一後的黑色箱型車。

「幸好沒事，剛才眞是快嚇死我了。」熱蟲大呼，拍著聖耀的背，聖耀的背上全是汗水。

聖耀驚魂未定，心想：既然我不怕陽光又不怕銀，只是需要人血維生而已，我還是乖乖回到人類社會，像以前一樣把自己藏起來算了，當什麼臥底？跑到隨時都會被轟成肉塊的吸血鬼黑幫做啥？

爲了替爸爸報仇？聖耀努力這麼想著，但他實在非常害怕。

「沒事才有鬼。」賽門貓冷道，握緊駕駛盤。

「怎麼說？」玉米問，她剛剛也做好了爲上官擋子彈的準備。

「賽門貓說的沒錯。」上官摸著陌生的左手說道：「模模糊糊，我感覺到塔瑪江的血液裡有久違的白氏氣味。日本圈養派的吸血鬼，不日就要來了。」

「幸好黑奇幫現在還靠在老大身上，要不要叫其他堂主聯合起來，跟日本鬼子較較勁？」賽門貓隨口問。

「西瓜型的人物，沒一個靠得住。」上官沉思：「能夠倚賴的不是臨時拼湊的聯盟，而是朋友。是你們。」

「老大？」阿海看著上官，他的意思上官明白。

「大家備戰。」上官的眼神閃耀著令人驚懼的興奮，說：「死戰。」

第35話

血池。

血池在一家三溫暖的地下室裡，深深的地下七層。

濃重腥臭的血液已呈油膏狀，在池子裡瘴滿腐爛的味道。血膏的顏色不一，有的朱紅，有的醬紫，有的飄著塊狀的深黑色，血來自天花板上十幾具倒吊的屍體，一滴又一滴。

血池周圍是環狀的鐵籠，鐵籠裡囚著兩百多個胖瘦不一的男女，他們渾身赤裸，堆滿污垢的身上發出酸臭，他們終日面對殘酷的屠宰場，卻無論如何也無法熟悉這種極不真實的恐懼感。

他們被囚禁在血池邊已經數個月了，沒有人知道，什麼時候他們會被倒吊在血池上，像雞一樣被割斷脖子，鮮血如蓮蓬頭灑水般濺入血池裡。

這個圈養人類的魔窟，上官始終都不知道。

或許這是世界上最噁心的地方之一。但中人欲嘔的血池中，卻坐著兩個男子。

一個男子綁著黑人辮子頭，醬紅色的肌肉充滿精力，高大的身軀半浸在血膏裡，正是八寶君。八寶君毫無平時傲慢張狂的模樣，恭謹地看著眼前另一位男子。

另一位男子個頭矮小，全身都浸在血膏裡，只露出一顆白髮蒼蒼的小腦袋，腦袋上鑲著一雙擁有白色瞳孔的眼珠，這是日本吸血氏族「白氏」最古老最純正的血統證明，代表了扭曲意識的恐懼。

矮小的男子已經活了八百年了，他深得「白氏」血統最恐怖的秘密力量。

他是吸血鬼的尊者，白夢，他的生，是爲了替日本吸血天皇打造的煉獄版圖而存在，這個版圖曾經撕裂了亞洲億萬生靈，以「大東亞共榮圈」之名。

但，他在這裡做什麼呢？

「無知、膽怯、蒙蔽、自昧，辜負了你們身上的純正血統。」白夢淡淡地說道，語氣卻十分嚴峻。

八寶君默默聽著，塔瑪江與美雪站在血池旁，一言不發地低著頭。

「於個人實力，上官正是最孱弱的時候，於團隊實力，上官的手底已死了一半。每過一夜，上官的左手就靈動一分，每過一夜，投靠到上官手底下的，不知會有幾人。」白夢的白瞳掃過三人，說：「而你們竟然錯過上官最弱的時機。」

八寶君的拳頭在血池底下緊緊握住，臉上卻是慚愧以對，他心想：「臭老頭，總有一天將你的眼珠子挖出來餵狗。」

白夢慢慢說道：「新一代牙丸組的精銳已經慢慢成形，我們再不先下手，就會被他們搶得先機，我們白氏在天皇腳下怎麼抬得起頭來？你們說，該怎麼辦？」

白夢並無意要三人答話，他只是看著他們。

「請尊者示下。」八寶君深諳白夢的心理。

白夢深以度過八百年的黑夜所換來的智慧與力量爲傲。

「將所有可戰之將都藏起來，只派幾個小嘍囉在上官一夥人平時活動的地方附近，各咬上十幾個人，讓屍體倒在街上。但，要留下一個區域不要去動它，一定要翻出正確的地點。」白夢說。

八寶君長期研究上官一夥人可能隱藏的密所，雖然他不能肯定精確的地點，但他的確掌握了大概的區域。

而白夢的作法，似乎是要將上官隱藏的地點濃縮成一個，好投注所有的力量集中處決上官。白夢所利用的，正是人類對吸血鬼的搜捕功夫；如果一個地方出現十幾個受害者，理所當然地，該區的秘警與獵人便會大肆搜索吸血鬼白天休憩的地點，而上官一夥人無論怎麼厲害，要是在大白天被人類查到住所，也將大大損兵折將，所以上官一定會遷居到最不容易被盯梢的地帶。

「上官他不會懼戰，所以他會待在最後一塊沒有人類打擾的地方，等待他最習慣，也最單純的死鬥。」白夢在血池裡微笑道：「這是上官最令人害怕的優點，卻也是他最不可取的要害。沒有人永遠無敵，這一次，終究輪到上官的末日了。」

「遵命。」八寶君應聲。

前一夜之章

第36話

山羊，我是聖耀，還沒死，不過大概快了。

我出來幫大家買便當所以只說重點，我們被幫派另一個老大追殺，雖然上官自己不怕，不過我看還是會死，最後連我都跑不了。

照顧麥克！

小飛刀（聖耀）5/3

很快跟你說先不要殺上官，因爲我有件事還沒搞懂，我想上官的存在也許不是壞事，你知道日本吸血鬼嗎？

不過我看跟你說也沒用。

照顧我的狗麥克！

小飛刀（聖耀）5/8

山羊，現在是白天所以沒人跟蹤我，我在網咖順便吃飯。

最近我們一直被你們警察追著跑，已經換了三個地方了，不過我不會告訴你我們躲在哪裡，因爲你還沒答應我上官的事。上官不是你們想像那樣的壞，倒是追殺我們的那個幫會老大，叫八寶君的，你們有機會就除掉他吧，不然我死定了。

至於上官，你們只要一幹掉他，日本吸血鬼就要搬來台灣了，到時候看大家怎麼死。還有再說一次，我說過他有個想法叫第三個魚缸的我還沒弄懂，也許上官有意思要跟人類和平共處吧？賽門貓，也就是你們以前安排的臥底，他會倒戈向上官應該有他的理由，倒不見得是因爲他已成爲吸血鬼的關係。想想。

總之去查查八寶君在哪裡吧，他跟日本吸血鬼是一伙的，聽甜椒頭說他常在七期都市計畫區一帶活動，酒家跟三溫暖之類的，去丟幾顆手榴彈讓他死！

最後，請好好照顧麥克，十分感激。

小飛刀 5/16

「辛苦了。」山羊看著電腦螢幕，心想：「作爲一個臥底，你實在不聰明。你的IP將網咖的地點攤開來，何況……」

山羊看著另一台電腦螢幕，上面是城市錯綜複雜的街道圖，一個光點在圖中鑠鑠發亮。

山羊看著光點深思：「孩子，你現在在想什麼？你能夠抵抗得住黑暗的吞噬嗎？」

第37話

任何人都不會猜到，被陽光包圍的玻璃帷幕高樓，居然會是吸血鬼的巢穴。所以上官在這裡。

坐在落地玻璃前，上官俯瞰萬叢霓虹燈火，左手玩弄著一柄小鋼刀。這半個多月來，他的左手幾乎分秒不離這柄飛刀。他的手需要熟悉他習慣的一切。以及，他的意志力。

「老大，熱蟲已經去了三個小時。」張熙熙坐在沙發上大聲說道。

「不用理他，他自找的。」上官忍住笑，右手中指一彈，一根筷子射向坐在地上看電視的聖耀，聖耀急忙伸手接住。這是上官「出奇不意」的反應訓練。

怪力王圍著一條波斯大圍巾，赤著油光古銅的上身走出浴室，一屁股坐在聖耀跟麥克中間，一起看電視冠軍的吃拉麵大賽。

甜椒頭睡眼惺忪地走進浴室，一進門立刻破口大罵：「怪力王八蛋，你在浴室裡打槍！居然沒有沖掉！」

怪力王哈哈大笑，聖耀也忍不住笑了出來。

經過這幾天的躲躲藏藏，聖耀已經開始熟悉上官這群夥伴，這種朋友之間的親暱感是他許久未曾品味的。

怪力王昨夜教聖耀摔跤，然後把聖耀摔得七葷八素，螳螂在一旁冷笑，說這種粗魯功夫只適合莊稼漢練，於是教聖耀單手倒立練平衡感。

但張熙熙卻擺出一盤西洋棋，要倒立中的聖耀跟她賭一盤棋，誰輸了就要把甜椒頭痛扁一頓。聖耀早就習慣一個人跟自己下西洋棋，現在突然多了個敵手，當然喜不自勝，不過他還是敗給了活太久的張熙熙，最後只好硬著頭皮突擊呼呼大睡的甜椒頭。

甜椒頭驚醒大怒，將聖耀轟到天花板上，剛好洗完澡出來的上官見狀，立刻給了甜椒頭一記豪邁的過肩摔。

打打鬧鬧，聖耀的笑容一下子很歡暢，一下子很虛浮。

之前，聖耀不需要爲「凶命」帶來的毀滅性後果擔憂。事實上，他迫切期望毀滅黑道的情況，將帶給他「不枉此生」的使命感。

但現在，聖耀的笑容裡卻藏著莫名其妙的憂鬱。

他知道，只要他認眞去想，就會知道笑容裡的憂鬱並非莫名其妙，所以聖耀盡量不去觸碰心中矛盾的情緒。

「老大，喝點東西吧。」玉米拿著一杯冒著熱氣的黑咖啡，站在上官旁。

「謝謝。」上官接過黑咖啡，若有所思地看著白色的蒸氣。

他已經好幾天沒看過佳芸了。

現在的佳芸，或許正拿著麥克風，站在舞台中央，跟往常一樣，用輕輕柔柔的聲音征服每一對神醉心馳的眼睛吧。

上官一口喝掉半杯黑咖啡，心想：不知道八寶君什麼時候殺過來，這樣一夜拖過一夜，藉警方縮小作戰範圍也該達到目的了，我的藏身之處就只剩下這裡，八寶君也知道。上官幾乎可以嗅到血戰的味道。

血戰過後，就可以暫時歇口氣，去找佳芸了。

玉米嘆口氣，看著若有所思的上官說道：「你又在想她了？」

上官沒有說話。

玉米淡淡說道：「她有什麼好？她能陪你到永遠嗎？」

上官搖搖頭，看著窗下的車水馬龍，說：「就因爲不能。」

聖耀的心思不在電視節目上，他的耳朵聽著。

上官說：「我們擁有數百年，甚至上千年的路要走，所以我們不能有終點站，不然就太累了。」

玉米看著上官，認眞地說：「可我願意陪你千年。」

上官喝掉另一半黑咖啡，說：「這樣不會是愛情，愛情無法千年。別忘記，我們曾經爲人，我們的感情也是人的，偏偏，有些感情不適合扛上百年、千年。這些事不因爲我們躲避日光而改變。」

上官看著玉米，認眞道：「人類極有限的生命，所以他們追尋的，是伴其一生的愛侶，而我想寄盼的，卻是漫漫歲月中，一段段眞摯的感情。終點跟過程，這就是生命長短的差別。」

玉米靜靜地站在一旁，她恨她自己揹負著跨越百年的生命。那是她的原罪。

儘管，她的原罪是上官給予的。

量。

那是個大雨滂沱、四個惡徒恣意欺凌的黑夜，她的英雄撕開她的喉嚨，給予她報仇的十倍力

玉米看著上官，忍住眼淚，卻不禁笑了。

「笑什麼？」上官擦去玉米眼中的淚水。

「至少，我能和我心愛的人並肩作戰，她不能。」玉米的笑很眞切。

「謝謝。」上官也很高興。玉米是他十多年的紅顏知己，也是値得信賴的戰友，說不定哪一天誰會爲了誰犧牲性命也說不定。都很浪漫。

聖耀暗暗咀嚼上官的話，不過百千年的生命對他來說實難想像，他不能理解爲何愛情無法經營百年，或者，他不了解愛情。

喀擦。

「我回來了。」熱蟲打開門，提了一只小塑膠袋進來。

「我瞧瞧。」螳螂結束原本的靜坐，興沖沖地站了起來，伸手抄走熱蟲手中的塑膠袋，所有人都圍了過來。

熱蟲也不避諱，脫下褲子躺在地上，說：「這條是我精挑細選的，比起以前的大上一號，誰來幫我接上？」

螳螂拿出塑膠袋裡的陰莖，那是熱蟲剛剛從三溫暖中，一個倒楣鬼的身上割下的。那可是條

又肥又大的陰莖，熱蟲這幾夜一直在尋找這樣的寶貝。

「哇，還入珠？」螳螂露出嫌惡的表情，食指與拇指輕輕挾起珠光閃亮的陰莖。

「那倒楣鬼是竹聯幫的堂主，幹啊威風得緊，四個小弟一齊幫他擦背。結果還不是被我硬割掉這大玩意兒，弄得整個池子都是血。」熱蟲得意地說：「玉米，幫我縫上去好不好？」

上官戲謔地看著玉米，玉米臉上發青，說：「好醜陋的東西，誰要幫你縫了？」

搞了半天，沒人肯幫熱蟲將結珠壘壘的陰莖縫上，鳥獸散各自做各自的事，熱蟲只好一直猛盯著聖耀瞧。

聖耀被盯得發窘，雖然這個幫會沒有見鬼的「學長學弟制」，但聖耀個性溫純，只好勉爲其難地拿起縫針，亂七八糟地替熱蟲縫了起來，熱蟲緊張地指揮著聖耀笨拙的手，吆喝著。

熱蟲會變成吸血鬼，也是被陰莖害的。

熱蟲本是逢甲大學一個不斷挑戰重修年限的好學生，有一個晚上，當他正停下重型摩托車，等著紅綠燈放行的時候，看見玉米冷冰冰地從斑馬線上走過，他驚爲天人，大叫：「幹啊小姐！請妳務必當我馬子！」

玉米本來不想理他，但被他糾纏了兩個小時的時間、十一條街的距離後，終於很生氣地把他咬成吸血鬼。

「好痛！」熱蟲當時看著脖子上不斷冒出的鮮血哀道。

「活該。」玉米毫不後悔地看著他。

這就是他們倆的初次邂逅。但熱蟲從未怪罪玉米將他變成吸血鬼。

聖耀把珠光寶氣的陰莖給縫歪了。

熱蟲一言不發地看著歪得離譜的陰莖，聖耀尷尬地說：「其實不仔細看，還眞看不出來歪歪的。」

熱蟲打量著聖耀，說：「幹啊你眞的很帶種，你以後就不要掉東掉西，不然看我怎麼整你。」

聖耀只好重新拆線縫過，弄得一屋子血腥味。

此時阿海與賽門貓連袂回來，他們負責採買與偵情。

「外面沒什麼警察，獵人也是一個不見。」賽門貓說道，將手中好幾塊比薩放在桌上。對於分辨僞裝的便衣警察，曾是秘警教官的賽門貓總能一眼看穿。

「看來，戰爭眞的要來了。」麥克說，摸著只剩半邊的臉。

「阿海？」上官拿起比薩隨意飛擲，每個人都接到一片。

阿海摸摸鼻子，說：「飯館被秘警抄了，阿虎帶著壺老爺子躲了起來，整個幫目前陷入混亂，尤其是堂主冰淇淋昨晚被暗殺了，他的幫眾現在全投靠到八寶君那邊。江湖上都在傳：上官的末日到了，快站到八寶君那邊去。」

阿海行蹤隱密，偷王的稱號乃是指「偷情報之王」，他每晚都帶回最新的消息。

上官擔憂地說：「壺老爺子的身邊只有阿虎，你能打聽到阿虎藏去哪了嗎？」

阿海沉吟片刻，說：「不知道，最好是不能。如果我打探不到消息，八寶君也很難知曉。」

張熙熙突然開口：「阿虎沒問題的。」

阿虎是壺老爺子的義子，極爲忠心勇悍，擁有逼退獵人會長馬龍的鐵拳，在黑奇的高手排名只在上官與八寶君之下。

「嗯。」上官咬了口比薩，笑說：「大家吃飽點，不管是上路也好，上陣也好，這次可是場需要氣力的大戰。要死，也要幫其他人多拉幾個日本鬼下地獄。」

上官的心中，卻懷著深深的隱憂，畢竟最近這十幾年來的戰爭，他是越打越艱辛了。拜現代科技之賜，手槍與自動步槍等銀彈載具是最流行的武器，不僅人類因此快速降低吸血鬼的數量，連吸血鬼本身的衝突，都在新式武器下彼此死傷無數。

上官擔憂，在速度越來越快、越來越驚險的火網中，縱使他能夠屹立不倒，但他的夥伴呢？總是一個又一個倒下，新人替著舊人。

往好處想，能夠跟上官在台灣縱橫幾十年的，幾乎都是不靠槍炮生存的超級怪物。也許這一次，大家還是能在槍林彈雨中生存下來。

但之後呢？短暫的生養休憩後，吸血鬼還是要對抗本身內部的矛盾、面對人類的屠剿，無止盡的殺伐。一向如此。

上官發呆嚼著比薩，卻不曉得是什麼味道。

曾經跟上官一起摧毀綠魔幫的張熙熙，正蹺起小腿，張大眼睛，小心翼翼地在腳趾頭上塗著指甲油。

四十年前曾經以人類的身分救過上官一命、揹著上官闖過日本吸血鬼十面埋伏的叢林、與上官惺惺相惜的摯友怪力王，正大口吃著三人份的比薩與汽水。

只因上官一句「爲什麼我們這群人裡，沒有神槍手？」，就苦練各式槍具十五年如一日的麥克。他只剩半張臉，卻仍一邊看著電視，一邊吻著手槍。

爲了追求永恆的無雙武技，不惜與賽門貓並肩臥底的螳螂。除了吃飯睡覺，他幾乎都在打拳。期待有一夜，終於能用螳螂拳擊敗自己的老大。

上官的身體裡，流著百年的感情。他看著這群毫不在乎生命，與自己共生死的夥伴。思緒裡全是溫暖的感觸。

「聖耀，有件事你一定要明白。」上官突然說：「其他人也聽清楚了。」

所有人放下比薩，連甜椒頭也走出浴室坐在地上。

上官認眞說道：「根據從美國偷出來的祕密消息，極有可能，我們吸血鬼的世界再不久將面對人類最無情的痛擊，很抱歉拖到現在才跟大家說明白，因爲身爲大家長的我，一直找不到解決的對策，暫時只能觀望。」

每個人都惶然不解地看著一向自信滿滿的上官，上官繼續說道：「而之前，因爲我個人的因素，讓我們損失了四名好夥伴，更讓我們陷入今天的困境，打破了台灣長久以來勉強維持的恐怖平衡，坦白說，我感到很抱歉。」

聖耀的耳根子都紅了，臉頰發燙，但他感覺不出大家對他的怨懟。除了玉米。

玉米瞥了聖耀一眼，含情脈脈地看著上官，說：「不必感到抱歉。」

怪力王大笑：「是啊，抱歉個屁！這幾年已沒有人敢挨我一拳，好無趣啊！」

張熙熙嘴角微動：「好久沒打架了。」細長的手指撩動著。

上官很認眞地說：「是啊，抱歉個屁，因爲冥冥中，聖耀的出現讓我們的世界有了轉機，是我們能夠渡過這個世紀的希望，這是無法想像的幸運。我們一定要想辦法讓他生存下來。他比我重要，知道嗎？」

玉米啞然笑道：「憑著不怕銀、又不怕陽光，就能夠比你重要？他能擋得住日本那些圈養派的吸血鬼？」

聖耀自己也不明白，說：「我大概是這裡面最弱的人吧？」

上官鄭重地說：「你是。但你的能力卻可能拯救所有的吸血鬼，讓我們免除人類有史以來最可怕的報復，所以我要大家答應，如果我有不測，其餘人一定要保護聖耀離開，將聖耀交給美國東岸的吸血鬼司令，布拉克喬克，告訴他聖耀的身上存在著扭轉『類銀』攻擊的轉機。」

聽不懂何謂「類銀」，但玉米立刻說：「不如明晚大家一起去美國。」

阿海點頭，說：「明天天一黑我就去安排，現在已經凌晨三點了，天快亮了，八寶君再白癡也不會挑這個時候來，大夥快睡，我跟聖耀守著。」

上官躊躇了一會兒，說：「不是我畏懼放棄，而是我們一走，依照八寶君跟日本混蛋那幫人的實力，台灣不出三夜，所有幫派都會倒向他們了，屆時的骨牌效應簡直無法想像。要知道台灣的吸血鬼擁有的是幫會，但日本吸血鬼仗恃的，可是足以撩起世界戰爭的軍事力！另一方面，我也擔心老爺子跟阿虎，不如，就先待在這裡跟八寶君硬碰硬。」

「對，硬碰硬，勝負還難說得很。」螳螂摩拳擦掌：「等他們過來死！」

怪力王點頭稱是，說：「沒錯，阿海這幾天出去打聽，不也查不到他們藏到哪裡去了嗎？不如待在這裡，等他們到齊後，一邊點名一邊打爆他們的頭。」

上官看了賽門貓一眼，說：「你說呢？」

賽門貓沉思了半分鐘，說：「這幾天城裡死了這麼多人，山羊他們也多半猜到我們吸血鬼裡發生大事了，希望山羊夠聰明，能知道這樣張狂丟棄屍體的背後，是意味著吸血鬼裡的圈養派勢力抬頭了。」

熱蟲問道：「那樣又怎樣？山羊又不會幫我們，他恨透老大了。」

賽門貓說：「山羊是個老奸巨猾的混球，但應該知道孰輕孰重，秘警要在圈養派跟狩獵派中選擇敵人的話，我們可望獲得秘警的幫助，只不過……」

張熙熙冷笑：「只不過，山羊一定想等兩邊戰到軟腳，才會率隊捕殺我們。」

賽門貓看了上官一眼，說：「其實山羊並不是不明白一個社會中，必然有地方黑道、必然有地域性吸血鬼存在的道理，清了地頭，只會招來外圍的勢力進駐，所以黑白兩道偶爾串連本是很正常的，尤其，虎視眈眈的日本吸血鬼，可是世界上最徹底的圈養派。可惜老大跟山羊的仇結得可深了，在山羊的眼中可沒有灰色地帶。」

上官吐了吐舌頭，大夥看了發笑。

聖耀在一旁聽得糊塗，打岔道：「等等，要是不麻煩的話，請解釋一下什麼是圈養派？我最近一直聽到這個不受歡迎的名詞。」

甜椒頭解釋道：「簡單來說，圈養派就是把人類當成豬來養，餓了就宰來吃，『圈養人類』這四個字經常是天生純種吸血鬼的屁話，只要是活的東西，他們總有辦法分門別類，他們老愛說自己站在食物鏈的頂點。」

「那我們是什麼派？」聖耀問。他心想，他一直想弄清楚第三個魚缸到底是什麼，而山羊也需要知道。

「我們本來是狩獵派，在飢餓中獵捕人類爲食。」上官想起那遙遠、飄雪的東北，說：「但這一套在現在的都市社會中，過度狩獵會引起人類巨大的恐慌，所以狩獵只能在無法可想時才能進行，因爲人類不是我們的食物，人類的血才是。」

聖耀不停點頭，因爲這幾天除了逃亡的壓力以外，他過的生活跟人類實無兩樣，跟原本他所想像的茹毛飲血有很大距離，這令他對上官理想中的第三個魚缸充滿了期待。

甜椒頭說：「而且，人類絕非僅僅是食物，他們也是最可怕的敵人，圈養派那堆優越主義者卻自以爲，血統註定了統治與去他媽的被統治關係，所以白癡的純種吸血鬼才會在世界上策動一次又一次的戰爭，爲的就是以人類毀滅人類，最後再把人類通通圈起來養。」

賽門貓做了個註解：「人類是後天吸血鬼最大的矛盾，卻是先天吸血鬼亟欲統御的族類。」

聖耀隱隱約約知曉什麼是人與吸血鬼之間的矛盾，由於嚴酷的「食物鏈」上下層關係，似乎令兩族的「和平共處」成爲一項詭異的命題。但人類與後天吸血鬼之間的矛盾，不只是吃與被吃那麼簡單。

上官看著聖耀，說：「就算人類沒有抵抗能力，我們也不會坐視圈養派擴張勢力，只因爲我們都曾經爲人。」

聖耀心頭一震。曾經爲人？他甚至沒想過自己眞的是吸血鬼。

上官的眼光有異，說：「但，如果人類膽敢滅絕我們，我們毫無疑問，必採取血腥報復，讓他們知道夜的力量，以及夜的尊嚴。人類釘了我們一個，我們咬他們一雙。」

聖耀吃驚開口：「這就是第三個魚缸？你不是想跟人類和平共處？」

上官閉上眼睛，說：「你們說，以現在的世界形勢，我們有可能跟人類和平共處嗎？」

眾人齊聲說：「絕無可能！」

聖耀心頭有火，問：「怎不可能？你們也說過了，我們要的是血，不是他們的命啊！」

上官睜開眼睛，露出頑皮的苦笑，說：「對人類來說，有吸血鬼的存在好些？還是沒有吸血鬼的存在好些？」

聖耀微有怒意，說：「但只要我們不侵害人類，光跟他們交易血液，人類就不會有人喪命，我爸也不會死。好端端地，人類幹嘛要置我們於死地？」

聖耀的怒意讓話題偏離了圈養、狩獵，與第三個魚缸的理念之分。

上官知道聖耀對父親之死耿耿於懷，並不怪罪聖耀的態度，溫和地說：「有些事，並不是那麼簡單說得明白的，但是你一定要記住，如果你打從心裡想跟人類和平共處，就要找出讓人類願意這麼做的一切籌碼。而籌碼，就是你血液裡不畏陽光不懼銀的祕密，只有你，才能將人類最後的絕招，像推骨牌一樣推倒。」

聖耀聽著，上官說著。

「第三個魚缸是什麼，我們都在摸索，如果你有足夠的籌碼，第三個魚缸長什麼樣子就由你決定。事實上，你的出現正重新模塑我腦中，第三個魚缸的藍圖。」上官靜靜地說，但他的心裡卻是極興奮的。

熱蟲忍不住插嘴，說：「老大，人類的絕招到底是什麼？」

上官的心一沉，說：「先活過這個禮拜再說吧，眼前的敵人不是人類，是混蛋。」

上官看著泛著深藍色的天空，按下遙控器，深綠色的窗簾慢慢將落地窗遮住，一點光也透不進來。

天快亮了，也許今晚的走廊上，便會躺滿一具具屍體，混蛋的，夥伴的。

「大家睡吧，我跟聖耀和阿海守著。」賽門貓說，眾人臥在沁涼的地板上，便要入眠，聖耀跟阿海收拾著亂七八糟的紙杯與比薩盒，上官坐在沙發上，一隻手撐著下巴打盹。

聖耀盤算著，等會借個因頭出去外面走走，發個信給山羊，詳細解釋目前的情勢。另外，他還想去見一個重要的陌生人。

老算命仙。

徬徨無措時，形而上的虛無建議是必要的明燈。

第38話

大廈下。

一個老者坐在黑色凱迪拉克中，搖下車窗，看著將要露出魚肚白的天空。

「尊者，天快亮了。」坐在前座的，是一個綁著黑人辮子頭，穿著緊身勁裝的挺拔男子。八寶君。

八寶君皺著眉頭，戴上墨鏡。

「不會亮的。」老者，白夢，頗有深意地說，身旁的美雪與塔瑪江不停點頭。

他們知道，雖然白夢無法顛倒陰陽，無法呼風喚雨。

但他的血液裡，藏著比塔瑪江更爲驚人的預知與占卜能力。

「要下雨了。」白夢伸手出窗外，空氣沉悶鬱鬱，很適合殺戮。

一滴雨輕輕落在白夢的指尖，白夢不禁笑了，白色的瞳孔急遽張大。

「冷、焰、冰、藍，踏上舞台吧。」白夢閉上眼睛，四台黑色箱形車慢慢駛入大廈的地下停車場，裝滿怪物的四台大車。

雨點輕輕打在玻璃帷幕大廈上。

大廈裡唱著吸血鬼的歌之章

第39話

吸血鬼的歌，唱著吸血鬼的歌，大廈裡唱著吸血鬼的歌，
血裡跳著迷亂的舞，踏碎掙扎的靈魂，
給死神一個道別吻，牆上塗開紅色的渾沌。
塗開！把它塗開！
把血管抓開！讓它塗開！
槍火瀰漫！心口被幹爛！
拳頭碎散！眼珠子滾出來！
聽那地板震翻，魔鬼紅著眼鑽出來。
看那飛刀無奈，刀刀命中要害！
這是吸血鬼的歌，大廈裡唱著吸血鬼的歌。

「叮咚，叮咚。」
睡眼惺忪的男人將眼睛貼在門孔上，看著一雙陌生的眼睛。
「這麼早？你是誰？」男人打著哈欠問道。接著後腦流出汩汩漿液。
一身慘白色的男人拔出門孔上的尖刺，舔著，眼神充滿殘忍的自我孤獨。

他不是殺手，他是罪惡的齒輪中的一塊，圈養王國的捕食者。最危險的那種。

他走在走廊上，看著三個捕食者同時抽出尖刺，血水從門孔中流出，四人面無表情地傾耳，聆聽著門後的倒地聲。

「誰啊？」沒有戒心的婦人露出門縫，蓬頭垢面地看著戴著黑色墨鏡的訪客。

訪客的墨鏡後凶光乍現，尖刺俐落劃開婦人的身體，門鏈無聲從中劃斷。

婦人好奇地看著搖晃的門鏈，門鏈上紅光碧現，血水頓時自裂成兩半的婦人中炸開，捕食者默默嗅著撲上身體的血腥味，跟著同伴的血腳印前進。

沒有回應的門後，引來捕食者的警覺，像鋼鑽般的手指刺進鑰匙孔。啪噠一聲，厚重的鋼門慢慢地被打開，捕食者兩兩竄進，幾秒後，這家人的時間永遠靜靜駐留在清晨的睡夢中。

三十幾個捕食者慢慢地朝著樓上前進，領著這一群冷血凶手的，是全身雪白的「玉兔」塔瑪江，她冷艷地抿著嘴，雙手八支尖刺滴下血珠，落在血腳印上。

血腳印寧靜地跳著舞，白色的身影、幽靜的眼神，冷冷地搜尋著號稱最強的名字。但這群怪物顯然毫不相信那名字宣稱的意義。

「冷」。

日本吸血氏族的恐怖白家，花了十三年，滾了萬顆頭顱培養出的冷酷捕食者。「冷、焰、冰、藍」中的「冷」，精銳中的精銳，白家的光榮。

□

登！

四個電梯門同時打開，第一個踏出電梯的，是全身赤紅的美雪。她的任務是三十到十五層中的搜索兼屠殺。

美雪穿著赤紅緊身裝，長髮手臂上箍著數不清的大小鋼圈，她的身後跟著一群佝僂著腰、垂晃著腦袋的長髮怪物。

因爲重藥不斷增長的暴力意念幾乎要撐破怪物的身體，他們痛苦地看著快要炸開的手臂青筋，迷亂地跟著美雪慢慢前進。怪物們胡亂抓開每個大門門鎖，撲向每一管來不及大叫的喉嚨，野獸般啃食漫步。

「焰」。

他們是恐怖實驗下研發出來的殺戮兵器，他們站在食物鏈的頂點，卻無意識地帶著一雙雙充滿激烈破壞慾望的眼睛，等待與「最強」相互捉食的一刻。

□

「尊者，你眞是料事如神啊。」

「這世界上，沒有神。」

白夢坐在大廈樓梯中央，閉目潛神，八寶君笑咪咪地站在一旁，甩甩脖子，左手撥弄著黑人辮子，右手丟著大樓管理員的腦袋玩。

他們兩人的身邊，安安靜靜地站著三十幾個面如死灰的吸血鬼，他們幾乎毫無生息地「飄」成一個圓，個個穿著黑色寬大長袍，有如索命厲鬼，但他們的眼神卻是空洞無靈，一點戰意也無。

他們是白夢的貼身護衛隊，表面上既無性別之分，又似喪家之犬，實際上個個行動風馳電掣，出招不帶感情，有「冰」之名。

他們在大廈中央等待其他組別「發現最強」的信號，以逸待勞，等待一舉殲殺「最強的名字」的時機。

八寶君心情頗爲複雜。

這次的行動可謂十拿九穩，因爲天明之際是每個吸血鬼安眠之時，上官也不例外，而吸血鬼睡眠時，任誰都是死豬一條，只要爲上官守眠的小弟疏忽了半分鐘，上官就死定了。

「但，上官掛了，我八寶君又得到什麼？幹，還不都是白癡老頭的功勞？」八寶君愉快地親吻管理員的頭顱，心裡卻百味雜陳。

白夢緊閉雙眼，內心絲毫不敢大意，但他仍有極強的自信，畢竟他擁有全日本頂尖的「吸血軍隊」。

軍隊，可不是幫派。

這是日本吸血鬼圈養世界的祕密武力，隸屬白氏，一星期前才密集由海路從日本本土運來的敢死隊。

雨點撲在玻璃帷幕上。

清晨小雨獨有的節奏感在玻璃上慢慢流下，流在藍色身軀上。三十幾隻藍色身軀緊緊黏著大廈，像蜘蛛一樣慢慢詭動，眼珠子靈動溜轉，窺伺著玻璃的背後，他們的背上、腰際、腕上、足脛、嘴裡，都掛上極有效率的武器。鋼琴線與烏茲衝鋒槍。

他們小心翼翼地動作，卻無法掩飾他們血管裡的焦躁。

那是興奮的極致表現。

「藍」。

毀滅甲賀忍者村的夜之棲息者，織田信長麾下最幽密的暗殺使者，隨著時代的演變，他們暗殺的武器也越來越進化，手段益加殘酷。

□

但，最可怕的並不是「冷、焰、冰、藍」。

十張冷峻、炙熱、頑皮、陰怒、憂愁、暴躁、驕傲、秀麗、醜陋、鬼畫符的面孔，各自在大廈中暗暗穿梭著，以影子的聲音、光的動作，嗅著。

「十臉」，令全世界吸血鬼聞風喪膽的殺手團體，屬於東京吸血鬼外派的特務機構，每一個成員都具有獨立作戰的高超戰力。

如果這十張臉孔出現在幾十年前「大東亞共榮圈養」戰役中的極寒東北，也許，結果會很不一樣。

也許，「最強」根本沒有機會成爲「最強」。

第40話

聖耀撥開兩片百葉窗，看著陰雨霾霾的天空，雨點劈里啪啦打在距離他只有一公分的大玻璃上。一滴一滴，越來越大，聖耀陷入一種陰鬱的情緒裡。

現在的他，很想知道自己的命運有沒有改變。

變成吸血鬼之後，烙印在他生命中的恐怖圖騰，是否慢慢消失了？

畢竟，他已不是完整的人類，命相這種事很可能只適用於人類而已。

但，如果聖耀失去「凶命」，他留在吸血鬼幫派裡還有什麼意義？話又說回來，失去凶命到底是件好事，尤其是對一個接近永生的吸血鬼來說，漫漫旅程中若是永遠孤寂一人，那情景將蒼涼得可怕。

「阿海，我想出去算命。」聖耀突然開口。

阿海愣了一下，坐在沙發上說：「算命？」

「嗯。」聖耀看著雨滴，說：「反正是白天，很安全的。」

阿海點點頭，說：「那好，還是小心點，最近有很多獵人在城市裡走動，別露了行跡。還有啊，買點東西回來吃吧，順便買幾本雜誌，我要電玩的。」

聖耀點點頭，穿了件外套。

賽門貓打了個哈欠，說：「幫我買汽車雜誌。」

聖耀說：「沒問題。」小心翼翼打開門，看了看走廊沒有人，帶上門後，便走向電梯。

此時，一隻尖銳的眼睛穿越了百葉窗的縫隙。

藍色的指甲，輕輕按下訊號傳送器。

而聖耀，正穿越長廊，一步一步。

「不知道那個老算命仙還活著麼？」聖耀喃喃自語，看著電梯上的數字越來越高。

四台電梯，都慢慢地爬著、爬著，越來越接近。

「奇怪。」聖耀心裡嘀咕：「那麼早？一次四台電梯？」

「登！」

四個電梯門同時打開。

電梯門闔上。

聖耀的眼睛睜大，摸著脖子上溫溫熱熱的切口，慢慢走到電梯旁的盆栽前，靠著，坐下。

看著地上的血跡。

他的腦中一片煞白，腳有些發軟，他有些會意不過來自己爲什麼想坐下。

一群體態詭異的怪物，彎著腰魚貫走出電梯，爲首的美雪十指輕扣小鋼圈，眉宇間冷靜異常，朝藏著「最強」的房間緩步逼近。

聖耀低頭，看著一只小鋼圈在盆栽旁像銅板嗡嗡滾動，直到碰到他的手指後，才終於停下。鋼圈的裡側是純鋼，但外圈則閃耀著純銀的光芒。

聖耀的胸前血污了一片，他的視線開始脆弱，只有零碎的怪獸身影。

「一切都不重要了……」聖耀的左手摸索著額頭，好像有什麼東西幾乎割裂了腦袋，頭疼得快炸開。

聖耀的手指被劃破。原來剛剛電梯打開，微微露出縫口的瞬間，兩道鋼圈就已噴出，一道劃進聖耀的眉心，一道擦過他的頸子。

聖耀用力拔出插在眉心間的鋼銀圈，腦漿欻然噴出。

臉上濕濕熱熱的，他的心沉了下去。

凶命是什麼？還在不在我身上？什麼時候會消失？都不重要了。

聖耀想閉上眼睛，安安靜靜等待身上的邪惡詛咒隨靈魂逸散而脫離。但他的眼皮倔強地托起疲憊的眼球，他無法就這麼睡著。

銀鋼圈冰冷地靠在聖耀的手指上，濃稠的紅色包圍著聖耀。

原本應該高興地迎接死亡，然而，聖耀很不安。

原本，我死了，凶命就不能吞噬任何人的生命了。包括上官跟阿海等人。身爲臥底的掙扎矛盾，我也無須擔憂了。

但，我不放心。

也不甘心。

我的朋友不能就這麼倒了。

雖然我根本不知道，什麼是「第三個魚缸」……

「上官怎麼能死在這堆妖怪手上？」

聖耀看著緊緊握住的拳頭，彷彿聽見指甲爆碎的聲音。

「再見了，麥克。」聖耀有些得意，有些開心。

第41話

「碰！」一聲巨響。

美雪趕緊回頭一看，電梯旁的聖耀腦袋軟垂，身後的牆壁破了個小洞，而藏著「最強」的房間卻只剩五公尺。

那應該死絕的小鬼居然壞了事！

剎那間，美雪的耳朵聽見房間裡一陣零碎聲音。

但機不可失，美雪咬著牙，十指緊扣圈圈，彎腰矮身，身後那堆快被破壞慾望燒死的怪物立刻飛撞牆壁與房門。

轟然數聲，牆壁有如軟土牆般坍塌，鋼門扭曲跌地！

「焰」的奇襲湧進距離「最強」不到三公尺的距離！

同一時刻，落地玻璃化成銳利的碎片無數，四個藍衣人在碎片的掩護下躍入房間，鋒利無蹤的鋼琴線在雙手間彈開，迅速織成一張簡單有效的殺人碎屍網。

可惜，殺人網慢慢垂軟、倒下，因爲織網的人在劃開鋼琴線的瞬間，兩個人的額頭上多了柄飛刀，另外兩個人的心口，則被轟開大洞。

血戰，在聖耀揮出臨死一擊的五秒內，就已經展開！

抓狂的怪物掙脫了緊縛的約制，猛力撲向飛刀的主人上官，但飛刀尚未出手，「焰」之凶獸便被無形的壓力包圍住。

上官冷冷掃視站在牆洞上的暴力怪物，那些怪物被破壞慾望扭曲的心靈，卻本能地後退一步，因爲他們嗅到危險的氣息。

以及憤怒的味道。

「可惡……」賽門貓看著甜椒頭被鋼琴線削去一半的腦袋，幾乎毫無防備地背對著齜牙咧嘴的猛獸。甜椒頭什麼話都沒有說，就在睡夢中死去。

上官看著藏在怪獸身後的美雪，點點頭，冰冷的痛苦自眼神中洶湧而出。

怪力王拔出肩上的小銀叉，螳螂低著頭，小銀叉慢慢自大腿上彈出，玉米跟熱蟲相扶喘息，賽門貓緩緩放下甜椒頭的屍體，麥克剝了片口香糖放在嘴裡，阿海低著頭。

所有人圍著上官，個個神智清醒。還有憤怒。

美雪心涼了半截。

「殺！」美雪大叫，鋼圈爆射，怪獸四面八方捲向上官！

「妳是我的獵物。」

一隻纖纖白手，不知如何穿過扭曲的怪物來到美雪的額頭前，指甲劃出一道血痕。

美雪怪叫急退，雙臂帶起圈圈破空的聲音護身，這才看清楚白手的主人。

妙手張熙熙。一個從未與上官交手過的超級好手。

「死吧。」張熙熙冷道，修長的雙手十指上掛著剛剛美雪激射出去的圈圈。

美雪彷彿聽見額頭上，汗珠慢慢滑下的聲音。

第42話

「按照計畫。」

上官沉著說道，看著從外飛身躍入，踩著玻璃破片的「藍」軍。

「獵殺他們。」麥克雙槍揚起，銀彈飛梭。

藍軍快速閃過子彈，鋼琴線甩出、衝鋒槍火起。

「獵殺！」怪力王大吼，將沙發擲向火網。

沒錯，上官不避戰的理由，並非消極地搏命以待，而是反過來獵殺這群危險的吸血鬼軍隊。而大廈，正是這場分不清誰是獵殺者誰是被獵殺者的刑場。

雨滴頓時斗大，一粒粒打進房間裡，帶進雨天特有的泥土氣息，與血氣。

「大家散開。」螳螂喊道，架住「焰獸」的利爪，運勁輕輕一帶，焰獸居然不摔不倒，反而一掌呼嘯過來。

「好厲害的畜牲。」螳螂心中暗道，低身躲過破空力掌，飛腳勾住另一隻焰獸的小腿，運勁一折，焰獸足脛頓時被扳成兩斷。

怪力王大叫一聲，硬是與兩頭焰獸拳頭轟拳頭，焰獸的指骨迸裂，卻絲毫沒有懼意，立刻又朝怪力王的胸口揮出一拳，怪力王急速迴轉身體，在焰獸的拳頭還距離怪力王胸口十四公分時，怪力王的拳頭已經轉了一圈轟出。

一股無與倫比的破壞力穿透一頭焰獸的脊椎，焰獸頓時被「腰斬」，上身爆散摔落。

「力量＝質量×加速度。」怪力王冷道，但他的拳頭隱隱生疼。

這次的敵人很不一樣。

阿海第一時間擔心聖耀的安危，與賽門貓、熱蟲、玉米衝出破碎的房間，奔向長廊盡頭的電梯，此時前方地板突然崩裂下陷，四人往後退了一步，賽門貓迅速朝地板破洞丟下手榴彈，手榴彈轟然炸裂，尖石像逆流的瀑布般向天花板衝擊。

天崩地裂的碎尖石中藏著危險，一堆慘白身影在巨大的爆炸聲中跳上震動的地板，每個慘白的臉孔露出難得的笑意，手腕上的尖刺一齊彈開。

是「冷」！

「這下麻煩了。」熱蟲簡直發昏，他知道眼前的敵人不是能輕取之輩。

一張冷淡冶艷的美麗臉孔，正踏著「冷」團的肩膀從破洞下輕輕躍上，乳白羊毛大衣揚起，雙手尖刺輪轉，毫無後勢地向賽門貓刺來！

玉兔塔瑪江。

賽門貓扣下霰彈槍扳機，數十粒小銀彈穿過正要落下的小碎尖石，塔瑪江與「冷」團散開躲過，一個來不及閃開的女人被銀彈擊中，摔回洞底。

賽門貓將霰彈槍丟給來不及帶出自己武器的熱蟲，握緊拳頭凝神看著倒吊在天花板上的塔瑪江。

賽門貓尚未成為吸血鬼之前，就已經是個截拳道高手，熟悉許多新式格鬥技，還是秘警署的武門教官。在成爲吸血鬼後，賽門貓的力量驟然提升數倍，在半年內就成爲凌駕許多吸血鬼高手的天才。

面對能夠預測對手出招的「玉兔」塔瑪江，儘管兩人間有數十年的資歷差異，但賽門貓仍有自信獵殺這樣的恐怖高手。

塔瑪江慢慢地吸著天花板，與「冷」緩步逼向賽門貓等人。

阿海吞了口口水，看見破洞後的遠處，聖耀正垂著頭倒在電梯旁。

阿海的眼力極好，他瞧見聖耀的手指微微晃動。聖耀沒死。

阿海決意要救聖耀，玉米跟熱蟲明白他的意思，於是挺起霰彈槍與銀鋼錐，準備掩護阿海。

突然，阿海左側的牆壁靜靜被撕開，一個綠色的身影從牆壁中竄出，一條巨大鋼棒迅即轟向阿海，所幸牆壁稍稍延擋了攻勢，阿海急忙滾開，但已被鋼棒掄起的颶風驚出一身冷汗。

大鋼棒的主人，是擁有「十臉」中最暴怒的那張臉。「怒神」。

怒神這一出現吸走熱蟲跟玉米的注意力，「冷」十幾支尖刺趁機撲向賽門貓跟阿海，阿海靈動地避開尖刺的攻擊，還順手摘下一粒光頭腦袋，但鋼棒的威嚇卻從未遠離，怒神的鋼棒甚至誤擊兩個「冷」，血水炸開！

熱蟲手中的霰彈槍不斷轟射，兩輪銀彈炸裂好幾個「冷」的腦袋，而玉米則熟練地爲熱蟲擋下所有的尖刺攻擊，但玉米的腹部卻被刺穿，鮮血湧出。

而賽門貓的身上，也在瞬間多了七個小血孔。

未卜先知的塔瑪江幾乎在賽門貓每次出手的前三分之一秒就攻擊，賽門貓只能倉皇地躲開致命的部位。

「閃開！」

一個巨大的身影飛向塔瑪江，塔馬江尖刺一劈，巨大的物事迸裂成兩半，血色卻無法沾上塔瑪江的白袍。

塔瑪江冷眼一看，原來是一頭「焰獸」。

這時，一個飛快的身影自長廊的另一頭奔來，手中又猛丟兩頭垂死的焰獸過來。是上官！

「救聖耀！」上官叫道，阿海趁著飛撞過來的焰獸的障蔽掩護，越過破洞，來到聖耀身旁。

阿海立刻伸手探探聖耀的鼻息，將聖耀背起，觀察形勢。

塔瑪江還來不及吃驚，上官已來到塔瑪江前七尺。

賽門貓雙掌後翻，折斷兩個冷團殺手的頸椎，果斷退出與塔瑪江的對決，快速幫熱蟲與玉米解除危機。

上官眼神冷淡，塔瑪江心中懼怕的「死神」就站在面前！

擁有「死亡預言」的死神！

剎那間，在「預測」之前，塔瑪江想起了某事，於是她本能地微縮左手，右手四根尖刺咻咻射向上官，雙膝用力——

但就在塔瑪江想跳回破洞逃走的瞬間，塔瑪江卻無法動彈。

她的右手掌居然莫名其妙地被釘在牆上。

塔瑪江大驚，想以左手尖刺割斷右手逃開時，卻發現左手腕不知什麼時候脫離身體，摔進破洞下。塔瑪江慘叫，看著脖子以下的部分殷紅了白袍，身子勉強被右手上的飛刀「掛」著。

塔瑪江的視線天旋地轉，終於，她撞到牆角，看著上官的鞋底，看著「冷」迅速退散。

「你……你不是說要……釘……釘我左手……斬我的……腰……」塔瑪江忿忿地說，氣若游絲。

「那一定是我搞錯了。」上官淡淡地說，將塔瑪江的頭顱輕輕踢進大洞底下。

第43話

而就在上官與塔瑪江交錯的剛剛，怒神的鋼棒與賽門貓一齊摔進大洞底下，賽門貓以極重的手法按倒怒神三次，但怒神勇悍地揮舞鋼棒，與賽門貓保持距離。

上官本想跳下破洞幫助賽門貓，但天花板突然陷落，一個靈動猴子般的矮子翻下，笑嘻嘻地摸著肥幫子。十臉之「頑皮」。

上官瞥眼見到天花板上隱隱有銀光亮動，疑是暗伏，於是冷冷說道：「下來吧。」

一個像支鉛筆般削瘦的醜陋女子兀然而下，「咚」一聲，一支銀灰長槍插進地板裡。十臉之「醜陋」。

矮子與極瘦女子露出尖銳的牙齒，不急不徐地看著上官，但上官的視線卻焦躁地盯著聖耀與阿海。

熱蟲緊張地扶著受傷的玉米往後退，玉米罵道：「你在做什麼？我要跟老大並肩作戰！」

上官搖搖頭，說：「穩住就好。」

上官看出眼前的兩人頗為難纏，而且，上官感覺到樓下有一股可怕的力量慢慢靠近。

「阿海，趁著陰雨，你帶聖耀出去。」上官說，雙手輕扣飛刀。

阿海點點頭，看著奄奄一息的聖耀，卻不知道要如何覓路往下走，因為阿海也感覺到一股邪惡的力量正捲上樓梯。於是，阿海咬著牙，抱起聖耀往上走。

上官的左右手各執飛刀，盯著兩臉的咽喉，矮子與女人一動也不動。

剛剛上官靠著「錯誤預言」誤導了塔瑪江的「陣前預知」，才能秒殺了塔瑪江，但眼前的兩人若聯手起來，似乎不遜塔瑪江……

「專心對付樓下的力量吧，這兩個準屍體就交給我吧。」

張熙熙優雅地走了過來，手臂上掛滿鋼銀圈圈，叮叮噹噹作響；麥克渾身是血地跟在後頭，將新的彈匣扣上手槍。

上官點點頭，說：「麥克？」

麥克吻著手槍，說：「我沒事，我會保護玉米跟熱蟲的。」

上官看了玉米一眼，輕輕躍下大破洞，毫不理會瞪大眼睛的矮子跟女人。

破洞底下瓦瓦磚磚一地，已無賽門貓與怒神的蹤影。

矮子看著張熙熙，俏皮地問：「妳是誰？」

「對不起，我不跟屍體講話。」張熙熙說。

雙手中指一彈，圈圈飛出。

第44話

你不能死。

你不能死。

你不能死。

「爲什麼？」

你死了，我就只好走了。

「走？去哪？」

不知道。

我不要再孤獨了。

「我好累。」

對不起。

「阿海？」聖耀睜開眼睛。

「你……」阿海驚訝地回頭，看著背上的聖耀。

聖耀摸著自己的脖子，發現切口只剩一點傷痕，驚訝不已。

「剛剛是你在跟我說話？」聖耀問，感到疲倦。

「沒啊。」阿海瞪大眼睛。

阿海也同樣訝異，因爲即使吸血鬼的恢復力極強，但兩分鐘之內就完全回復這種事，簡直是匪夷所思。尤其聖耀所受的傷，可不是一般的創口。

「這就是老大說的，我們對抗人類的希望？」阿海默想。

阿海讓聖耀從背上爬下，示意聖耀不要出聲，因爲阿海聽見樓上有一群小孩慘叫的聲音。樓上有變態的敵人。

阿海躊躇著，不知道應不應該繼續往上走，還是找個地方躲起來，或是破窗貼著玻璃帷幕遁走。

「警察會來吧？」聖耀細聲問道。看樣子整棟大廈都遭到了吸血鬼的血洗，警察的介入應當可以迫使來襲的吸血鬼撤離。

「誰知道。」阿海心中雜亂。

活了幾十年了，阿海第一次眞切感覺到圈養派吸血鬼的瘋狂。這樣血染大廈，簡直是直接向人類世界宣示自己的存在！這可是會引起全面的大戰！

「上去？下去？」聖耀比了手勢。

「下去。」阿海比了往下的手勢。

就在兩人即將往下走時，樓梯口的安全門突然被切成兩半。

一個白衣吸血鬼站在門口怪叫，手中的尖刺猶自滴著鮮血，霎時四個吸血鬼一齊來到門邊，手腕彈出鋒利的尖刺。

阿海露出尖牙，大衣微風鼓起，手指示意聖耀趕緊往下逃。

聖耀顫抖著，卻不肯往下逃。

「走！不要礙手礙腳！」阿海大叫，瘦小的身軀撲向被切成兩半的安全門，迎向五支尖刺。

尖刺散開，復又夾擊，阿海的大衣破片飛舞，背上血滴飛濺。

聖耀一咬牙，往樓梯下狂奔。

聖耀的臉上，全是阿海的鮮血。

第45話

市中心。

兩棟相隔一公里的住宅大樓濃煙陣陣，屍體的焦味裹住了整棟大樓，倉皇的叫喊聲充塞了兩條交通要道。

這兩條要道正好位於秘警署附近，消防車與警車大量塞滿了街口，圍觀的民眾也越來越多，進進出出更形困難。

這兩棟住宅大樓的災難，也吸引了十幾家新聞媒體與ＳＮＧ轉播車，在凌晨四點時許，一朵朵雨傘下紛紛架起了照相機與攝影器材。

這兩棟住宅大樓幾乎同時遭到火箭筒炮擊……清晨慢跑的民眾甚至指出，其中一棟大樓是遭到四枚火箭砲從四個方向轟擊。

這顯然是懷有某種目的的恐怖分子所爲。這在台灣可是條超級大新聞。

「該死。」山羊罵道，他知道這兩棟大樓的災難，純粹是要吸引全市的警力注意跟資源，而隱密的某處卻在進行眞正的血戰。

要讓他們自相殘殺，削弱彼此的力量？還是要聽小臥底的話，暫時幫助上官剷除圈養派的妖魔鬼怪？

山羊看著電腦螢幕上的光點，光點在一棟商業住宅大樓中閃耀著，山羊躊躇地摸著下巴上的尖鬍子。

聖耀昏迷不醒時，醫生就祕密在聖耀的脊椎裡側裝上微晶片，只要用衛星稍一追蹤，聖耀在地球表面上的任何位置，都能在三分鐘內被山羊知曉。

更重要的是，山羊手中的遙控器不僅可以追蹤聖耀，還可以引爆藏在第七節脊椎下的微型炸藥，有效遙控範圍——「整個地球」。

遠控微型炸藥的爆炸威力雖僅有方圓三公尺，但在三公尺內卻具有獨特的毀滅力量，特別是對吸血鬼。因爲炸藥含有高壓處理的亞硝酸銀。炸藥的用途當然是針對上官而來，但山羊根本無法掌握上官距離聖耀的位置。

「這是個機會。」山羊沉思，他要親眼看到上官。

一是確認上官與聖耀間的距離。

一是親自處決上官的慾望。

「一網打盡所有的吸血鬼，包括那個惡魔。」山羊看著手錶，等待馬龍的電話。

而頂樓上的直升機，已經慢慢啓動螺旋槳。

第46話

「啊——」怪力王抱起兩個焰獸，使盡全力箍緊，焰獸的骨骼頓時發出重新組合的怪聲，內臟直接從怪力王的手臂旁流出。

焰獸已經竄逃了許久，因爲他們拒絕與專門破壞小怪物的大怪物對抗。那幾乎是一面倒的屠殺。

怪力王爲了追殺焰獸，整整往上追殺了六個樓層。他沿途看見許多人家清晨遭襲的慘狀，樓梯間也掛著滿臉驚恐的屍體，內心極其憤怒。

「只要力氣夠蠻橫，吸血鬼可以有很多種死法。」怪力王喃喃自語，追上快速奔逃的焰獸，一拳轟掉他的腦袋。

焰獸腦袋一直線往前飛，嘴裡兀自慘叫，焰獸頸子以下的部分卻仍倔強奔跑，然後愣然倒下。

一隻焰獸在天花板上、爪子抓著硬板倒著跑，怪力王在長廊上運起雄健的大腿肌，以驚人的爆發力追上焰獸，一掌往上轟，正中焰獸的脊椎骨，焰獸慘叫不絕，因爲牠的肚腸已黏在崩落的天花板上，身子裂成三段。

突然，怪力王警覺地縮起身子。擺出拳擊手的防禦架式，閉上眼睛。

「原來，你不只有肌肉而已。」

他的身後三尺，不知道何時站了一個毫無聲息的怪人。

怪人的臉堆滿憂愁，手裡卻沒有任何武器。

因爲滿臉哀戚的怪人打開嘴巴，露出一口錯綜複雜的尖牙。就像一頭會說話的迅猛龍。

「十臉」中的「哀牙」。

「你的嘴好臭。」怪力王說道：「你都吸過期的血？」

「不。」哀牙說：「我都吸吸血鬼的血。」

「名字？」怪力王依舊背對著哀牙。

只要一眨眼的疏忽，哀牙就能在怪力王轉身的瞬間，將怪力王手背上的肌肉撕咬下一大塊。甚至整隻手。

「我叫哀……」哀牙沒說完，怪力王的拳頭已經來到哀牙的鼻子上。

閃電「光」的速度！

「唰！」

哀牙棲伏在地上，他最自傲的恐龍牙齒居然被炸去三分之一，血不斷自炸口冒出。

閃電「轟」的力量。

「力量=質量×加速度。」怪力王舔了舔肩上的傷口。哀牙的速度也快得不可思議。

哀牙笑了，因爲他的夥伴來了。

一個脊椎若有似無，上身不停圓轉的光頭女子從電梯門口走出，手中拿著一對巨型鐮刀。軟鐮。

「裝模作樣地，難怪你們很快就會死掉。」怪力王張開雙掌，復又捏緊，格格作響。

但另外三台電梯，也慢慢開啓。

拿著四把武士刀的陰怒浪人、拿著雙管霰彈槍的驕傲臉孔、梳著離子湯秀髮的清麗女子。

他們的腳步節奏，演唱著怪力王的死亡歌曲。

「一打五。很好，很好。」怪力王擺出拳王的防禦姿態，雙臂半攏在胸前，下巴後縮，半張臉埋進粗大的雙拳後，微微彎腰，雙瞳縮小。

可以的。怪力王從不斷揮擊而破裂的拳頭縫中，聞到拳頭告訴他的自信。

遠在幾十年前的「收復台灣之戰」，怪力王就以人類的姿態揹著奄奄一息的上官，在充滿肅殺氣息的森林裡，躲避、逃命、穿越十個晝夜，以堅強的拳頭撂倒來襲的日本吸血鬼。

在一個月夜，當日本吸血鬼在紅木林中不斷找尋上官跟他的影跡時，他抱著孱弱的上官躲在參天巨木上，懇求上官吸吮他的鮮血，讓他擁有解除危機的力量——一雙毀滅性的拳頭。

只因爲，上官跟他是無話不談的好友。

那夜，參天巨木下，堆滿零零碎碎的吸血鬼屍體，到了早上，屍體被太陽焚毀，而怪力王則永遠走入黑夜。昂首闊步走入黑夜。

以前，怪力王擁有登上人類世界拳王寶座的拳頭，現在，他擁有擊碎一切的氣魄。

有人說，他是最接近上官的夥伴。無論實力，無論友情。

「來吧。」怪力王的眼神銳利，不動如山。

五張臉，五種恐怖殺藝，一步步逼向怪力王的拳勁風暴圈。

怪力王的身軀蒸起白煙，五張臉不禁停下腳步。

「幹掉你們，我就跟老大一樣厲害了。」怪力王深深吸了口氣。

第47話

今天玩高空彈跳卻忘記綁上繩子的倒楣鬼很多。

一個個穿著藍色緊身衣的吸血鬼，在傾盆大雨中表演高空自由落體，在街道上摔成一塊塊紅色的黏糊口香糖渣。

珍珠大的雨點落在螳螂的額上，登時化成白煙，那是內力運行到極致的徵象。

在九十度的垂直立面上，光是要「站好」就很不容易了。跑跑跳跳獵殺吸血鬼，格外地累人。

螳螂坐在垂直的玻璃帷幕上歇息，看著兩個「藍」吸血鬼戰戰兢兢地，踏著巨大的玻璃往下倒退，那是「藍」僅存的兩名成員。

「以後要好好當個有用的吸血鬼，知道吧？」螳螂瞇著眼，搖搖晃晃地說。

「知道了。」兩名吸血鬼唯唯諾諾，恨不得趕緊溜到地面。他們一想到「陣前逃跑」四字，意味著從此不能回到組織裡，心裡反而有種怪異的喜悅。

螳螂閉上眼睛，腹部慢慢滑出三顆子彈，子彈高高墜樓。

「真厲害，這些是日本最厲害的吸血鬼還是怎樣？好幾次死掉的人差一點就是我了。」螳螂一吸氣，大腿上彈出一顆子彈。

螳螂有些頭暈，心道：「不知道其他人怎麼樣了。」銀彈重創了螳螂，傷口不斷湧出血來，左肩也被鋼琴線給切掉一半，螳螂的身體很虛弱。

螳螂垂直地坐著，看著玻璃內，一個正在抽搐的蒼白男人臉孔。

一個小女孩哭著叫爸爸，那男人無法回答，因爲他的太陽穴滲著濃血，左腳像遭到電擊般間歇抽動著。

「失禮了。」螳螂說，雙腳一蹬踢破玻璃，翻身走到男人的面前，小女孩哭得更大聲了。

螳螂伸手一點，小女孩慢慢閉上眼睛，進入香甜的夢境，暫時忘卻這個恐怖的早晨。

而男人的喉間湧出汩汩鮮血，流進螳螂的全身百穴。

第48話

上官蹲在破碎的房間中，屏氣凝神，摸索著既陌生又熟悉的強大力量。

不，是兩鼓力量。

一股熟悉的力量是八寶君。那是股亟欲彰顯自己價值的力量。

另一股陌生的力量，深邃而陰沉，就像黑洞一樣。這種力量，恐怕是幾百年經驗的沉澱吧？日本老鬼？

當然，上官也聽到，接近三十個輕碎的空氣聲從四面八方，如蟑螂翅膀般慢慢朝這裡包圍過來，帶著一陣陣寒氣。

突然，三十個「冰」怪停下身勢，一動不動。

因爲上官的「殺氣」消失了。

白夢跟八寶君也停下腳步，想找尋上官「逃逸」的路線。

「嗯？」白夢感覺不到上官的存在，突然有些心悸。

八寶君嘴角藏著笑意，看著白夢凸起的後腦勺。

第49話

兩個冰怪在房間裡，看著焦黑的大床上躺著散落的羽毛，枕頭上還趴著半具屍體。

一個冰怪抬起頭，看見衣櫃破裂的鏡子上映著一個高大的身影，正要轉身，卻砰然趴在床上，嘴裡啞啞含著銀光。

另一個機警的冰怪並不回頭，反射性往後拋出鎖鏈之際，整隻手臂三百六十度被扭斷，接著脊椎骨硬生生被拉出，發出令人毛骨悚然的尖叫。

四個黑影聽見慘叫，第一時間撞破房間四壁，八道鎖鏈猶如毒蛇吐信，向八個方向射出，卻沒發現上官的影子。

突然，距離此房間約十五步之遙的樓梯間也發出慘叫，四個冰怪立刻收起鎖鏈衝向樓梯間，只見兩個冰怪滾下樓梯，抱著腦袋痛苦地大叫。

四個冰怪面面相覷時，兩道鎖鏈自樓梯上千鈞撞來，打碎其中一名冰怪的臉，另三名冰怪趕緊散開，卻見上官的身影突然出現在他們之中，一隻手刀揚起、迅雷劈斷一個冰怪的胸骨，飛腳又將另一名冰怪的下顎踢上天花板。僅剩的一個冰怪擲出鎖鏈，快速綁住上官踢出的飛腳，腦袋卻斜斜地落下。

上官解開腳上的鎖鏈，用力甩向走廊的盡頭，兩個遠處的冰怪斜身一避，以極快的身法飛向上官時，身上同時噴出十幾條鎖鏈攻向上官，凌厲至極。

不接招，上官立即閃下身旁的樓梯，樓梯下繼又傳出分筋錯骨的厲喊。

「好厲害。」白夢的瞳孔發出白光，快速衝向慘叫的方向。

白夢在長廊上奔跑，突使右掌按下牆壁，轉而向右方奔去，因為慘叫聲又換了個方向。

「難怪最強的稱號被他擁有。」白夢有些興奮，這樣的敵手甚至令他感到些許害怕。這感覺數十年都未曾有過。

冰怪的慘叫聲突又急墜。

白夢皺眉，腳下一踹，快速落下兩層樓繼續追蹤上官，卻發現八寶君並沒有跟上來。

「那個不成材的混帳。」白夢暗罵。

但白夢並沒有時間喚來八寶君。

因為上官就坐在離白夢只有八公尺之距的客廳裡，一張土黃色的大沙發上。

客廳門口旁倒了一個被剖成兩邊的婦人，腸子散落一地，而半掩的門後，白夢看見上官好整以暇，坐在沙發上，專注地拿著飛刀，削著一顆很像冰怪腦袋的血淋淋紅蘋果。

「幾百年的老鬼了吧？」上官說，端詳著手中的恐怖藝術品。

「八百年。」白夢說，雙瞳白光斗盛。

第50話

上官，白夢，三十坪的亡命空間。

一個是擁有台灣「最強」稱號的名字。

一個是日本圈養派數一數二的大長老。

「怎敢勞動大駕？」上官冷眼看著坑坑洞洞的血蘋果。

「因爲我的對手不多。」白夢的白色瞳孔亮得可怕。

「你不會失望的。」上官說。

「喔？」白夢低吟，突然覺得胸口一陣煩噁。

痛楚之前，白夢的煩噁來自久未品嚐的恐懼。

白夢知道上官的飛刀很快，他甚至不敢怠慢上官還不靈光的左手。但，白夢還是不敢相信當流光刺進自己的心口時，那種痛徹心扉的恐懼感。

他已有一個世紀未曾感到恐懼。

上官手中的飛刀消失了。

白夢皺著眉頭，不理會沒入胸口的飛刀。因爲他知道上官刺進他胸口的，不是銀，而是不由自主的戰慄。

跟著飛刀恐懼而來的，是恐懼的主人。上官飛身！

「死！」上官心道，他的掌刀已來到白夢的頭頂心兩吋的距離。

「唰！」上官的掌刀劈落，鮮血塗開，白夢的左手突然擋在頭頂心上，硬是架住上官宛若雷擊的右手刀，但白夢的手掌卻也被上官凌厲的手刀裂成兩半。

白夢並未慘叫或逃走，反而任由上官的右手刀停在他頭頂心的半吋上，因爲他知道上官已經沒有辦法繼續往下劈了。

上官的確無法往下劈了，這點連上官自己也極感訝異。

上官的身體陷入精神的黑洞裡，所有一切都被吸入不知洞口在哪的大黑洞底，四周的景物劇烈扭曲，空氣凝結成吱吱作響的塊狀，上官感到全身的細胞都要被捲入到另一個空間。

突然，上官的額上、胸口、四肢，全都流出滾滾汗漿。上官吃力地看著自己歪七扭八的右手，彷彿走入哈哈鏡裡，身上的一切都錯亂了。

這正是白夢八百年的功力，以強大的精神力量束縛住上官，將上官的意識世界連根拔起，徹底扭曲摧毀。在「白氏」貴族裡面，這幾乎是最高段的精神超能力！

上官心知肚明，這一切都是白夢製造出來的恐怖幻境，但上官卻無法控制身上的一切，他咬著牙，想將右手往下切去，卻發現右手已脫離自己的意識掌握，變成扭曲空氣中的海市蜃樓。

「糟糕。」上官全身恍若墮入蒸籠，他使盡一切力量要掙脫白夢的精神控制，急得全身汗如雨下。

「一定要搶先一步。」白夢瞇著眼，雙瞳白光有若明晝，力量不斷催化，使得胸口的傷口湧出一道道醬紫色血箭。

此時，白夢右手腕上的機關彈出一柄鋒利的銀刀。

慢慢地，白夢腕上的銀刀顫抖地逼近上官的膻中穴，上官卻依舊保持僵固的姿勢，全身微微顫抖，骨骼間發出輕爆聲。

上官手刀上的汗水滴在白夢的臉上。

白夢也感到非常艱困吃力，因爲他知道上官不是等閒之輩，自己套在上官意識裡的精神枷鎖遲早會被意志堅強的上官破繭而出，所以白夢將絕大的精力都花在圍困上官的意識上頭，絲毫不敢托大。

白夢的銀刀距離上官的膻中穴，只剩一吋的距離，只要輕輕往前一推，這個阻礙圈養派大膽西進的大石頭，就會化作碎泥，而白家的榮耀將永遠壓過牙丸組。

「白家的運勢還沒倒下呢。」白夢心想……剛剛運氣實在太好，上官只剩一支純鋼飛刀，要是剛剛刺進我胸口的是柄銀刀，我早就挨了他那一掌，全身裂成兩半了吧？這表示運勢並沒有遺棄我白家啊，即使八寶君臨陣脫逃，我一個人還是能掌握全局！

上官在渾沌中竭力尋找零散的肢體意識，卻無法找回迷失的神經，甚至，他連痛覺也完全喪失，絲毫感覺不到自己的心口，正被銀刃慢慢破入……

「結束了。」白夢的胸口冒著鮮血，但嘴角卻帶著九死一生的笑容。

此時，白夢的眼皮跳了一下。

然後，又跳了一下。

「……」白夢突然感到手軟，兩隻眼皮像遭到電擊般抓狂的鼓動，一股前所未有的精神壓力惡浪般向白夢左翼捲來，幾乎要將白夢攔腰撞倒。

「怪！這是什麼惡魔的力量！」白夢大吃一驚，忍不住瞥眼向左一瞧。

一個臉上濺滿血滴的年輕人，手裡揮舞著一條剛剛從地上撿起來的鎖鏈。

擁有凶命能量的聖耀！

「魔鬼！」白夢慘叫，飛身往後一彈，自己摔出房間。

而上官就像斷了線的木偶，全身頓時鬆散跪下，但右掌居然仍不忘生猛一劈，破空聲獵獵作響。

聖耀緊張地看著行止倉皇的白夢，立刻明白是怎麼一回事：這老頭感應到我的凶命了！

「上官老大！」聖耀拿著鎖鏈，衝到全身虛脫的上官身旁。

白夢跌落在房間外，氣喘吁吁、白瞳黯淡，一看到跑至上官身旁的聖耀，修習奇門遁甲數百年的白夢登時死命鬼叫，想要撒腿就跑，無奈剛剛氣力放盡，胸口重傷未復，只好靠在牆上。

白夢消極地閉起眼睛，心想：「這小鬼哪來的，身上居然釋放出如此絕望的能量！好可怕的魔星！難道是傳說中的……」

答。

八寶君輕巧地躍到白夢面前，低頭看了看威嚴盡失的白夢，又看了看眼神迷亂的上官。

「老大，快醒醒！」聖耀看著八寶君，害怕得幾乎要嘔吐，但上官卻閉上眼睛，渾身是汗。

八寶君笑了。

站在兩個絕頂高手的中間，八寶君似乎很滿意。

「快逃！」白夢掙扎著，面對凶氣焰盛的聖耀，白夢根本不願與之爲敵。

「快逃。」上官的眼睛慢慢睜開，他已找回了部分的意識，知道眼前的敵人是實力高強的八寶君。

上官心想，若聖耀獨自逃跑，讓他一個人專心應付八寶君的話，或許還有點勝算。

八寶君忍不住笑意，看著驚惶的白夢說：「白尊者，你怕些什麼呀？」右手出其不意插進白夢的雙眼。白夢慘然大叫，上官卻毫不感意外，好像八寶君原本就是這樣的角色。

「哇——你幹什麼——」白夢痛喊，想要掙脫八寶君的雙指，但八寶君的雙指卻用力勾著白夢的眼窟，扯得白夢劇痛不已。

白夢右手銀刃沒有章法地朝八寶君刺去，八寶君輕鬆地伸出左手抓住白夢的手腕，一轉、再轉、又轉，白夢的右手被巨力扭成緊繃的橡皮糖，痛得叫不出聲。

因爲白夢的下巴已被八寶君的膝蓋輕輕踢歪。

「臭老頭！平常訓我訓得很開心吧？」八寶君開心地抓動手指，在白夢的眼窩裡大肆攪動，黃白汁液與鮮紅血色流出眼窟，白夢像垂死的蟑螂痛苦地扭動身體。

上官知道八寶君趁機殺掉白夢的簡單理由：如果八寶君不殺掉白夢，八寶君在台灣能夠取得的榮耀與戰績，永遠都只能拿來襯托白夢。日本吸血氏族給予的一切支援，都只屬於身爲大長老的白夢，而八寶君僅是一個得力的傀儡罷了。

但殺了白夢，又殺了上官，八寶君就能得到日本氏族的全力支持，接收前進遠東大血庫的絕大戰鬥資源！

「日本吸血鬼？好了不起！最後還不是要靠我幫你們打天下！」八寶君輕蔑大笑，雙指往前一推，整個手掌都沒入白夢的臉孔裡，直到碰到白夢腦後的牆壁爲止。

一代魔將，就此喪命在小人之手。

「哼。」上官勉強站了起來，看著不願走近的八寶君。

聖耀靈機一動，朝著八寶君打開手掌，惡魔掌紋凶氣畢現，但八寶君不諳命術自然毫無感應，並不理會聖耀，眼睛只是狐疑地盯著上官。

「眞的假的？我會怕啊！」八寶君噘著嘴，從懷中掏出一把手槍，瞄準全身無力的上官。

「逃。」上官咬著牙。

「不要！」聖耀害怕地大叫，擋在上官面前，用力甩出銀錐鎖鏈！

八寶君隨手揮開軟弱無力的鎖鏈，同時連續扣下扳機。

子彈颯颯射出，聖耀閉眼大叫，十數發銀彈穿透聖耀的身體，旋又在上官身上爆開，血花四濺。

「哈哈哈哈哈哈哈哈哈哈哈！」八寶君瘋狂大笑。

聖耀頹然一跪，兩眼茫然。上官往後翻倒，倒在沙發上。

「再來！」八寶君欣喜若狂，丟下發燙的手槍，雙拳緊握，力量頓時飆到頂點。八寶君的力量跟自信絕對正比，此刻的他，就算是平日的上官也不能小覷。

而他，要一拳一拳，將「最強」身上的每一片肉都轟掉！

上官倒在沙發上，看著跪在他面前的聖耀——這個曾經救了他心愛的女人、現在又試圖拯救他的大男孩；但他卻一點力氣也使不出來。

銀彈雖未直接刺進他的身體，卻削去上官強悍的力量。

八寶君慢慢走到房間中央，一腳踢開垂軟身體的聖耀，來到上官的面前。

「先從哪裡開始好呢？」八寶君咬著自己的拳頭，興奮地說，血從拳頭上慢慢流出。

「看著我。」八寶君低頭看著上官，這眞是令人愉快的角度。

上官沒有抬頭，他連抬頭的力氣也沒有。

八寶君深深吸了一口氣，他突然不想用拳頭將上官全身上下都轟碎；至少現在不想。

八寶君心癢難搔，小心翼翼地用拇指扣著中指，在上官的耳朵上一彈，就像逗弄著小孩子一樣，八寶君不禁笑得全身打顫。

這簡直比殺了上官還要令人開心啊！

上官大字形癱在沙發上，任八寶君將他的耳朵彈出血來，心中卻平靜異常。他正積聚體內每一滴的力量，想給八寶君迅雷不及掩耳的一擊。

「上官哥，我幹你娘的上官哥！你眞是頑皮啊，怎麼老是這麼不聽話呢？一億五千萬的名字，整天掛在嘴巴上，想壓死我啊？哈哈！」八寶君用力拉扯著上官的眼皮罵道，口氣卻是欣喜無比。

「唰！」上官突然從血泊中暴起，右手刀直取八寶君的頸動脈，左手拳打八寶君的丹田。

只聽得「喀！喀！」兩聲，上官重又倒在血泊中，兩手腕均被清脆折斷。

八寶君搖搖晃晃地站著，摸著差點被斬斷的脖子笑道：「上官哥，你的左手怎麼那麼沒力啊？新的嘛！我全力格擋你的右手也就是了。」

上官沒有說話的力氣，索性閉上眼睛。

「看著我啊！」八寶君哈哈大叫。

正當八寶君用力扭著上官紅鼻子的時候，沙發後面的大玻璃突然出現輻射狀的裂痕。每道裂痕又錯綜相接，綠色的身影迅速穿透複雜的玻璃裂痕，站在沙發椅背上。

冷冷的雙眼，毫不畏懼地瞪著八寶君。

「小角色。」八寶君冷冷看著綠色的身影。凌虐上官的興致突然被打斷，八寶君微微發怒。

「對付螞蟻，夠了。」綠色的身影雙臂成鉤，嘴角還留著剛剛攫取的血跡。

鬼影，螳螂。

八寶君眼神冒火，一拳閃電揮出，沉悶的拳風向螳螂面門襲來，那可是凌空碎石的強大氣勁！

螳螂飛快避開這沉重的拳壓，全身彈出，一腳掃向八寶君的腰際，八寶君右肘下蹬，不只想化解螳螂這一腳，還想蹬碎螳螂的腳踝。

但，螳螂不愧是「鬼影」螳螂。

八寶君的肘擊還沒碰到螳螂踢出的腳踝，螳螂腳踝便迅速放棄攻擊，彈簧般收回，左手螳螂臂斜側掄出，直擊八寶君的右肩。

八寶君右肩不縮，右拳強力從下暴起，想直接毀掉螳螂的手腕。但螳螂隨即在千鈞一刻之際收回鐵腕，一個頭錘轟向八寶君的下顎。八寶君閃避不及，大叫往後一跌。

螳螂凝神站穩，雙臂胸前上下成鉤，寒風帶著碩大雨滴，從身後的破洞飛向八寶君，八寶君摸著劇痛的下顎，怒目看著螳螂。

此時，一個巨大的身影默默地從走廊的裂縫中走進房間，無視八寶君與螳螂的存在，蹲了下來，一手扛起上官，一手肩起聖耀，站了起來，頭也不回地走出房間的裂縫。

「保重。」螳螂看著巨大的背影嘆息。

背影殘破，卻堅強。

就在紅色的背影淡出裂縫時，強有力的雨勢驟然停止，好像命運突然打了個嗝。

八寶君的嘴角流出鮮血，憤怒地大叫：「你擋得了幾分鐘？我幹掉你以後，回頭照樣掛了你大哥！」

螳螂的腹部與大腿滲出鮮血，雙手各鉤半圓，或掌或刺，平靜地說：「你大概是什麼地方搞錯了，我站在這裡，並不是要擋著你。」

八寶君不怒反笑：「喔？」

「我站在這裡，是要殺了你。」螳螂全身氣息飛轉，渾身冒起白色蒸氣，說：「就算你發誓要當一個有用的好吸血鬼，也來不及了。」

「好！」八寶君大怒，一拳揮出。

第51話

怪力王一句話也沒有說。

他沒有多餘的力氣花在沒有意義的言辭上，他知道肩上的兩人需要他身上每一滴可能存在，或不存在的力量。他只有默默踩著走廊上的碎石子，一步步朝樓下走去。

「對不起。」上官垂著頭，額上流下鮮血。

「……」怪力王沒有說話，看著擋在走廊盡頭七個手持鎖鏈的冰怪。

冰怪不急著出手，反倒慢慢挪動腳步，眼睛死魚般盯著怪力王肩上的上官。這個時候怪力王實在沒有辦法與之對抗。

剛剛以一打五的怪力王，在狂亂的激戰中揮出生平最強的十七記鐵拳後，雖然將草菇的臉轟陷、將浪人的脊椎撼斷，卻也在槍炮、利刃、尖牙、巨刀、飛刺的圍攻中倒下，所幸張熙熙及時出現解圍，要不然怪力王已成一團碎肉。

以一打三的張熙熙能夠活下來嗎？怪力王並沒有時間擔心，他只求能將他的老大，以及老大的請託救出去。

怪力王額上的汗水順著他堅毅的臉龐流下。咚。汗水滲進地板的縫隙中。

三個冰怪的鎖鏈飛出，四個冰怪沒身欺上，怪力王腳下一沉。

「隆！」地板脆裂，灰沙四起，怪力王迅速墮入樓下。

冰怪並不猶疑，迅速跳進怪力王踩破的洞裡，卻聽見數十粒小銀珠呼嘯而過的破空聲，冰怪立刻在空中翻滾，以詭祕身法藏在大柱子後，尋找槍聲的來源。他們落下的地方，是寬敞的居民交誼廳。

「喀！」霰彈槍重又上膛。

冰怪聽清楚，敵人在噴水池的石像後面，而怪力王也漫步走向噴水池，迎向他的戰友。玉米、熱蟲，還有渾身浴血的麥克。

「老大！」玉米看見怪力王肩上奄奄一息的上官。

「慘了。」熱蟲皺著眉，迅速估計出藏在石柱後敵人的數目。

怪力王停了下來，看了胸口插著一根細長鋼棒的麥克一眼，麥克癱坐在地上，指了指手中的手槍，點點頭。

怪力王眼眶濕潤，慢慢走過噴水池，往另一個樓梯口走去。要是怪力王繼續踩破地板往下逃，那些冰怪也會鑿地往下追，如此一來，怪力王負傷的夥伴就無法掩護他了。

所以怪力王選擇將敵人交給他的朋友。

而熱蟲卻注意到玉米的眼睛，流露出焦急與徬徨。

「妳去保護老大吧，這裡有麥克跟我。」熱蟲說，麥克的眼睛卻幾乎要閉上。

「好。」玉米頭也不回地跟在怪力王身後，一跛一跛消失在大廳的轉角。

熱蟲的鼻頭有點酸。

「喂，醒醒，靠我一個人可不行！」熱蟲用手指刺了麥克一下，麥克眼睛睜大，看著柱子後蠢蠢欲動的冰怪。

麥克指了指腰上，兩顆可以立即引爆的手榴彈。

「你媽啦。」熱蟲哀叫。他知道手榴彈的爆炸速度無法追上冰怪矯捷的身手，唯一的有效距離，就是引得冰怪將自己團團圍住，然後拉開保險。

麥克輕蔑地看著熱蟲，熱蟲憤怒地將霰彈槍交給麥克，說：「幹，你以爲我不敢嗎？」拿起兩顆手榴彈，身體卻不由自主在顫抖。

熱蟲不是一個勇敢的吸血鬼，也不是個好戰士，他從來不懂上官爲何視他爲朋友。

但現在，他多少可以體會一些。

「一、二、三！」

麥克跟熱蟲一齊站起，麥克一手手槍，一手霰彈槍，朝著石柱猛烈開火。冰怪低身迂迴衝出，身法迅速詭異，紛紛閃過子彈與銀珠，鎖鏈甩出！

麥克大叫：「拉！」霎時身上被四道鎖鏈貫穿，兩把槍卻對準最近的冰怪齊發，一個冰怪轟然倒地，另一個冰怪想將鎖鏈從麥克身上拔開。

但麥克丟下雙槍，緊緊握住刺穿身軀的鎖鏈。

「快！熱蟲！」麥克心想。

「咚。」手榴彈的保險卻沒有被拉開。因爲熱蟲的雙腕被鎖鏈斬斷，手榴彈隨兩隻斷掌落地。

麥克不能原諒地看著熱蟲，熱蟲愧疚地低下頭，看著一條鎖鏈將他的腸子拖出，一條鎖鏈又自背從他的肩胛穿出。他盡力了，卻還是因爲太弱而輸掉雙手。

兩顆手榴彈孤單地在地上旋轉，旋轉。熱蟲心中酸楚。

「後悔成爲吸血鬼嗎？」

一個熟悉的聲音，漫天銀錐飛舞。

不知什麼時候，玉米全身裹著鎖鏈，拾起地上的手榴彈。

「怎麼可能。」熱蟲幾乎要笑了。

十一樓的玻璃帷幕匡啷震碎，火舌捲起血塊烈烈迷盪。

大廈輕輕一震。

怪力王踩著樓梯，眼淚又流了下來。

第52話

「嗡嗡嗡嗡翁……」

螺旋槳的聲音蓋滿了陰鬱的天空，山羊拿著軍事望遠鏡，監看著十一樓噴出烈焰的大廈。

此時距離大廈的血戰開端，不過三十二分鐘而已。

「長官，現在該怎麼做？」小隊長透過無線電，聯絡另一架直升機上的山羊。

小隊長當然知道此次任務的內容，但若有一絲可能，他實在不願執行命令。

「你想被革職嗎？」山羊拿著望遠鏡，監視著滿目瘡痍的大廈。

「是，長官。」小隊長說道：「所有人注意，準備第一階段攻堅。」

八架直升機中的四架，盤旋在大廈正上空。垂下繩索，四十八個精銳秘警全副武裝緣繩跳下，迅速撬開大廈頂樓的天門，熟練地交叉掩護，進入此刻全世界最危險的地方。

強如上官等人，也得在秘警署中失去四個夥伴才能救出聖耀，雖然主因是秘警署特殊機關甚多，卻也可見秘警絕非庸碌之輩。

「請自由回報。」山羊使用著無線電，坐在對面的馬龍摸著下巴，拿著望遠鏡觀察著大廈。

「D組發現聲響，正前往處理。」

「B組遭遇兩隻，已清除。」

「A組遭遇一隻，已清除。開始埋管。」

「C組在三十四層遭遇D.R.狀況，生還者二，重傷者一。」

「清除。」山羊淡淡地說，心卻沉了一下，在對講機中聽得見槍聲。

接下來的一分鐘裡，無線電裡傳來零星的生還報告，以及吸血鬼逃逸的消息。

但山羊最想聽到的訊息，卻還沒從無線電中傳來。

「今天眞是吸血鬼打群架的好天氣啊，現在不知道是哪邊佔了上風。」馬龍頓了頓，說：「或許，你該考慮先對付圈養鬼，而不是上官那群。」

「是嗎？」山羊看著街上越來越多因爲大廈爆炸聲聚集而來的民眾，說：「我比較擔心該怎麼善後。」

「只好公開了，圈養的勢力正式向人類世界宣戰了不是？」馬龍說。

「暫時不可能，聯合國那邊不可能同意。」山羊無奈。

「那就交給我們獵人吧，我們會處理乾淨。」馬龍說。另外一台直升機上坐滿九個一流獵人，還有五十七個獵人正從城市的其他地方趕來。

山羊正要回答，無線電便傳來急促的聲音：「D組遭遇攻擊！啊！找掩護！」

「B組發現疑似上官！上官可能負傷！」B組。

「哪裡！」山羊大叫，一手緊握著微晶片控制器。

「五樓靠窗！開始掃射！」B組。

山羊拿起望遠鏡，看見五樓一門窗戶爆碎開，一個巨大的身影揹著兩個負傷的同伴轟然跳出大廈，往地面直墜！

是上官跟聖耀！距離絕對在半公尺內！

山羊第一時間按下微晶片控制器的爆炸鈕，大叫：「結束了！」

夜將盡，嗚咽的風在空洞的大廈裡迴繞著。

Ｊ老頭的寬柄銀刀插在柱子裸露的鋼筋裡，風一吹，便發出咿咿啞啞的聲響。

世一的頸子上，有一道張狂的撕裂傷口，全身百分之八十的血液都已流失。

但世一還未闔上眼睛，發著高燒，嘴裡重複喃喃一句含糊不清的話。

Ｔ病毒已經從世一頸子上的傷口滲透進存量稀薄的血液裡。依照感染的速度，再過三個小時，世一就會成爲一具沒有思想的活屍。

「殺……了……殺了……殺……了……我……殺……」

世一眼神空洞，像一台壞掉的錄音機。

廢窩四周零零散散都是圍刀陣的獵人弟兄，有的肚子插掛在突起的天花板鋼筋上，有的半個人黏在柱子壁上，有的四肢缺其二，有的身體某部分不自然地垂晃著，最多的是頸子遭到高速切傷，瞬間大量失血死去。

屠戮的現場，用「血廈」兩字形容，恐怖得再貼切不過。

負責拍照記錄的秘警，竟抵受不住空氣裡新鮮生黃的腥味，在角落吐了起來。

在上官手底下，獵人團前所未有的大慘敗。

「老友，讓山羊我送你一程吧。」山羊往旁伸手。

山羊面無表情，蹲在臉色慘白的世一身旁。

一個秘警從懷裡掏出手槍，嘆口氣，遞給他的長官。

山羊站起，上膛，對準世一空洞的兩眼之間。

碰！

「結束了！」山羊按下爆炸遙控器，與上官的血仇糾纏終於到了盡頭。

第53話

巨大的身影轟然墜地，數千片碎玻璃雪花般飛落，瘋狂的槍擊聲驟止。

怪力王流著眼淚，咬著牙，血箭不斷自他的背上射出，他的兩隻膝蓋俱碎。身旁圍觀的民眾尖叫不已，不知道是被怪力王的慘狀嚇到，還是驚懼受傷如此嚴重的「人」的眼神，竟然是如此堅定、充滿勇氣。

怪力王一提氣，衝出尖叫聲不斷的人群，留下地上一灘灘血跡。

山羊俯瞰著怪力王隱沒在小巷裡，又看看爆炸遙控器。

不僅遠距遙控炸彈沒有炸開，連追蹤聖耀的光點也消失了。

「快追！」山羊大吼，完全沒有平日冷靜老成的模樣，手指歇斯底里猛按遙控器的爆炸鈕。

「所有獵人注意，追殺地面的上官！降落！」馬龍精神抖擻，用無線電命令另一架直升機上的獵人準備降落在大馬路。能夠在大城市裡緊急降落的直升機，只有秘警署能夠辦到。

「知道。」駕駛直升機的秘警喊道，獵人不禁深深吸了口氣，摩拳擦掌。

直升機微微左傾，準備切往空間較大的馬路上空。突然間，一道尖銳的金屬磨擦聲劃破機身，一個靠窗的獵人大叫：「有人朝我們開槍！」

「咻——碰！」突襲的子彈仍不歇息，靠近螺旋槳軸不到兩吋的地方冒出黑煙。

「報告！降落必須取消，請允許緊急迫降在附近大樓頂樓！」駕駛罵道，將直升機往右邊大廈駛去。

「他媽的！四小隊快找出偷襲直升機的畜牲！」山羊幾乎失去理智。

「咻——碰！」山羊乘坐的直升機居然也遭到攻擊，駕駛連忙拔高轉彎，山羊隔著防彈玻璃，彷彿看見破碎的大廈十一樓中，一張熟悉的臉孔正對著他微笑。

「好久不見。」賽門貓說道，雙手平舉著只剩幾發子彈的手槍，繼續用子彈向老長官打招呼，腳下踩著一根染血的粗大鋼棒。

「賽門貓在十一樓！」山羊大叫，爆炸遙控器幾乎被他捏碎。

「收到！」急促的腳步聲。

「會怎麼結束呢？」賽門貓知道槍裡的子彈只剩下一發，不禁看著冒著白煙的槍口發笑，又看看老長官的直升機越拉越高，越拉越高，賽門貓注意到高高天空上的烏雲似乎就要散開。

「不要動！」賽門貓的身後呼喝著。

賽門貓再往前一步，就是連吸血鬼也足以粉身碎骨的高空，轉身呢，卻要面對以往並肩作戰的同袍。

「慢慢轉過來！放下手槍！」秘警大叫，十二支烏茲衝鋒槍對準賽門貓。

賽門貓緩緩轉過身來。他認得其中穿著小隊長制服的秘警，那是他在警校的直屬學弟，心宇，而其他將槍口對準他腦袋的秘警，全都是他以前的屬下。

「嗨。」賽門貓無奈地打招呼，將手槍丟到牆角。

「報告長官，已抓到賽門貓，請問要格斃還是要活捉？」心宇冷冷地看著賽門貓，對著無線電問道。

「格斃那個叛徒！」山羊的聲音大到連賽門貓都聽得到。

「是！」心宇領命，十二個小紅點在賽門貓的身上遊走。這是對付行動快速的吸血鬼所採取的「散動式瞄準」，即使吸血鬼能高速移動，也難免成爲秘警的槍下亡魂。

賽門貓點點頭，閉上眼睛，他似乎很滿意這樣的下場。的確，這是一個叛徒應得的懲罰，他「背叛」了與他生死與共的夥伴，背叛了曾經烙印在心口的秘警信條。

「爲什麼背叛我們？」心宇的眼睛冒著怒火，切斷了無線電，其他的秘警跟著做，但紅點仍緊抓著賽門貓。

「……」賽門貓苦笑，他能說什麼？

「攻擊大樓居民的是你們嗎？回答我！」心宇扣下扳機，一顆子彈擦過賽門貓的臉頰，鮮血流下。也許賽門貓將被以前的下屬凌遲致死。

「不是，是我們的敵人。」賽門貓依舊閉著眼睛。

「自由射擊！」心宇大吼，槍聲大作，數百發子彈將原本就已破碎不堪的磚磚瓦瓦擊成灰煙。

但，沒有一顆子彈打在賽門貓身上。

「？」賽門貓睜開眼睛，看著昔日戰友忿恨的背影在灰煙中緩步離去。

「不管你是爲了什麼，我們相信你不是爲了要活下去。」一個秘警頭也不回地說。

「太陽快出來了，這棟樓也要塌了。」一個秘警說，將一把裝滿子彈的手槍、一條繩索丟在地上。

「十二樓樓梯左側還有兩個小孩子。」心宇頓了頓，說：「你知道山羊的作風。」

「嗯。」賽門貓。

心宇領著其他的秘警繼續往樓下布陣搜索，賽門貓依稀聽見心宇對著無線電大叫：「報告，賽門貓被同夥救走！所幸弟兄無事！」

賽門貓的心頭像是被什麼梗住，他看著地上的手槍與繩索，撿了起來，卻像失落了什麼，也撿起了什麼。

「你們不會失望的。」賽門貓熱淚盈眶，將手槍插進腰際，往十二樓走去。

第54話

「報告，所有弟兄撤出，大廈淨空。」秘警。

「三十秒。」山羊。

「是。」秘警。

直升機離開大廈上空，三十秒後數聲巨響，城市的中心揚起黑色的煙爆，充滿血腥與絕望的大廈在黑色瀑布中慢慢沉陷，罪惡卻沒有跟著隱沒在黑煙裡。

這是人類一貫的手法，他們習慣將恐懼的眞相用各種方法掩埋，暗殺、焚毀、宣傳，以及最有效率的ＴＮＴ。

黑煙遮蔽了城市的天空，原本亟欲掙脫烏雲的太陽再度被阻擋在城市之外。

兩台及時從黑煙中鑽出的箱型車慢慢避過市警的臨檢。

「重傷的上官可能逃出大廈嗎？」只剩半張嘴的哀牙喃喃自語。

幾乎被腰斬的丘狒、失去一隻眼睛的夏目，沉默地看著他們的新主人，八寶君，等待他的回答。

八寶君看著腳下被緊緊縛住的螳螂與阿海，卻無法開口說話。他的胸口仍然喘不過氣來，中國五千年的武學精髓──「氣」的力量，似乎還在他的體內橫衝直撞，令他悶得想吐。

眞是不愉快的經驗。

八寶君看了聯手將螳螂擊倒的「無面」與「冷煞」一眼，心中更是悶得想把車門撞破，在街上殺幾個人——丟臉的事都教人窺破了，這比沉重的內傷更教人坐立難安。

「面對螻蟻才能發揮的實力，根本沒有用處。」

八寶君想起腳下的螳螂在十分鐘前將他刺倒在地上時，所說的冷言冷語，不禁憤怒地往螳螂的臉上胡踩，螳螂滿臉是血，卻咯咯地笑著。

我不可能連上官的跟班都打不過啊，更何況他還受了重傷！想到這裡，八寶君的拳頭簡直要炸裂，尤其是他強烈懷疑「無面」跟「冷煞」也抱著這樣的想法。

八寶君深深吸了口氣，將體內的煩噁感壓制住，看著車上剛剛成爲自己手下的五人說：「綁了他們，上官自然跑不掉。」

這個答案不稀奇，許多電影中經常可見。

「但……」八寶君突然雙拳往前強擊，原本毫髮無傷的無面與冷煞頓時被一股勁風擊碎腦袋，腦漿濺上黑色皮椅，他們甚至來不及變換出驚訝的表情。

哀牙，夏目，丘狒，全都警覺地拱起受了重傷的身子。

「但，暗算白夢尊者的代價，就是死。」八寶君緩緩坐下，嚴厲地看著哀牙三人，隨即不禁開懷大笑：「我等著殘廢的上官呢。」

八寶君隨手伸進螳螂的嘴裡，扯出一條血淋淋的舌頭。

第55話

黑煙將城市包圍住，飄浮懸掛在每一吋空氣裡，跟遙遠城市另一頭的濃煙烈焰沉默擁抱。

每一個正在熟睡的心靈都醒了，打開電視，一個個鐵青著臉的播報員在SNG轉播車前大聲譴責恐怖分子的暴行。

大衣裡全副武裝的獵人們，戰戰兢兢川流在小巷窮街裡，尋找每一個可疑的血跡與氣味。他們都想用手中的刀與槍創造歷史。

距離魚窩只有半條街的喘息，碎裂的膝蓋迸開，巨人終於倒下。

怪力王滿足地看著躺在眼前的上官與聖耀，垂著頭、跪在巨大的垃圾箱旁。

記不清是多久以前，自己也是這樣扛著老大在蠻荒叢林裡，一夜又一夜。

老大總是這麼信任我，我的肩膀一向是老大最安全的藏身之處，幾十年前如此，今日也是一樣。

可惜，我好像快睜不開眼睛了。

「水牛。」上官搖搖晃晃站了起來，說：「換手。」卻又斜斜摔倒。

水牛是怪力王還是人的時候，所擁有的名字。

怪力王欣慰地閉上眼睛。

怪力王的後腦被炸了一半，胸口整塊靡爛潰敗，腰際被咬了一大口，裸露出的內臟虛弱微動，生命的汁液不斷自傷口流出，背上盡是碎玻璃與彈孔。

也許，也許吧。

「上來。」上官奮力爬起，彎著腰背對怪力王，示意他爬上。

怪力王搖搖頭，聲音很輕很輕：「每個吸血鬼死前，都想再看看陽光的樣子。」

上官沒有說話，他整顆心都懸著。

怪力王繼續說道：「但我沒這個福氣。」

黑煙遮蔽了天空，不知還要持續多久，連呼吸都很艱辛。

上官身體一晃，單膝跪地，說：「快上來。」

於是，怪力王將他巨大堅實的身子靠在他最敬佩的老大背上。

上官紅著雙眼，用力揹起這個大個子，一手勾著昏迷不醒的聖耀，步履維艱地走向魚窩。上官的身子一直顫抖著。

「老大？」怪力王靠著上官的脖子，聲音只剩下空氣中虛弱的震動。

「嗯。」上官忍不住流下眼淚。

「你在哭？」怪力王問。

「嗯。」上官幾乎慟聲大哭。

「謝謝。」怪力王閉上眼睛，笑著。

突然間，怪力王的頭變得好沉、好沉，上官的腳步卻越來越虛浮。

這個世界上，沒有聲音比起男子漢的哭聲，更教人哀慟。

上官的哭聲很大很大。

很大很大。

凶命的祕密之章

第56話

你應該躲開的。

「我絕不躲開。」

你體內還埋著復仇恨意的遙控炸藥，我也將它吃了。

「爲什麼要幫我？」

幫你？

你如果死了，我只好走了。

「去哪裡？」

下一個即將絕望的人。

你不會希望的。

「爲什麼是我？」

你是我見過最善良的人。

還有。

「還有？」

你有顆勇敢的心。

在你很小的時候，我就知道了。

「你究竟是什麼東西？」

孤獨。

或是什麼。

但有了你，我就不再孤獨。

「幫我。」

聖耀睜開眼睛。

兩隻壯碩的成吉思汗在眼前不斷迴游，長頸龜匍匐在沉木下，好奇地看著他，小燈魚隔著兩面玻璃觀察魟魚的蝠狀翩動。

這裡是魚窩；聖耀在昏迷中還有印象，是怪力王揹著自己跟上官衝出死亡的。

聖耀移動身子坐了起來，看見上官裸身浴血攤坐在牆角，手裡抓著兩個乾癟的血袋，上官腳邊已有六只一滴不剩的血袋，而自己的肚子上也有兩包乾涸的血漿。

上官兩眼無神地看著地上灰白巨大的怪力王，怪力王的嘴邊凝結了大塊血漬，顯然是上官搶救怪力王時，勉強灌進怪力王嘴裡的血漿。

怪力王他死了？聖耀原本想問，但他知道已是多餘。

「你的身體恢復得很快。」上官抬頭看著聖耀，面無表情地說：「天亮的時候，把怪力王抬出去，讓陽光將他帶走。這是他最後的願望。」

聖耀默默低著頭，摸摸那激烈卻逐漸模糊的印象中曾經刺痛入骨的地方，卻絲毫沒有一絲痛楚。

是「它」。

上官的眼睛注視著冰箱，說：「拿幾包去喝吧。」

聖耀應了一聲，從冰箱裡拿出一包血漿刺破，讓生命的汁液湧進喉頭，聖耀覺得全身舒暢，胃裡暖烘烘的。

上官看著面色紅潤的聖耀，慢慢地說：「你的身體比其他吸血鬼堅韌數十倍，好像自己有生命似地，這樣的傷就算是我也早死了。」

聖耀將血漿一飲而盡，看著雙腕被折、全身膿疤創孔的上官，上官面容憔悴，額上的青疤黯淡無光。

這就是他臥底的目的？

這就是他深入黑暗世界，亟欲剷除的邪惡大魔王？

聖耀看了看牆上的電子時鐘，已經是晚上七點二十六了。想不到自己竟睡了這麼久。

「上官老大，應該換你睡了。」聖耀說，將全是血污、黏住身體的破衣服撕開，揉成一團。

「我睡過了。」上官像是自嘲似地：「反正我兩隻腕骨都斷了，拿什麼都不穩，腳也瘸了，連逃走的本事都沒有，與其神經兮兮盯著門看，不如好好睡一覺。」

「是嗎？」聖耀站了起來，揮揮手、拉拉筋、踢踢小腿，幾乎感覺不到自己的身上有任何異樣。

面對孱弱的上官，不必等他睡著，聖耀現在就可以將上官的首級割下。

但，聖耀一點心思也沒，他滿腦子都掛念著捨身爲他擋住無數奪命寒光的朋友，阿海。

聖耀的臉上，還留著阿海那時身上飛濺出來的血滴。

「阿海知道該逃到這裡嗎?」聖耀問。

「不知道，也許等幾天吧。」上官說：「這是最好的情況。」

上官看著掛著微笑的怪力王，困頓地說：「如果阿海沒有被殺、沒有被俘擄、沒有被炸藥炸死的話。」

「其他的夥伴，我們也只能等他們自動歸隊，是不是?」聖耀喃喃自語，他的心中卻很不樂觀。他的出現一向帶來消失。

聖耀依稀記得城市中那記震天價響的巨爆，打開電視，每一台的新聞記者都在播報今天凌晨兩起慘絕人寰的恐怖分子襲台事件，美國總統也譴責蓋達組織對其友邦的無差別攻擊，造成三百七十五名民眾死亡，無人生還。

而現場目擊者表示，疑似警方的人員曾經派遣霹靂小組，在爆炸前對大樓執行某種行動，政府表示曾接到此大樓有恐怖分子放置炸彈的警告，於是派遣拆彈小組進行搜索，不料遺憾還是發生。政府表示一定會與聯合國共同進行後續的調查。

上官看著新聞畫面，淡淡地說：「人類。」

聖耀看著無情的畫面，說：「這是政府毀屍滅跡的方式嗎?」

上官回答：「這也沒辦法，逼急了雙方，對兩個世界都有害處。」

如果吸血鬼的存在被一般老百姓知道了，政府就會被逼著對吸血鬼世界宣戰，但人類其實一直都沒有把握面對如此親近卻又駭人的對手，尤其這個對手的最恐怖之處，就是他們可以恣意張開大嘴，將人類的盟友變成他們的陣線。

在人類擁有十足把握之前、在人類擁有毀滅性的「那種東西」之前，吸血鬼，這種敵人必須用各種方式隱藏住。

聖耀看著電視中倒塌的大樓，警察與消防隊員在瓦堆中進進出出，心中惆悵說：「其實，這一切都是因我而起，雖然我從來就不知道是怎麼一回事。」

「喔？」上官有氣無力地應著，現在的他只能冀求自己的傷能趕快好起來。

「我的身上，一直都有種窮凶極惡的東西寄生著。」聖耀看著電視，自己都感到毛骨悚然。這種事就算發生一萬次，也無法習慣。

上官打起精神，認眞地看著聖耀。因爲他比誰都清楚下定決心的眼神。

「算命先生叫那東西『凶命』。」聖耀的眼睛直盯著螢幕，他不敢看著上官，深怕遭到鄙視、責備、同情。他更畏懼上官眼中可能出現的畏懼。

「從小，我身邊的人越是親近，就越是離我而去。」電視畫面映在聖耀的眼中，廢墟上趴倒十幾個痛哭的人們，他繼續說：「我親生爸爸被吸血鬼咬死，第二個爸爸車禍死掉，第三個爸爸死掉，更別提之後一堆親戚朋友骨牌般死絕，到最後連我媽也死了。」

上官靜靜地聽。

他想起了在千鈞一刻之際，白夢像見鬼一樣自己往門外摔去的驚怖眼神。

「你猜，第一個離開我生命的重要親人，是誰？」聖耀問，他沒察覺到自己的語氣中，隱隱有種怨懟之意。

上官想了一下，說：「不明白。」

聖耀轉過頭來，看著上官，說：「是佳芸。」

上官的眼睛睜大，隨即又回復原來的樣子，說：「但她活得好好的不是嗎？」上官突然又說道：「對，她曾經跟我提起，她小時候曾經被壞人綁架，被賣到日本兩年的事。」

聖耀說：「原來是這樣。佳芸是我的青梅竹馬，雖然她一定不記得我了。自從佳芸離開我以後，我的厄運就沒停止過，甚至還有越演越烈的趨勢，你看，今天一棟大廈就這樣爲我倒下了。」

上官像是被幽了一默，想要乾笑幾聲，卻在聖耀哀傷的眼神中強忍住笑意。

「這就是爲什麼在光影美人的槍戰時，我爲何會擋在佳芸面前的原因，我不想再讓我愛的人被我身上的凶命吞噬。」聖耀正色說道：「雖然，我開始懷疑佳芸的再度出現，還有遇見你，其實都是凶命牽動的結果。」

「凶命啊……」上官看著自己被折斷的雙腕，近一世紀的所見所聞，令他很容易相信一萬件事，也讓他很不容易相信一件事。

「算命先生說，我的掌紋浮現惡魔的臉，那就是凶命的徵候，他沒見過也沒聽過，但他鼓勵我，自古帝王將相都有天命相授而能成大事，而奇陰極敗的凶命找上我，也必有天大的使命等著我。」聖耀說著，打開自己的掌紋。

上官想起聖耀曾經在八寶君面前打開掌紋試圖威嚇，原來如此。此時上官隱約想起他曾聽聞過的某個傳說，但一時之間也想不起來。

「所以，你就當了臥底。」上官問。

「對。」聖耀感嘆：「算命的老先生說，黑道王者，亡黑道者，我本來亟欲閃躲這句話背後隱藏的責任，所以幾年來我閃避溫情，孤單躲在光影美人裡，洗盤子、端碗筷、看著稀稀疏疏的客人、聽著不成曲調的表演，直到佳芸帶著我早已遺忘的童年出現，直到你咬上我的喉嚨。」

說到最後，聖耀有些哽咽，他低頭看著拚盡一切將自己救出來的怪力王，已變成灰白色的屍塊，他終於流下不知爲何的淚水。

是啊，亡黑道者。

這裡就躺了一個。

而早上，另一個爲你擋住冷血的追擊。

「現在呢？」上官閉上眼睛，他不想給聖耀壓力。

魚窩的氣氛變得有些異樣，悠游的成吉思汗停下，看著聖耀與上官。

「我依舊是臥底。」聖耀的聲音有些發抖：「我不能允許吸血鬼傷害人類。」

「很好，我也一樣。」上官睜開眼睛，微笑：「但我同樣不允許人類傷害我們。」

聖耀了解，也能接受。

之前也許有過懷疑，但現在，躺在地上的壯漢、飛舞的血花，已告訴他身爲吸血鬼的價值。

「老大，那現在我們該怎麼辦？」聖耀繃緊的心突然打開，卻又有一絲隱憂。上官不知何時會被凶命淹沒。

上官聽見聖耀仍舊稱呼他老大，有些安慰，有些驕傲。

「雖然我們處於最險惡的命運，但我可從未放棄。」上官看著怪力王，說：「幾十年的漫長旅行，並不光是戰鬥跟戰鬥而已。」

聖耀奇異地看著剛剛歷經死亡邊緣的上官。

上官看著電腦，說：「遠在美國的布拉克喬克爲我準備的支援，應該開始動身來台了。」

布拉克喬克，美國東岸首屈一指的吸血鬼強豪，上官的老友。

「扶我到電腦旁。」上官說，嘴角帶著一絲希望的笑。

搞不懂布什麼拉什麼的是何方神聖的聖耀攙扶著上官，兩人坐在電腦前，上官指示聖耀進入位於美國雅虎下的全球吸血鬼訊息網站【可笑的氣球】。

【可笑的氣球】是個擁有三十一種文字界面的超大「祕密」網站，號稱是全世界七大吸血鬼社群網站之一，網名【可笑的氣球】是個跟吸血鬼八竿子打不著的名稱，也因爲吸血鬼對人類政府不是採取敵對、就是採取絕不合作的態度，所以人類政府並不知道有這個網站的存在。至少吸血鬼們是這麼認爲的。

這個網站的首頁羅列出今日吸血鬼世界的十大新聞，其中榜首新聞就是「日本白氏凌晨入侵台灣，上官生死未卜」。其餘六則新聞也是今日血戰的相關報導，而新聞討論區裡更是回應不斷，世界各地的吸血鬼以各種文字猜測著上官傳奇會不會眞的倒下，但更多老成穩重的吸血鬼開始擔心圈養派的囂張行徑會加劇與人類世界的緊張，導致可怕的戰爭再度摧毀彼此的存在。

所以，今日第三大新聞便是「第三次世界大戰？血價飆漲三倍！」。

「原來你們都是在網站上買血的啊？」聖耀恍然大悟。

「是『我們』才對。進入我的信箱，ＩＤ是GloomySunday，密碼5201004。」上官說，聖耀臉紅了一下，佳芸的生日正是十月四日。

上官兩個小時前已確認過一次電子信箱，但他的信箱裡只有黑奇幫其他堂主關切今日大廈激鬥的信件，但上官並沒有回信，只是等待著來自美國的強大奧援。

「沒有新信件。」聖耀瞥眼看見許多慰問的信件，忍不住問道：「是其他堂主的信件吧？怎麼不尋求他們的幫助呢？」

「他們都在詢問今天激鬥的結果卻不表態，顯然只是西瓜型的觀察者，並不值得期待。」上官冷淡地說：「我一封也沒回，一方面也是怕暴露出自己的位置。」

此時戲劇性的，上官的信箱閃著紅光，是封來自ＩＤ「PureDamned」的信件，信件的標題是「親愛的上官哥敬啓，來領你的小弟吧」。

上官面露喜色，說：「八寶君的信，至少……」

聖耀趕緊打開信件，說：「至少還有人活著，活著就有希望。」

這是封影音檔案，八寶君坐在血池裡，倒吊在天花板上的十幾個女人被剖開的陰部，掙扎滴下的血液正淋在八寶君的腦袋上，模樣恐怖得令人畏懼。

八寶君哈哈大笑：「嗨！上官哥！好久不見！現在的你應該是用老二敲鍵盤吧？因爲雙手都被我給折了嘛！那樣也好，要是你的手還是跟以前一樣的話，我可不敢邀請您來我這裡，領回你那兩個走失的寶貝小弟呢。」

八寶君的笑極盡小人得勢之態，上官卻無一絲怒意，只想看看誰在八寶君的手上。

「你看，偷王阿海，現在好端端地在我這邊作客。」畫面帶到阿海身上，阿海瘦小的身子精赤倒掛在天花板上，被尖刺攻擊的傷口正緩緩結痂中，突然「碰！」的一聲，阿海慘叫搖晃、大腿猛噴血，八寶君對著鏡頭看著手上的槍，哀道：「雖然我們沒經費買銀子彈餵海哥，但好像也是會痛的樣子。死不了的，我會讓海哥喝幾盆經血，儘快讓傷口復元的。」

「至於鬼影螳螂啊，他更是四平八穩地在我這邊賴著不走。」八寶君吃吃地笑著：「他替你挨了小弟不少拳，眞是好漢一條。」

鏡頭帶到螳螂不斷點頭的微笑臉上，再帶到螳螂慘不忍睹、被綁在地板上的身軀，幾百隻螞蟻正漫爬啃食著螳螂被活活剖開的肚子。

八寶君拿著殺蟲劑在螳螂裸露的腸子上猛噴，笑著說：「大哥不用擔心螞蟻，小弟饒不了牠們的。」

上官看著畫面中不斷點頭的螳螂，大笑：「有你的。」

聖耀忿忿說道：「有什麼好笑？」

上官笑道：「八寶君活了那麼久，卻連摩斯密碼都不懂。螳螂笑著告訴我，他痛扁了八寶君一頓，可惜八寶君有幫手。」

聖耀無法理解這有什麼開心之處，畢竟爲了上官奮力一搏的螳螂正在極度被虐的痛苦中，甚至隨時會被殺死。

上官知道聖耀的不明白，大方說：「有些事，你得跟朋友一起開心才行。朋友開心，當然也值得你開心。」

鏡頭回到血池中興奮的八寶君，八寶君露出尖銳的犬齒笑道：「上官哥，給你十天好好活動你的手腳、或是去找不知從哪生出來的幫手吧，我等你，希望你知道你的寶貝健健康康以後，能夠打起精神堅強活下去。」

八寶君歪著頭，吐著舌頭，說：「至於你該到哪裡領回失物，我忘了，想到再告訴你吧。」檔案結束。

上官平靜地說：「八寶君給我十天，實際上這個閒置的時間毫無意義。而是他那邊也受到重創，需要休息十天來恢復元氣，或是等待日本本部的支援，等到一切備妥後他才敢敞開大門。」

聖耀同意上官的想法，問：「你那個叫作布拉布拉的朋友，從美國到這邊來得及嗎？」

上官點頭，說：「布拉克喬克是個信人，他知道我需要他，他可是得意得不得了，要不是他跟他的夥伴臨行前遇到狀況不明的阻撓，今天早上的情勢一定是一面倒向我們的。」

聖耀退出上官的電子信箱，回到吸血鬼網站的首頁準備將網站逛翻時，首頁的榜首新聞卻更新成「芝加哥機場炸翻！Rath VS. BJ？」

上官瞪大眼睛，難以言喻的錯愕讓他無法將視線從新聞標題上移開。

「誰——誰是Rath？」聖耀小心翼翼地問，想轉移話題。

「給我十分鐘，讓我靜一靜。」上官閉上眼睛。他知道他的朋友恐怕不會來了，更恐怕，也許他的朋友現在更需要他的幫助。

聖耀心裡叫苦，誰都看得出來所謂「強大的奧援」反被困在遙遠又偉大的美利堅合眾國，只好自行點選「芝加哥機場大爆炸」之類的相關新聞看看，而電視機也傳來美國總統對蓋達組織攻擊芝加哥機場十餘架飛機憤怒的咆哮。

電視畫面中，被倒楣透頂的蓋達組織毀滅的芝加哥機場一片火海，四十台消防車的強力水柱在滔天烈焰下顯得渺小無力，而許多飛機的機身上都紋上張牙舞爪的上萬彈孔、與大塊塗開的誇張血跡，記者在火海前一把眼淚一把鼻涕地哭喊全世界站起來，向國際恐怖主義宣戰之類的。

而一架波音七四七客機的殘骸上，寫了腥紅色的「RATH BACK」八個大字母。

「Rath是美國最機車的吸血鬼之一，無所謂立場的狂人，極端欠扁欠幹，卻也他媽的恐怖，恐怖到二十一年前，圈養派自己費了好一番工夫把他給做了，雖然我跟BJ都知道Rath不可能眞的死掉，欠扁的他到底還是隻恐怖的怪物。但他什麼時候會爬出來宰了所有人，誰也說不清。」上官睜開眼睛就是一連串平靜的叫罵。

「說不定不是Rath，而是有人栽贓啊。」聖耀說。

「不管如何，BJ是不可能來了。」上官落寞道：「而且，就算我的腳及時復元，我的手在短短十天內也回復不到以前的靈敏了。」

上官看著右手，嘆道：「右手也許還行，畢竟跟了我一個世紀了，但新接的左手恐怕又報廢了。」

聖耀從剛剛心中便一直琢磨著一件事，但不知該不該開口，上官看了聖耀一眼，便問：「想說什麼就說吧。」

聖耀有些靦腆，說：「不如我聯絡山羊，叫他幫我們把八寶君的巢穴搗破？」

上官臉色一陣青，但他不怪聖耀。

「我不反對倚靠人類的幫助贏得這一場戰爭，因爲這場戰爭關乎的標的正是人類自己。但，倚靠山羊是行不通的。」上官苦悶地看著聖耀：「話又說回來，可能的話我也不願跟人類合作，因爲我們最終的敵人絕非圈養派，而是人類。」

「喔？」聖耀不解。

聖耀看過許多恐怖電影，電影中的吸血鬼被視爲是主宰地球上食物鏈的主人，當然了，這些電影的結尾總是人類艱苦獲勝，吸血鬼以各種慘狀滾回地獄。但才剛剛當了幾天½吸血鬼的聖耀，十分瞭解吸血鬼凌駕人類血肉之軀的優異生存力，更甭提吸血鬼令人咋舌的高強攻擊力了。人類怎會是對手呢？擁有吸血鬼「最強」稱號的上官，竟給予孱弱的人類如此之高的評價。

「在祕警署時，你應該聽說過我曾經殺了山羊最好的朋友，那件事害得我的腦袋身價暴漲。」上官的眼神有些渙散，好像正說著與自己無關的事。

「嗯。」聖耀應道，但心裡已開始盤算如何藉山羊之力救出夥伴。

但，救出夥伴後呢？

夥伴兩字突然變得沉重起來，今早半個小時之內，聖耀揹負的凶命已令一群「夥伴」驟死。所以，聖耀心中默許，如果能救阿海跟螳螂逃出生天，自己便須頭也不回地揮別這一群新朋友，尋找地球上最罕有人跡的邊疆地域獨居。

夥伴終究只是他生命中意外的過渡。當然，也包括眼前這位愁腸千結的老大哥。留在回憶裡慢慢咀嚼，就很值得這一段匆匆的飽滿生命了。

「害怕嗎？」上官發覺聖耀的眼中也注滿憂愁。

「怕。」聖耀看著自己的手紋。

「當初兄弟們也是不計一切代價救你出來。」上官看著扭曲斷折的雙腕，眼神卻突然散發出無法壓抑的自豪，說：「我們救夥伴，不是在算公式。不考慮勝算，更不考慮是不是以多換少，這就是兄弟的義氣，也是兄弟可愛的愚蠢。」

「我不是怕死。」聖耀的眼神卻依舊悲傷，說：「我只是爲人生裡不斷的告別感到很無奈。」

「現在就煩惱這些會不會太樂觀了?也許你該開始自己練習飛刀了。」上官似笑非笑，眼睛看著門把，像是等待著什麼。

「來不及的。你也說過，力量來自『專心致志』。」聖耀若有所思地看著自己的手，說：「所以……」

「所以？」上官。

聖耀彎身抽起插在怪力王身上的玻璃碎片，在左手心上輕輕一劃，鮮血灑出，上官訝異地看著聖耀問：「你幹嘛？」

聖耀額上冒汗，右手用力地抓緊左手臂，顫抖地說：「所以，我也許可以找到這十幾年來，囚命『專心致志』搜刮來的力量。」

聖耀的左手心上的傷痕慢慢合攏，鮮血不再噴出，甚至以奇異的節奏「被吸回」逐漸聚攏的傷痕裡。

上官瞪大眼睛，沒有說話。

「沒錯，」聖耀眉上的汗珠滾落，和著眼中不知喜憂的淚水：「這都是這些年來，大家被我吸進來的力量。」

手心上的傷口已完全密合，一點也看不出痕跡，聖耀握緊拳頭也不覺得疼。

直到此刻，上官才完全信服聖耀口中的「凶命」，臉上的表情十分複雜。許久，上官都處於思考的沉默。

「還不夠。」上官終於開口。

「我知道。」聖耀點頭，拿著玻璃碎片往左手臂上用力一劃，在聖耀牙齒的吱咧聲中，左手臂立刻皮開肉綻、筋骨分明。

上官看著聖耀手臂上的切口內，細微的血管與神經在血水中慢慢接合，聖耀看著深可見骨的傷口，一陣暈眩想吐，卻又痛得神智清明。

「厲害。」上官張大嘴巴，看著聖耀的手臂在三分鐘內慢慢回復原樣。

聖耀擦著額上的汗水，臉上的肌肉都揪在一起。

「喏。」上官斷折的手努力從抽屜裡翻出一把掌心雷手槍，將手槍交給嘴唇蒼白的聖耀，說：「還要再快。」

聖耀咬著嘴唇，拿著沉甸甸的掌心雷，將枕頭放在自己的大腿上，閉上眼睛。

「碰！」

第57話

聖耀花了九個小時，用各種可以拿到的器具傷害自己。

刀子、玻璃、手槍、桌腳，在身上又戳又刺又開槍的，但不管傷口多麼嚴重，聖耀恢復原樣的速度越來越快，凶命的力量正逐漸因痛苦的訓練，益加強大起來。

但在第四個鐘頭來到時，聖耀在腹部猛刺的一刀令他痛得幾乎把自己的拳頭咬碎，然而跑出來的腸子卻遲遲不逆流回肚子裡，裂開的肚子也合攏得非常緩慢，聖耀激烈地在地上打滾，腦袋劈里啪啦搥著，直到上官著急地將兩包血漿咬破，濃稠的血液流進聖耀的喉嚨裡，聖耀才勉強安靜下來，尿水潺潺。

血液的魔力舒活了聖耀衰微的血管，凶命奇異的力量重新復活，硬是將被刀子扯出的肚腸拉回，敞開的肚子像含羞草般迅速閉合。

而上官在聖耀「自殺」的危機解除後，便疲憊地躺在怪力王身旁睡著，任由聖耀一邊用頭敲著魚缸，一邊繼續用圓規把大腿剖開。

大腿剖開，再來是把碎玻璃留在大腿裡、留在肚子裡、插進小腿裡，看著碎玻璃被肌肉組織包圍，慢慢消融成自己身體的一部分。痛苦的一部分。

聖耀也不大明白自己為什麼要瘋狂凌虐自己，因為凶命並未將痛覺抽出他的身體，只是給予他驚人的再生能力，讓他無論如何都能從閻羅王的鬼門關前飛回。

是因爲聖耀想在短短十天內鍛鍊出足以營救出阿海與螳螂的「能力」？一開始也許是的。但當聖耀發現自己不知何時已拋棄害怕痛苦的心理，拿著刀子瘋狂往胸口刺下六刀後，他在殷紅的鏡子前看著鬼魅般的自己，先是發呆、哽咽、顫抖、然後在稀爛的傷口復元後，終於號啕大哭。

號啕大哭中，聖耀手中的刀已切斷自己的喉嚨，鮮血滂沱瀉下，聖耀陷入意識模糊、無法呼吸的抽搐時，他竟有種解脫的舒坦，好像一條百年來全身插滿漁槍的大鯨魚終於可以沉入海底，變成小魚小蝦的餐點那般自由自在。

直到。

直到成千上萬的漁槍再度將大鯨魚拔向海面。

聖耀看著鏡中的血人，一個承受再多痛苦都無法將自己推向死亡深淵的血人。

「怪物！」聖耀大叫，摸著已經癒合的脖子傷口，悲憤得難以自己，一頭將鏡子撞碎。

變成吸血鬼後的聖耀，或許由於第一次接觸到的同類便是上官一行人，所以並未對吸血鬼的異種身分感到特別的恐懼與極端排斥，唯一支持他建立臥底意識的，只有稀薄空虛的使命感，與父仇不共戴天的情結。也許聖耀自己還沒發覺，在他的深層心底，他根本未曾眞正臥底過。

但現在的聖耀，這個無法被殺死、也無法殺死自己的「東西」，已經不是吸血鬼了，而是一頭「怪物」。眞正的怪物。

這種瀕死復生的能力或許是聖耀現在極爲需要的，但，聖耀已自溺於「掙扎在沒有邊際的無助感」中。

上官鼾聲隆隆，聖耀趴在地上滴滴答答敲頭，滴滴答答，滴滴答答。

「這就是你嗎？這就是你的執著嗎？」聖耀在血泊裡舔舐自己的血，看著血裡哀傷的眼神。離死神鐮刀最遠的男孩，卻讓至親好友與死神靠得最近，這個男孩的眼神擁有不屬於他年紀的悲傷落寞。

那可是幾千年的孤獨才能風化出的蒼涼啊！

「告訴我，你是誰。」聖耀看著血中那雙不屬於自己的眼睛，將最後一顆子彈填進掌心雷的彈匣，槍口抵著兩眉之心。

血中的眼睛閉上。

淚滴下，子彈飛出。

第58話

飛出
飛出
飛出
飛出
飛出了日
飛出了月
飛出了千年
飛出了萬里殷紅

「嗚呼！蒼蒼昊昊，何故待我如此？」
書生啼泣，看著井邊被馬賊姦污刨殺的妻女，陰森的樹林裡吊著滿村子人。
夜鶯哀鳴，老狗哭吠，書生看著井底水波幽冥，閉眼跳下。

飛出
飛出

飛出

飛出

「江山負我！國破！家破！天亡我也！」

帝王舉劍大吼，身邊家臣將相身上插滿羽箭，個個雙目瞠大疑惑地看著帝王。

嬪妃乘坐的馬車化成火球滾落山崖，帝王頹然看著滿山谷的兵屍，看著寶劍上的寂寞眼睛。

吞下。

飛出

飛出

飛出

飛出

「Why?」

金髮大盜拿著酒瓶，酒瓶上映著彎彎曲曲的人形木炭，幾百雙木炭的眼睛黑洞洞地凝視大盜，燒焦的味道遊蕩在西部大賊窩裡。

大盜打了個嗝，眼神迷濛喃喃自語：「It's gone... everything left me alone...」拿起左輪手槍，眼睛瞇起看著槍管裡的子彈。他沒這麼近地看過子彈。

飛出
飛出
飛出
飛出

尼羅河上十艘小船浴在耀眼的火焰裡，一個女人尖聲擁抱著火焰。她的家人被王室的火焰吞噬，她只能擁抱孤獨的火焰。

鐵軌上，一個男人舉起雙臂迎接冒著黑煙的火車。昨天最後一個親人，他的小兒子，終於死於龍捲風般的黑死病。

高塔上的小女孩變成一只風箏，落下落下，想捕捉她記憶中逐漸模糊的一切。

飛出
飛出
飛出
飛出

數以百計失魂落魄的亡靈選擇自我毀滅的解脫
解脫可怖的命運鎖鏈

解脫無法拋棄的孤單
所以
不斷地飛出
繼續飛出
含著淚飛出
飛出
飛出
飛出
飛出
承受不了的凶煞
承受不了的一望無際
承受不了的拋棄與被拋棄
拋棄了自己
拋棄了
最孤獨的它
一個不被需要　不被渴望　不被允許的存在
然而
被一切遺棄的它卻無法遺棄自己的存在

所以
它安排了強大的連鎖巧合
帶來無可抗拒的黑洞命力
甚至銷蝕一切的阻礙
子彈殺不死
刀劍砍不倒
陽光自由行
炸彈被溶解

「這就是你嗎？」

聖耀看著血中的眼睛，聲音不再顫抖。

「不想再被拋棄了吧？」聖耀摸著平滑無痕的眉心，說：「所以，你選擇了我？給我無法被毀滅的生命？」

聖耀撕破最後一包血漿，飲下黑暗世界的生命。

他已經心如死灰，卻不再怨憤。

聖耀原以為自己早嚐盡孤獨的滋味，現在卻發現他身上的詛咒，才是世界上、歷史上，最永恆的孤獨。沒有人喜歡，更沒有人需要的存在，正是凶命自己。

飲下了冰冷的鮮血，聖耀站了起來，看著鏡中支離破碎的模樣。

「黑道王者，亡黑道者。」聖耀摸著裂開的鏡子，說：「並不是我的使命，對不對？」

「我的使命，只是陪伴著你吧。」聖耀捏碎鏡片，手指迸出鮮血，卻又在下一秒回復。

「好，那就幫我，幫我奪回我的朋友。」聖耀的聲音單調機械。

聖耀坐在魚缸下，閉上疲憊的眼睛。

「然後我們就一起離開，永遠在一起。」聖耀喃喃囈語，進入夢鄉。

第59話

聖耀醒來時，身上腥味撲鼻的骯髒衣褲已不見，替之以一身素淨的衣物，而原本像極屠殺凶案現場的房間已大致整理一翻，地上的血漬與碎玻璃已被清掃一空。

上官坐在電腦桌前，轉過頭來看著正打量自己與房間的聖耀，說：「佳芸來過了，她一開門就被我們的樣子嚇死了，幸好她是個很特別的女生。」

聖耀張大嘴巴，說：「房間是她整理的？我的衣服也是她換的？」

上官笑笑，說：「當然，她一邊哭一邊去廁所吐，又一邊把房間打掃好，很可愛吧。」

聖耀看著身上的衣服，問：「那她人呢？」

上官指了指自己的肚子，說：「幫我們買東西吃，等一下就會回來了。」

上官又指了指地板上的怪力王，說：「聖耀，等一會將怪力王用塑膠袋裝起來，搭電梯到頂樓，趁著中午大太陽，讓他懷念一下陽光吧。」

聖耀伸展筋骨，說：「應該的。」又看了看上官，問：「老大，你的傷怎麼樣了？」

「還要五天、六天吧。」上官吐吐舌頭，說：「這段期間只好靠你的金剛不壞之身保護我們了。」

聖耀臉色一黯，上官立刻發覺自己說錯了話，歉然說：「失禮了。」

聖耀嘆了一口氣，將怪力王肩了起來。

□

頂樓上中午的陽光炙熱刺眼，很適合做爲個性濃烈的怪力王的棺木。

聖耀將黑色的袋子打開，讓怪力王靠在水塔旁，仰起頭來看著久未謀面的陽光。一陣風吹來。

怪力王破碎的巨大身軀慢慢融化，每一片枯槁的肌肉都沸騰起來，然後在瞬間化成泡沫，蒸發在金光閃閃下。

「陽光將指引你通往天堂的道路。」聖耀看著陽光下細微的蒸氣，覆誦著上官的禱詞：「但我們都知道，你將勇敢地闖進地獄，一屁股坐在閻羅王的頭上，像以前一樣爲所欲爲。你家老大，將永遠記住你的拳頭。」

怪力王完全消失了，只剩下破碎的衣物，還有一根被風吹到樓梯邊陰影的斷指。

聖耀看著殘留的斷指，努力地從陽光的爪牙下逃出似地，聖耀小心翼翼拾起了怪力王身上唯一堅持苟活下來的拇指，心中起了異樣的波紋，便將拇指放進口袋裡。

聖耀拿出打火機，一把火將衣物燒盡，若有所思說：「至少你有地方可以去，永別了，我會記得你教我的摔跤的。」

第60話

聖耀回到魚窩裡，佳芸已經將十幾個便當打開堆在地上，有滷味、排骨飯、雞腿飯、牛肉麵、刈包，還有肯德雞外帶全家餐。

佳芸悶悶地抱著肯德雞外帶全家餐的大桶子，跟甫進門的聖耀點頭問好，聖耀看了佳芸一眼，也悶悶坐下。

佳芸剛剛才聽了上官這幾天的驚濤駭浪，作爲一個親密愛人，佳芸的心情惡劣，作爲一個知心好友，佳芸卻又非常願意體諒上官的冒險生活，兩種矛盾的心境同時擠壓著佳芸兩道眉毛。

「多吃一點吧，補充體力後，我們晚上可能要出去。」上官咬著大雞腿。

「出去太危險了吧。」聖耀看著神色黯然的佳芸說。

「危險也沒辦法，想要我的手腳恢復得快些，我們就得獵血，越多、越新鮮的血越好。」上官說。

「要殺人？」聖耀有些錯愕，又問：「我們不是已經不殺人的嗎？」

「我們儲存的血快喝完了，這種緊張時刻在網路上買血的風險太大，送血的人可能都被八寶君盯梢或收買了，我們只好隨機挑幾個長得比較像壞人的人類咬一咬，算是心理安慰吧。」上官漫不在乎地說。

聖耀傻住了，「第三個魚缸」的理念不該是這樣的吧？應該是人類與吸血鬼和平共處的大同世界啊！

「我不去，你也別去。」聖耀的聲音有些憤怒，拿起一隻大雞翅敲著自己的額頭。

佳芸吃驚地看著聖耀，上官卻只是深深吸了口氣。

聖耀折斷雞翅，說：「我還會在這裡，而不是在山羊那裡，唯一的理由是——我以爲待在這裡可以讓兩個世界都更美好的機會多一點，而不是想爲了讓自己活下去去殺人！」

上官沉默地看著劍拔弩張的聖耀，佳芸的眼中卻綻放出光芒，指著自己的脖子大聲說道：「對！你如果眞要出去殺人，那就咬我好了啊！咬啊咬啊！反正我本來就很想成爲吸血鬼啦！」

上官苦笑地看著這兩個「孩子」，說：「人類與吸血鬼這兩個世界，若眞能和平相處，靠的並不是一廂情願地屈就，你們以爲我不咬人，人就不會對我動刀動槍嗎？」

「不會啊！」佳芸猛點頭。

「那是妳啊。」上官輕輕撫摸佳芸的頭髮，說：「大多數的人類視我們爲眼中釘，恨不得將我們從地球踢到月球，這麼多年來總有幾個吸血鬼領袖級的人物想跟人類談判簽訂和平合約，卻都遭到格殺或欺騙，所以第三個魚缸絕非妥協下的和平共處，而是彼此尊重的結果。」

上官的眼神嚴肅，繼續說道：「只有讓對方相信彼此都擁有毀滅對方的力量，卻又都認同對方不毀滅自己的和平信念，如此才是贏取尊重的籌碼。」

荒謬！太荒謬了！這根本是主張武力凌駕一切的荒謬邏輯！

聖耀的腦中只剩下憤怒，說道：「既然如此，我現在就殺了你。」

語畢，聖耀突然往後一仰，視線瞬間凌亂、雙膝垂軟、兩隻手虛晃晃地蕩著，而上官則從聖耀的身後慢慢走出，右手拿著一柄飛刀拋著。

剛剛才可以正常走路的上官，居然讓聖耀在眨眼間雙肩雙膝脫臼，連下巴也被敲得天旋地轉。

「天底下沒有眞正的不死之身，如果我現在把你的頭割下來的話。」上官將飛刀交給嚇壞的佳芸，坐了下來。

聖耀倒下，過了幾秒後才發出呼吸順暢的喘息聲，看樣子是凶命將聖耀被拆解的身體重新組合完畢。

「剛剛我明明可以殺了你，卻沒有這樣做，你知道是爲什麼？」上官遞了一塊雞腿到聖耀的眼前，說：「那是因爲我根本不想殺了你。你不是我的敵人，而是我的朋友，就這麼簡單。」

聖耀看著上官手中的雞腿，無可奈何地咬在嘴裡。

「我可以毀滅你，卻不這麼做，不因爲利害關係，而是基於一片誠心，這份誠心就是尊重。」上官看著咬著雞腿的聖耀，笑說：「可惜人類還不明白我們的實力，而圈養派的笨蛋也大大低估人類的實力。如果我們剷除圈養派的勢力，人類也許能感受到一點誠意。」

上官歉然地親吻嘟著嘴的佳芸，拿起刈包吃了一口，說：「獵血能免則免，我們的生命泉源是人類的血，而不是人類的生命，但現在的情況有什麼辦法呢？成大事者不拘小節或許是句漂亮的推托之詞，但現實如此，要清除沒辦法尊重人類的圈養派，就要有成大事的決斷。」

聖耀吃著雞腿，說：「英雄總有最偉大的藉口，這就是英雄最可怕之處。」

在聖耀心中，想喝血的話去醫院偷不就得了？他的心中頗爲失望，他以爲他追隨的對象擁有崇高的道德理想，沒想到上官依舊是個「人」。

但聖耀並不知道，許多醫院的血庫已開始受到人類政府的嚴密監視，尤其在台灣與美國接連發生重大吸血鬼攻擊事件後。

上官嘆口氣，不再談論這件事。

第61話

天快黑了。

聖耀在電腦前看著一則又一則的吸血鬼新聞，巴西里約熱內盧傳來一間大醫院遭受「上百名不畏槍炮的瘋狂精神病患血洗」，英國利物浦的漁港也有十幾艘貨櫃船被「一大堆飛彈」擊毀，網路上大膽猜測這又是兩起圈養派吸血鬼的傑作，包括美國芝加哥機場事件皆是由台灣大廈決戰所引起的連鎖反應，全世界潛藏的圈養派吸血鬼都在蠢蠢欲動、互通聲息，第三次世界大戰似乎避無可避。

而另一則令人不得不注意的大消息，則是上官腦袋的「買價」急速往上攀升到七億，資料來源則是獵人網站，聖耀忍不住看了上官一眼。

上官和佳芸坐在床上輕語談心，佳芸輕聲哼著歌。

聖耀曾問過上官，像他這麼危險的人物爲什麼不找一個吸血鬼談戀愛，卻要走進佳芸平凡的生命？

上官的回答不令人意外，就跟上官同玉米說的理由差不多，只是多了愛情不可以道理計等等，然而更重要的是，佳芸也非常喜歡上官，尤其是上官身上的危險氣息。

女人令男人危險，也令男人使女人陷入危險。總是這樣的。

「我走了，你們小心。」上官翻身下床，他的右手已恢復六成，雙腳至少足夠逃命。

「認真找個壞人吧。」聖耀看著電腦螢幕，上官笑著把房裡剩下的三柄飛刀掛在腰上，解開小馬尾任由雜亂的劉海蓋住額上的青疤，穿上佳芸送給他的新T-shirt開門走出。

房間裡只剩佳芸跟聖耀，還有一點周杰倫的音樂。

聖耀不知道該跟佳芸多聊些什麼，他也不敢。萬一佳芸被凶命吞掉怎麼辦？

佳芸個性活潑，面對沉默寡言的聖耀卻也不知道該說什麼，只好有一搭沒一搭地聊著光影美人就快要重新開張了。老闆跟阿忠還是一副散散的模樣，而大頭龍恍然大悟自己原來一直弄錯吉他的指法，正重新學習吉他中。

聖耀聽著，一邊偷偷看著正擠弄一張臉、用力舉起啞鈴的佳芸。

「原來佳芸被賣到日本去啊，當時我年紀還小，凶命大概還不足以害死佳芸？不曉得她還記不記得我？」都這麼多年了，聖耀的童年記憶根本只剩下佳芸而已，其餘的，就是不斷經歷各式各樣的喪禮。

但佳芸變得這麼獨立有個性，甚至擁有跟吸血鬼魔王談戀愛的勇氣，這些年來她的遭遇一定很奇異多采多姿，遙遠童年中、抱著流浪狗從溜滑梯上衝下的小男孩，佳芸鐵沒有印象吧？

佳芸跟著周杰倫最新的舞曲〈都市恐怖病〉哼唱搖擺，聖耀也忍不住附和幾句，看著他心愛的女孩。

事實上，打從佳芸出現在光影美人的時候，聖耀就很想問佳芸一個問題：「你記得小時候失蹤前，那個每天放學後，都跟妳一起坐在溜滑梯上的小男生嗎？」而現在，這個問題再度爬出聖耀的心底，漲到聖耀的喉頭。

畢竟幾天後，不管聖耀能否救得出阿海與螳螂，聖耀都會揮別世界，陪著凶命浪跡天涯，而佳芸的答案或許可以給聖耀一點溫暖，或對世界的感覺更為冰冷。無論如何，都比現在要好。

決定了，聖耀終於鼓起勇氣。

此時，一道黑影慢慢走近魚窩的暗門。

「叩叩叩！」規律的敲門聲。

聖耀跟佳芸的心跳愕然靜止。

第62話

上官擦去嘴角的鮮血，但臉上依舊血淋淋的一片，在一明一暗的青色路燈下顯得格外驚怖。上官看著河堤下歪歪斜斜的兩具屍體，一向儘量不與人類衝突的他這次沒有時間將屍體毀掉或掩埋。

因爲上官知道，至少有兩雙眼睛正在遠處窺伺著他。

同類的氣味。有點焦躁的呼吸。

上官將屍體丟入河中，慢慢地走在河堤上，一步一步迎著慘澹的月光，每一次踏出的間距都相當規律，藉以調節剛剛吃食的生血。

遠處的眼睛慢慢靠近，慢慢靠近，上官的腳步卻不見加快。

夠遠了。上官停下腳步。

躲藏在黑暗的呼吸也停止了。

這附近已經是雜草叢生，最近的人類是左前方九百公尺處躺在涼亭裡喝醉的流浪漢。

空氣裡飄著淡淡的緊張氣味，上官不禁想發笑。

他記起了這個味道的主人。

上官打了個哈欠，看著頭頂上的月亮說：「如果你是想拿回你這隻右手，嗯……也是該還你的時候了，出來吧。」上官知道江湖上傳言紛雜，現在他究竟是斷了哪隻手，恐怕還是眾說紛紜。

草叢裡一陣窸窸窣窣，兩張熟悉的面孔走出高及下巴的蘆草，卻不敢過分欺近，只是遠遠站在上官的背後十五公尺處，深怕上官並不如傳說中那樣身受重傷，卻也擔心……

「如果沒什麼事，我走了。」上官沒有回頭，只是揉揉眼睛，舉步便走。

「等等！」

一頭白髮的獨臂吸血鬼大膽站上前，眼睛看著上官的左手說：「古絲特，不必怕，他要殺我們早就動手了，如果我沒猜錯，只要二十五公尺內，我們絕無可能躲開上官的飛刀。」

上官好奇地轉過頭來，看著厲手白髮跟他那雙腳發抖的夥伴古絲特，於是說：「別怕，網路上說我受了重傷，說不定是眞的，或許現在就是你報仇的最佳時刻。」

報仇？

那一夜在惡巷，白髮只見到胡亂塗鴉的牆壁猛然濺上鮮血，才驚覺自己的右手已被利刃削去，一道黑影飛簷走壁消失不見，只留下一身冷汗與椎心痛楚。

自那夜起，白髮從沒動過報仇的念頭，不只是因爲他深感復仇之路太過虛幻，更因爲他還活得好好的。上官畢竟只取走他的手。

而這隻手，現在還黏在上官的身上，或許也是一種榮幸吧。

白髮突然一跪，古絲特見勢也跪了下來，上官的心中一震。

「上官大哥若是眞受到重傷，才是我們眞正的噩耗！」白髮嘆道。

「請救救我們家老大！」古絲特哀道。

上官沉默不語，久諳江湖法則的他已經了解赤爪幫發生了什麼事。

白髮毫不閃躲上官的眼光，說：「哲人、綠魔、和貴幫的阿虎都在找你，希望你務必平安無事。」

這幾天吸血鬼的世界眞不平靜。

上官額上的青疤在月光下妖異懾人，看著白髮問：「爲什麼不找隻手接了？」

白髮空盪盪的袖子在夜風中飄著，低頭說道：「因爲是你拿走的。」

上官深深吸了一口氣，說：「帶我去見你的朋友吧。」不想道破自己其實根本沒接過白髮出名的快手。

第63話

聖耀的手中只有兩個二十三磅的啞鈴，若以高速擲出倒是力量不小的消耗性武器。一旦丟偏了，命也沒了。

聖耀感覺到佳芸的呼吸變得極緩慢卻吃力，但她還是堅強地拿起小球棒盯著門。聖耀極擔心佳芸的安全，畢竟自己可以裝死矇混過去，但佳芸可就慘溜溜了。

「怎麼辦？」佳芸的嘴唇虛唸著：「要不要躲起來？」

躲起來？聖耀跟佳芸其實心裡都很明白，不管是人類還是八寶君的爪牙，能夠找到這麼隱密的地方，一定不會隨便看看就閃人，怎麼躲都是多此一舉。

不過聖耀抱持一線希望，希望敲門的是獵人或是秘警，如此一來自己還可以以人類臥底的身分跟對方「講講道理」，雖然山羊曾說過自己臥底的身分只有極少數人知道。

但，至少佳芸總是人類吧?!秘警跟獵人本來就該保護市民老百姓的。

「妳投降。」聖耀張大嘴巴乾唸。佳芸是上官的女朋友，無論對人類或八寶君來說，都是價值連城的人質！

佳芸以中指回敬，聖耀只好開始用啞鈴敲頭。

「叩叩叩。」

又是簡潔的敲門聲。

聖耀與佳芸都抱持著同樣莫名其妙的願望：「希望對方見沒人開門就走了。」

「喀拉喀拉。」門鎖裡有鑰匙轉開的聲音，佳芸幾乎暈了過去。

聖耀的神經緊繃到最極限！

門打開，聖耀手中的啞鈴像兩枚小飛彈轟向逐漸開啓的門縫，卻幾乎大叫。

聖耀已看到敲門的人。

門後一隻手以聖耀肉眼幾乎無法捕捉的速度，將兩支啞鈴「輕輕」接住，拇指與食指扣住一根，中指與無名指又扣住一根，隨即關上門。

「好久不見，公子的行爲還是亂七八糟啊。」

張熙熙彎腰將啞鈴放在地上，微笑看著聖耀與佳芸。

聖耀喜形於色，佳芸立刻知道所來之人是友非敵，一屁股摔在床上吐吐舌頭。

「妳也逃出來了？」聖耀高興地說。

「令你意外嗎？呵呵。」張熙熙摀著嘴怪笑，說：「老大跟其他人呢？」

聖耀臉色一黯，張熙熙隨即皺著眉頭坐在佳芸身旁。

「老大受了傷，怪力王爲了救我跟老大……死了，今天中午陽光送了他一程。」聖耀難過地說：「阿海跟螳螂落在八寶君的手上，七天後要我們去贖人。玉米、熱蟲、麥克、賽門貓生死不明，還沒有到這裡跟我們會合。」

張熙熙搖搖頭不說話，深深嘆了口氣。

怪力王如此勇悍，即使八寶君跟他對挑，張熙熙都不認爲倒下的會是怪力王，但他以金剛之身獨戰五名一流高手實在太過囂張，連她自己都自愧不如。

但，張熙熙一想到，怪力王面對五名強手圍攻時心裡一定覺得自己屌到不行時，卻又不由得笑了出來。

「笑什麼？」佳芸奇怪地看著張熙熙。

「朋友開心的事，妳得跟他一起開心才行。」張熙熙笑道。

眞是吸血鬼的豪邁啊，跟上官一樣。

聖耀注意到張熙熙的身上包紮著好幾處傷口，想必也經過一番可怕的惡鬥。

張熙熙說著這三天來，自己在逃出炸成稀爛的玻璃帷幕大廈後，便在「火鍋窩」待上整整一天，來魚窩前還找過「趴趴熊窩」、「星海窩」和「巧克力窩」，但都沒發現其他的夥伴，卻欣慰地在星海窩的牆上見到賽門貓漆上「Simoncat is fucking alright, see u all on internet」幾字，看來賽門貓也在找尋大家。

張熙熙玩弄著大腿上的傷口，一手摟著佳芸的肩膀打量：「小妹妹，我們家老大很鍾意妳啊。」

佳芸笑笑：「上官提過妳，他說妳非常非常厲害，要不是妳很怕痛，說不定他自己都打妳不過。」

張熙熙怪笑，說：「老大很誠實啊，一說就說到我的痛處。不過話又說回來，要不是我憎恨受傷，怎麼可能鍛鍊到現在的景況。」

兩個女人就這樣聊了起來，從太極拳的奧祕聊到女吸血鬼的高潮，然後又從高潮聊到最新款的手機跟化妝品，反倒是聖耀無所事事在一旁晾著，越聽越無聊，只好在網路上隨意逛逛吸取吸血鬼世界的種種資訊，心中盤算著如何說服山羊出動警力擊垮八寶君。

過了三個小時，佳芸跟張熙熙甚至開始合唱孫燕姿最新的單曲〈奶子小不是病〉，聖耀索性拿起飛鏢練習射靶。

正當兩女唱到興頭上時，張熙熙突然驚喜道：「老大的味道，還跟著一大群吸血鬼！」

聖耀一愣，果然聞到很濃的「同類的味道」，小聲擔憂地說：「老大沒有危險吧？」

張熙熙笑道：「如果老大被挾持的話，無論怎麼被刑求都不會帶一大群敵人來找你們，可見是援軍到了。」

「更何況，這兩天外面眞不平靜，」張熙熙摟住兩個小鬼頭，笑道：「我還聞到阿虎的味道，他可是隻大妖怪呢。」

門打開，上官的眉毛飛動。

上官摩拳擦掌地看著嘻皮笑臉的張熙熙，說道：「眞高興聽見妳的聲音，沒錯，準備大幹一場了。」

計畫之章

第64話

這兩天來，台灣的警界與新聞界爲編織各種蓋達組織犯案的線索忙得天昏地暗，法界並著手反省與修訂各項回教國家出入境人士的資格條件與滯台期限，機場與海岸都嚴加查緝可疑的不法分子，官員說故事的本領又往神乎其技的境界邁進了一大步，比起多年前的SARS疫情橫行時還要嚴重許多。

而實際站在最前線的秘警得到政府天文數字的經費挹注，這幾日大幅上修境內各知名吸血鬼的奪命賞金、史無前例嚴加查緝吸血鬼可能盤據的任何地方，這種做法也的確格殺了不少吸血鬼，包括昨天下午「燃木幫」睡覺的巢穴被發現，從睡夢中驚醒的吸血鬼遭到一群獵人屠殺。

還有一群正在酒家尋歡做樂的竹聯幫幫派分子被獵人誤認爲是吸血鬼，也遭到火焰槍的伺候；有個徹夜不歸的飆車好青年豪邁地逃開警察的臨檢後，隨即被追上的五個獵人亂刀砍死。更別提大小醫院與各大血庫都遭到軍方的埋伏與嚴密控管，夜間巡邏的次數暴增，只要沒有行動證明接近血庫的閒雜人等都會遭到「銀器接觸」盤詢。

秘警署眼看台灣的氛圍正式進入「戰局」只是幾個月間的事，於是在得到大筆經費後，立刻大舉自警校與軍校內選出四千個成績優秀的新人加入擴大編制的秘警署，並於聯勤兵工廠採購價值一百億圓的銀製彈頭與武器，估計不到一年的時間，台灣的吸血鬼與人類平衡均勢即將打破，除非吸血鬼願意巨幅耗損囤積的血液，瘋狂到處咬人製造己方粗糙的兵力。

「對付人類已經很艱難了，或許人類興頭一過又是風平浪靜。但八寶君危險的氣燄一日不除，都將使得所有兄弟們陷入絕境。」白髮坐在上官身旁。

上官沉吟著。

所以，就在昨天晚上，在哲人幫幫主「妖蝶」的號召下，全台十一個大小吸血鬼幫派，包括元氣大傷的黑奇幫眾堂主，甚至游離的流浪分子，都群聚在哲人幫堂口「路思義大教堂」召開緊急圓桌大會，討論如何剷除八寶君及其帶進的日本好戰分子。

其中有兩個幫主提議，不如試圖跟人類政府締結某種程度的和平契約以明志，勇敢的「國度幫」幫主還自告奮勇前往總統府做簡報，題目是：「狩獵派與圈養派吸血鬼的異同，與組織生活轉型及和平的可能性」。

「好天眞，不過我欣賞。」張熙熙笑道：「也許我該跟他約會。」

阿虎看了張熙熙一眼。

「恐怕沒辦法了。」國度幫的副幫主陳先生簡直大哭。

正當大家為國度幫幫主鼓掌叫好時，國度幫幫主的額頭上突然多了個黑點，眼睛瞪大，然後慢慢就滑到桌子下了，擔任護衛的陳先生驚呆了。

只見召開會議的哲人幫幫主妖蝶嘆道：「對不起，請不要輕舉妄動。」這時聚會的幫派首領才驚覺上了妖蝶的大當，原來這次全台吸血鬼大會師根本是一個超級大陷阱。然而坐在教堂內開會的，只有各幫幫主與各自一名貼身保鏢，其餘的幫眾全都在教堂四周的網咖內戒備兼打屁，根本不知道教堂內發生何事。

清華幫幫主見狀，震怒拍著桌子大叫：「大夥一塊上啊！」但他的腦袋咕咚一聲掉在桌子上，血水自脖子上淅瀝嘩啦灑出。

在場都是身經百戰的勇將，所有人立刻靜默下來，暗自尋找暗器的來源與敵人數目，妖蝶馬上開口：「各位首領，我們的四周都是銀彈，無論如何請不要輕舉妄動，也不要東張西望。」

看不見的敵人無法估計，也就格外令人覺得噁心。

赤爪憤怒地質問：「妖蝶！幹妳娘的妳存什麼居心！我的手下都在外面！有種妳就不要出去！」卻不敢起身離座。

黑奇幫分堂主朔亞的額上冒汗，看著面有慚色的妖蝶問：「是誰指使妳的？人類？還是八寶君？」

妖蝶同樣害怕，她根本沒有把握接下來會發生什麼事。

答應饒她一條小命的，可不是什麼一言九鼎的人物。

此時一道黑影從天而落，將教堂的佈道壇踏破，一個人蹲在破爛的佈道壇上大笑。

這樣的人物只能是一個人。八寶君。

面對這樣的結果，現場沒有人感到意外，特別是八寶君那張將笑未笑的臉。

「你這是什麼意思?」臉色一直很難看的虎頭幫幫主吐著煙圈。

「最近道上風波很多,想找大家聊聊。」八寶君笑道,蹲在佈道台上。

「有話就說吧,不過你別得意,外面的弟兄足以踏平這裡。」綠魔幫幫主刀無鋒冷冷說道。

他一身武藝超絕,並不懼怕八寶君,但在情勢未明之前,任何小動作都是意氣之舉。

「是嗎?我小小一個八寶君又不是大名鼎鼎的上官無筵,怎敢跟大家爲敵?只是有件事想拜託大家。」八寶君的笑聲很興奮,刀無鋒感覺到八寶君身上有股力量不尋常的膨脹。

「什麼事?說出來大家好商量,不一定要動刀動槍的。」妖蝶陪著笑臉。

「屁話!走出這裡,老子第一個要幹的人就是妳。」赤爪鼻子吹氣,看著站壞。

所有吸血鬼幫派的首領都不相信八寶君的「有事請託」,畢竟今日召開大會的重要目的之一,就是剷除八寶君這個癌細胞。

設下陷阱的八寶君怎麼可能不清楚大家對他的敵意呢?

「首先,我想請各位大家長命令外面的好兄弟,在五天內找出上官無筵的下落,當然了,能夠直接拿下他的人頭小弟也不會介意。」八寶君扭動脖子笑道:「如果大家能夠齊心合力辦成這件大事,相信各位都能好手好腳地回去,還能跟在下做個朋友。」

「憑什麼?」赤爪的脾氣暴躁,但他的鐵拳更像活火山,只要大家願意一齊上,他絕對搶先轟掉八寶君的腦袋。

刀無鋒瞥眼看了看桌子腳,心想:桌子往上一翻,大概可以爲大家擋住樓上埋伏的暗槍一.五秒。

「憑我相信大家都是聰明人。」八寶君的眼睛充滿血絲，聲音興奮發顫。

「好！」赤爪拔身飛拳，刀無鋒一腳將大圓桌踢向天空。

「貴幫幫主還是老樣子，眞難想像他是怎麼活過八十年的？」張熙熙笑笑。

「這就是赤爪老大的魅力。」白髮說道。

桌子完好摔回地面，包括刀無鋒等所有幫主全倒在地上，失去意識。

赤爪剛猛無儔的鐵拳被硬生生扭了下來，血淋淋躺在八寶君的手裡。

「乖乖睡吧，白癡。」八寶君甩了眼神迷離的赤爪一巴掌，赤爪全身插滿小鋼球，口吐白沫垂倒。

每顆小鋼球都注滿足以快速迷昏一頭猛獸的麻醉劑，自動感應的發射機關就安置在圓桌底下，只要命中兩顆鋼球以上，〇．三秒就可以癱瘓任何生物的行動，一．二秒絕對能完全撕裂神智，即便是吸血鬼這種極爲特殊的生命體也不例外。

就這麼，八寶君一舉清除了反對勢力。

「我跟一張紙條被刻意留在現場，直到大家用銀刀將我割醒，我才將事發的經過說了一遍，但八寶君已經神不知鬼不覺，用哲人幫埋在教堂底下的密道遁走了。」陳先生露出胸膛上還未痊癒的刀疤，而紙條無異重複了贖回各幫老大的條件。

「眞的有那麼多人願意自己的老大回來嗎？」張熙熙疑道。

畢竟吸血鬼的壽命特長，要「正常地」進行幫會傳承十分罕有，突然出現這樣「老大換人做」的大好機會，將給予有心人士往上竄升的最好理由。

「當然不是，已經有幫會開始在慶祝了。」白髮說道：「只有赤爪幫、綠魔幫、國度幫、黑奇幫殘部，仍試圖扳倒八寶君好救回各自的老大。但就算是無心救回老大的幫派，也很願意幫助我們。」

「國度幫幫主不是已經死了？」聖耀問道。

「我們要爲老大報仇。」陳先生的表情很堅定。

「無錯。換不換老大無錯無所謂，八寶君這麼做只會讓所有人陷入危險，將矛頭指向他自己，無錯，如果不整合大家的力量，誰也擋不住瘋子一批接著一批從日本過來撒野。」綠魔幫的第一猛將「無錯」說道，但眼睛始終避開上官與張熙熙。

上官跟張熙熙兩人曾大破橫行南部的綠魔幫巢穴，讓綠魔幫足足花了十年才勉強恢復元氣，當時幫會殘破的慘狀無錯依舊歷歷在目。但儘管懷恨在心，眼前共同的敵人的確是喪心病狂的八寶君。

若不儘快解決日本圈養派在台灣的先鋒部隊，人類政府恐怕耐心盡失。第三次世界大戰眞無法避免時，吸血鬼世界或許就要被連根拔除了。

魚缸裡長頸龜打著哈欠，遠遠跟佳芸互吐了吐舌頭。

陳先生從一進門就注意到佳芸不像是吸血鬼，忍不住說道：「上官兄，這位是？」

上官看著佳芸與聖耀，搬出他早已想好的說詞：「她是嫂子，我小老弟的女人，請大家不要一時貪吃咬了人家，哈。」

聖耀知道上官這麼說是爲了保護佳芸，且佳芸也頑皮地瞪大眼睛滴溜溜地看著一群吸血鬼，但他心口仍感發熱。

「八寶君要你們將我綁到哪裡？」上官問，至今八寶君還未告訴他要到哪裡「領回」螳螂與阿海，現在卻要脅全台吸血鬼幫忙翻他出來，顯然認爲上官單刀赴會的機率不高，不如全面發佈通緝令。

「絕世風華大酒店十三樓，凌晨兩點，晚十分鐘便立刻處決被抓去的十一個幫派大哥。」陳先生。

「肯定有特殊條件吧？」上官。

「無錯，只准三個人押著你搭電梯到十三樓，你的雙手必須事先被切掉，死掉的話更好。」無錯。

「若確定人犯的確是你，交貨後一小時內所有的大哥就會被釋放，但在哪裡釋放，紙條完全沒寫。」陳先生。

「搭電梯這件事很可疑。」阿虎終於開口。

阿虎身高兩米一二，說話的聲調卻低沉內斂，彷彿被體內一股吸引力給牽著。

阿虎一向身不離壺老爺子片刻，此刻卻不見壺老爺子，顯然阿虎已經將歪頭愣腦的壺老爺子藏在安全之處。

阿虎從不介入幫派之間的糾紛，他的心中只有守護主子的意念，所以對於上官與八寶君他並無特殊的喜惡之分。但這次，阿虎體認到若要剷除威脅主子性命的禍源，這場戰役絕對需要他號稱「黑奇第三」的力量。

上官看著阿虎點頭示意。

「當然可疑，電梯裡面多半安藏機關，炸彈之類的，我猜一進封閉的電梯不久便會爆炸。」白髮說道。

「更不用說，絕世風華那大鬼屋一定到處都是機關埋伏，如果要強攻，在受制於人的情況下，先不提被俘的老大哥們可能立刻嗚呼哀哉，我們可能還沒見到八寶君便已傷亡慘重。」清華幫新任幫主暮風說道。

「打架不是在算算術。」上官笑著：「況且我們有個優勢，就是八寶君並不知道你們跟我會連成一氣，絕世風華的埋伏一定大打折扣，說不定強攻有用。」

「強攻無錯，錯的是根本不行強攻。」無錯堅定說道：「強攻，刀無鋒大哥會有生命危險。」

「八寶君根本不會當場釋放諸位首領，也就是說，首領們很可能被藏在別的地方，只要找出他們被藏在什麼地方，就有時間搶救。」上官猜測。

「兵分二路？」白髮。

「兵分二路。」張熙熙。

「那也得知道大哥們被藏在什麼地方啊！」暮風。

「八寶君這一兩天就會用電子信件告訴我螳螂跟阿海被囚在什麼地方，或許其他的大哥也被藏在相同之處，可以調查。」上官。

眾人點點頭，十幾坪的魚窩氣溫升高了兩度，足見大家的鬥志高昂。

讓大家鬥志高昂的，不只是團結合作的氣氛使然，更因爲傳說中的不敗死神，上官無筵，正準備領導全台灣的吸血鬼大軍大幹一場，將日本的混帳圈養派轟殺出去。

「我們只剩三天可以準備。」上官額上的青疤發光，說：「八寶君也只剩三天的呼吸了。」

在魚窩內代表各幫各派的吸血鬼英雄摩拳擦掌，面對死亡非旦毫不猶疑，還感到興奮與迫不及待，連帶地，聖耀也沾染到魚窩裡高昂的戰意，開始拿起啞鈴敲頭，滿身大汗。

聖耀心想：在這樣團結一氣的氛圍下，上官那看起來莫名其妙的「第三個魚缸」，也許能夠在勝戰後獲得大家的應允，眾志成城的吸血鬼或許眞有所謂的「讓人類尊重的力量」，以及見鬼的誠意。

只是聖耀心底頗爲擔憂，正當自己也加入這個關係到全台灣吸血鬼勢力版圖的大戰役時，這個剛剛才凝聚的美好前景，不久就會化成一灘灘烈血，他勢必再次揹負起——強取大家性命的罪名。

第65話

聖耀與佳芸站在頂樓的陽光裡，看著樓下熙熙攘攘的人群。

一個婦人牽著小孩的手站在紅綠燈前等待，小孩手中拎著一袋鮮魚與雞蛋，婦人手裡也是大包小包的。

「昨天晚上被一群吸血鬼圍著，妳怕不怕？」聖耀看著被陽光刺得睜不開眼的小孩，心裡很是羨慕。

「怕啊，突然有種被野獸團團包圍的感覺，幸好張姊姊一直握著我的手。」佳芸拿著礦泉水淋在自己的頭上，天氣實在太熱。

「我呢？妳怕不怕我？」聖耀問道，抬頭看著滿臉是水的佳芸。佳芸的個性實在跟小時候差很多，要不，就是每個人跟小時候的樣子都有一大段距離。

這個距離也許能讓聖耀了解到，現在的佳芸儘管可愛動人，但已經跟小時候的「新娘子」完全是兩個人。

也許這能讓聖耀知道，他失去的東西絕對不可能再度出現，一切只是凶命爲了讓他成爲不死身的安排之一。

「不怕啊，不過有種奇怪的感覺。」佳芸笑著，把礦泉水倒在聖耀的頭上。

這讓聖耀想起那個傷心的夜裡，上官將熱咖啡倒在自己頭上的舊事。

「奇怪什麼？」聖耀將滲進眼睛裡的水撥掉。

「你明明很弱，但我覺得要是發生什麼事，你一定會做出什麼舉動保護我。」佳芸嘻嘻笑：「大概是因爲你曾經幫我擋下子彈吧，可是又不像。」

「喔。」聖耀看著婦人牽著小孩過馬路，隱沒在人群中。

「上官說，要跟人類當好朋友，就要讓人類徹底了解你們的力量。」佳芸突然變得很認眞：「不管他的想法對不對，你能不能幫幫他，讓他不要踏上胡亂殺人的路。」

「嗯。」聖耀應道，但他根本不覺得自己能影響上官什麼。雖然他也不認爲上官會變成喪心病狂的殺人魔。

缺乏血液正常買賣的日子，也許就快渡過了吧。如果一切順利的話。

「男人不壞，女人不愛，是眞的嗎？」聖耀突然吞吞吐吐地問。

「你是指上官嗎？」佳芸搔搔頭，說：「或多或少吧，有時候我也搞不清楚爲什麼會跟上官在一起，而不是別人。不過這個世界本來就是這樣啊，很多事你根本不需要弄清楚，它會變成那個樣子就會變成那個樣子，我只需要負責快樂就可以了。」

「嗯。」聖耀點點頭，雖然他聽不太懂。

高了聖耀半個頭的佳芸，伸手撥撥聖耀雜亂的頭髮，說：「你呢？當了吸血鬼以後，應該比較不害怕吸血鬼了吧？」

「是這樣就好了。」聖耀喪氣地說，心上人比自己高眞是件倒楣的事。

「喂！」佳芸突然靠了過來，神秘兮兮地問：「上官他一直不肯將我變成吸血鬼，說變成吸血鬼一點好處都沒有，我只是問問啦，如果有一天我要你幫我這個忙，你肯不肯？」

聖耀急忙搖頭，說：「上官這句話倒沒說錯，我也不想害妳。」

佳芸突然笑了出來，說：「開玩笑的啦，我才不想活那麼久呢！」

聖耀鬆了一口氣，看著一頭勁髮的佳芸在身旁笑得東倒西歪。

兩人就這麼無聊地看著大樓底下螞蟻般的人群，有一搭沒一搭地聊著，聖耀更加疑惑了，此刻的他更加模糊人與吸血鬼之間的界線，是因爲他剛剛成爲吸血鬼不久嗎？還是因爲他能夠如此無懼陽光、跟一個人類暢然交談的緣故？

聖耀看著腳底下的人群，他們的身體裡流著滋養黑暗世界的血液，他從未感到饑渴，也許他該感受一次，藉以體會兩個世界的深刻連結與矛盾的疏離。

佳芸的手機響起周杰倫幾年前的歌曲〈最後的戰役〉鈴聲，佳芸打開話蓋，聽見上官說道：「寶貝，拿給聖耀聽一下。」

聖耀接過手機，上官的語氣很平靜：「八寶君寄來了最新的信件，一起過來看吧。」

第66話

八寶君泡在血池裡蹺著二郎腿，身邊圍繞著四個臉色蒼白的女人，女人在腥臭的血池裡爲八寶君搥背按摩，不曉得什麼時候會成爲八寶君的盤中飧。

「上官大哥！好久不見！」八寶君用力扯著女人的頭髮，將女人的頭壓近血池裡的鼠蹊部，一壓一提。

八寶君面有得色，說：「上官大哥，想必你一定很掛念海哥跟螳螂哥吧？距離我們約定的時間已經只剩三天了，你的傷好一點了沒？可以來領你那兩個白吃白喝的小寵物沒？」

畫面帶到通通被吊在天花板上的阿海與螳螂，兩人全身赤裸、被燒紅的鐵鍊綁在一起，但皮開肉綻的兩人顯然已經毫無意識，連皮膚被燒到冒煙都沒有反應，只有螳螂的眼皮不斷輕微地跳動。

「請在後天晚上十二點整，到絕世風華大酒店來，有專人在電梯前引路的。」八寶君哈哈大笑，手上一緊，被壓進血池裡的女人手腳一陣掙扎，畫面便結束了。

「無錯，也是絕世風華大鬼屋，說不定我大哥跟你小弟都在那裡。」無錯說道。

房間裡的幫派代表已經散去，阿虎也匆匆回到壺老爺子的身邊，等候上官進一步的指示，只剩下張熙熙、無錯、白髮、陳先生還在房裡。

「我跟八寶君的約在後天晚上，你們跟八寶君的約在大後天晚上，大概是八寶君怕我不敢赴約吧。」上官的電腦畫面回到信件主選單，看見賽門貓寄出的電子信件表示自己的傷已經快痊癒了，今晚便會到魚窩。

「我想八寶君八九不離十，將所有的人質都囚禁在絕世風華，乾脆大家集中火力硬殺進去，算人頭的話我們勝算也高！」陳先生的語氣激動。

「天羅地網啊。」白髮閉上眼睛思索。

「既然知道地方，不如整整提早一天殺進去，殺他個措手不及。」上官微笑：「一開始先暗中潛進去，等到確認大哥們的囚身之處後，再發暗號讓外面的弟兄猛烈進攻，引開八寶君的火力後，裡面的人就可以趁勢救出被俘的大哥跟我的人。」

「提早一天，的確無錯！」無錯大感認同，原本就不該按照對方的步調走，這只會讓自己完全脫離不了對方的掌握。但綠魔幫一向注重強攻狠打，並沒有出類拔萃的暗潛高手，無錯的眉頭隨即皺了起來。

「原本暗中潛入查探的工作，我自認最適合，但我的傷勢未復，阿海又被抓了，不知道還沒有理想的人選？」上官公開自己的傷勢，但眼睛卻刻意忽略身法絕不在自己之下的張熙熙。

張熙熙也不作聲，陳先生立刻說道：「敝幫有兩、三個優秀的人才，暗殺跟偵測的本事是一等一的，我們可以負責查探囚禁大哥的地點，如果八寶君的火力被引開，救出人質不是問題。」

上官問道：「哪三人？」

陳先生自信說道：「風神砍樹王、百鬼天豬、逆刃太刀。」

上官立刻點頭同意，說：「行，都是一等一的高手。那麼我們來研究一下風華絕代的設計圖，跟火力的配置。」

白髮立刻上網收信，離開的古絲特已經蒐集好風華絕代的地理資料寄信給他，眾人擠在電腦前討論，上官拿著阿虎帶來的新鮮血漿喝著，聖耀也探了顆腦袋看著風華絕代附近的街道圖，而佳芸先一步走了。

「風華絕代在七年前的大火後，附近的住戶跟商家也被波及，死氣沉沉，倒是個開戰的好地方。」白髮看著街道圖，繼續說明。

風華絕代的酒家聲色已經被一場大火吞噬，連帶附近的KTV、人妖酒吧等等聲色場所都付之一炬，鬼影幢幢的傳聞不斷，使得商機殞落不起，地價低迷，住戶在這幾年搬遷了不少。

在這樣的封閉條件下，圍繞著風華絕代的一條半街內，至少在十分鐘內不會有大批警力打擾，但附近依舊呈半廢墟狀態的住宅可能成爲八寶君監視街道的密所，突擊的效果大大減低。

至於風華絕代本身，是一棟高達二十一樓的高廈，不消說，整棟建築物的外表仍是黑漆漆的斑紋，裡面的情況不明。建有地下室三層，約定的第十三樓原本是搖頭搖到脖子斷一地的迪斯可酒吧。

電梯？不管還能不能用，都是不可以眞的進去的危險玩意。

「上官兄，你實戰經驗比大家豐富，你拿主意吧。」陳先生。

上官點點頭，說：「依照大家在短短兩天之內的可用之力，我想這樣的分配應該可行。」

早一點比較安全，也有較多行人掩護國度幫的暗探，晚上九點，在國度幫的暗探二人組想辦法進入絕世風華後，一旦發出「發現人質」的訊號，以快速反應著稱的清華幫約三十人必須在半分鐘內，從兩百公尺遠的民房頂樓跳到絕世風華附近二十公尺內的住宅與商家的天台上，架起機槍從天台觀察絕世風華附近的動靜，隨時跟大夥聯絡，如果有秘警聞訊趕來的話，暫時不要攻擊。

國度幫大概還有四十人吧？你們負責在絕世風華附近的毀棄住宅裡，緩慢搜尋不在同盟名單上的吸血鬼，寧靜地讓他們一覺不醒，千萬別打草驚蛇。我估計八寶君至少安排了十個以上的狙擊手瞄準著街道，用的子彈極可能是當日麻昏幾個大哥使用的強烈麻醉劑，要是你們押著我，不必等到進入電梯，我很可能就在街上被擊昏，畢竟在效果上來講，麻醉劑比銀子彈要有效多了。

在「發現人質」的信號出現後兩分鐘，行動銳健的赤爪幫由白髮領頭、黑奇幫散眾由阿虎領軍，兩軍加起來大約有一百二十多人，分成三個方向攻進絕世風華，但留下東凜街的後門不要管，讓八寶君有洞可鑽。

東凜街街口外由以狠角色見稱的綠魔幫看守，八寶君一腳踏出，就教他一屁股跌下，機會難得，窮寇必追。

至於我跟張熙熙、賽門貓，則會趁著絕世風華大亂時，快速與國度幫的三暗探接頭、合力將眾大哥救出，或直接擒服八寶君以交換人質，外面應該還有奇雲幫二十五人、斬龍幫十七人、拜血幫二十人，在總攻擊發動後聽候我所發出的「救出人質」或「失去人質」的信號後，傾全力發動第二波堅壁清野的攻擊，並營救受傷的弟兄。

接著，上官分析起清華幫制高點的詳細位置、赤爪幫如何經由最快的捷徑對地下室發動封鎖攻擊並搜尋可能的秘道、黑奇幫如何一邊採取三人一組的方式相互支援攻擊、東凜街街口如何放遠線埋伏等，無一不絲絲入扣、戰理入微，幾個小時很快就過去了。

「嗯，就這麼辦。」白髮心中佩服，將作戰計畫寫成電子信件寄予參與成事的其他首領。

「看來此戰極有勝算，我先回去通知弟兄們了。」陳先生吐了一口長氣。

無錯不發一語，雖然這樣的作戰計畫並非極爲特殊的奇計，但上官一邊看著街道圖一邊迅速地佈局，這樣的作戰才能果然是歷經「東北雙鴨山血戰」的名將所有，心頭不禁大熱，有種英雄惜英雄的嘆服。

「等一會我跟張熙熙和聖耀還要出去與賽門貓接頭，你們各自去籌備足夠的武器與彈藥，明天晚上六點在國度幫堂口集合。」上官說，張熙熙早已倒在床上睡著了。

「能與你並肩作戰，是我的榮幸。」無錯大聲說道。

「謝謝。」上官笑著拍拍無錯的肩膀，說：「關於綠魔幫與赤爪幫的配置我若有新的想法，晚點再寫新的配置圖給你們參考，記得確認信箱。」

「是。」白髮點頭。

「沒問題。」無錯走到門邊，忍不住回頭：「希望綠魔幫的敵人永遠不再是上官你，我們可受不起。」

「從今以後就是一等一的戰友了。」上官與陳先生、白髮、無錯擊掌，魚窩的門也關上了。

一場大戰的佈局已經完成，沒有分配到工作的聖耀也不禁替戰局緊張，卻也為這場戰事沒有自己的位置感到欣慰，至少凶命的影響將大為減弱。

上官似笑非笑看著聖耀，原本熟睡的張熙熙不知什麼時候已站在聖耀旁邊。

「妳不是睡著了？」聖耀頗為驚訝。

「有件事需要確定一下。」張熙熙微笑走出門，上官關上門坐在電腦前，再度進入電子信箱。

「這麼快就想出新的佈局啊？」聖耀打了個哈欠。

「是啊。」上官笑著，鍵盤飛舞，手機也傳來賽門貓的簡訊。

賽門貓已經籌備了上官最常使用的飛刀三十六把、槍枝彈藥樣樣齊全，已經在一台計程車上等待，距離魚窩只有三個街角的轉彎。

「聖耀，你怕不怕死？」上官微笑，信件寫完，聖耀看著電腦螢幕瞪大雙眼。

「死是解脫。」聖耀咬著牙。

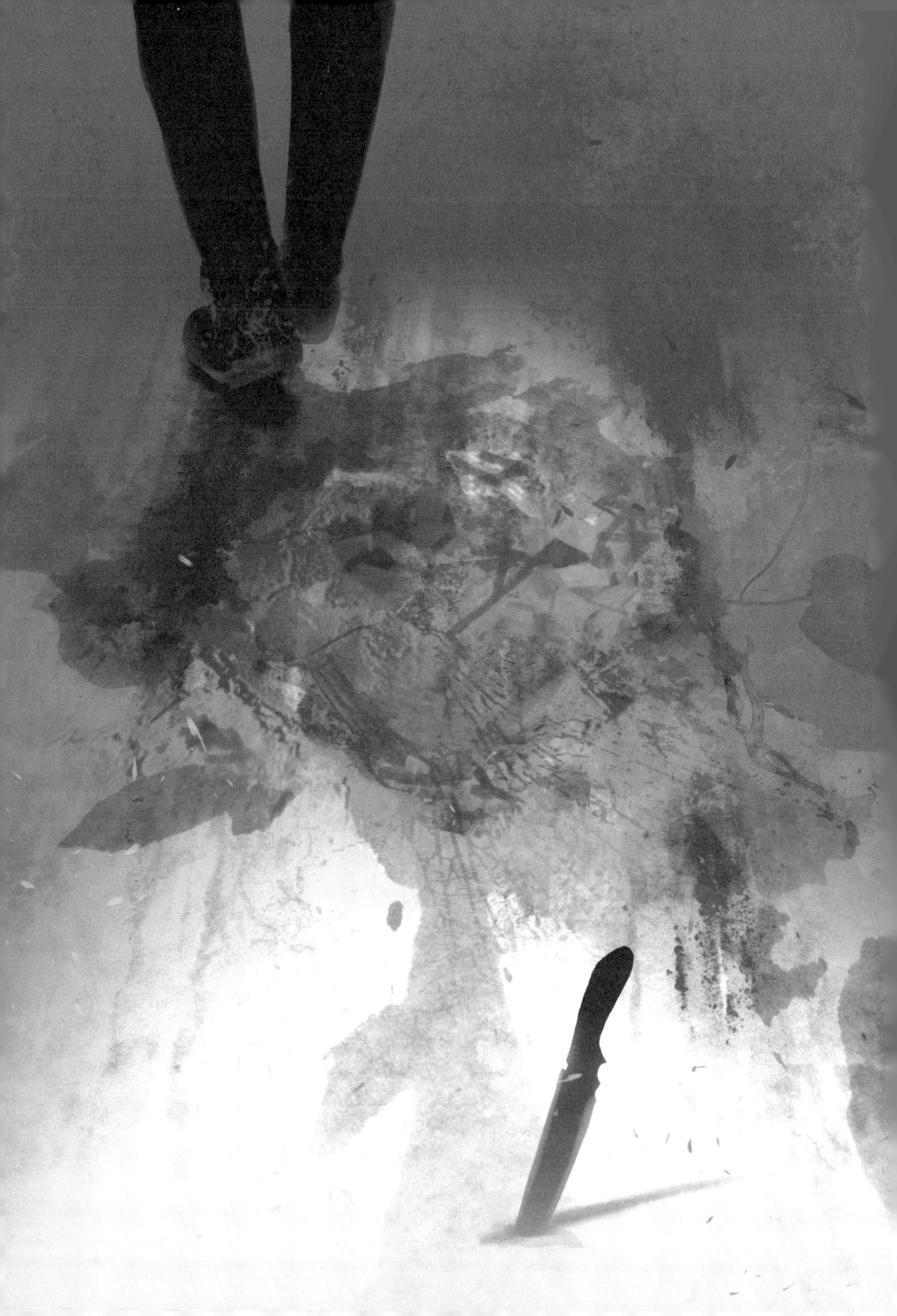

第67話

「一群混帳！給你臉你不要臉！」八寶君笑罵，赤裸走出血池，全身筋骨低沉悶響。

丘狒、哀牙、夏目等原本重傷的部將坐在極具療效的血池裡，看著他們的新主人大力揉捏著身旁女人的胸部，直到女人發出尖銳到不可置信的慘叫。

「上官無筵，你眞有魅力啊！竟然想反將我一軍？」八寶君將女人的乳房扔向血池。

哀牙大嘴一張，將如破碎布丁的乳房吃進肚裡。

一張熟悉的臉孔跪在地上親吻著八寶君的腳趾，滿臉堆歡道：「他們明晚九點行動之前會先在我們的堂口會合，不如事先埋下幾百斤炸藥，把他們全炸上天去！」

那張臉，竟是剛剛與上官等人開完戰略會議的陳先生！國度幫的副幫主！

「光炸藥是炸不死那隻老狐狸的，得先佈局佈局才行，殺他個措手不及。」八寶君恨恨笑道，看著用鐵鍊綁在牆角、依舊沉睡不醒的數位吸血鬼幫派首領，阿海與螳螂像兩條鹹魚乾掛在天花板上。

八寶君心中有種幾乎要炸裂的妒意將滲出指尖……

爲什麼上官可以輕而易舉贏得曾經與他爲敵的吸血鬼幫派的心？他們應該趁上官最羸弱的時候厲下殺手啊！自己處心積慮在絕世風華設下幾乎有進無出的殘酷陷阱與伏兵，卻得因爲上官集結了原本一盤散沙的幫派大軍攻入，只好更改原先的完美計畫？

不更改絕世風華的防禦甚至置換整個計畫，絕世風華鐵定會被上官大膽的戰略與眾多盟友所衝垮。

「幸好純種的腦袋總是技高一籌！」八寶君稍有得色，說：「明晚六點他們這群雜種聚會時，先用炸藥炸飛他們大部分的人，等他們逃出來的時候，再賞他們一堆麻醉彈！等他們全都躺平後馬上補上幾槍銀彈。讓他們昏著死眞是太善良了我！」

丘狒、哀牙、夏目馬上走出血池，他們的身邊還站著前天才趕到的日本吸血氏族菁英中的菁英，牙丸禁衛軍第一批登台的二十名組員。

原本白氏與牙丸禁衛軍是兩個互相仇視的組織，白氏長年輔佐皇室，有如首相之尊，牙丸禁衛軍則相當於皇室禁衛軍，唯一的共通之處僅僅是效力於吸血天皇這千古不變的事實。

八寶君雖不是出身於白氏正統，但他的母親畢竟是白氏的隱者，父親是中國苗疆叢林的純種吸血鬼武士，兩種血液在他身體裡不只融匯出強大的力量，讓他不須經過風霜歷練便得以掌握最蠻橫的拳勁。

但，兩種血液的交會，卻也種下他被白氏正統歧視的因子：「純種吸血鬼裡的混血雜種」。因此，在八寶君藉父親之名自中國來台依附壺老爺子後，暗地裡雖是日本白氏在台的祕密前鋒，卻飽受白夢等人的操控與輕視，這正是他最痛恨的。

眼中只有權力的八寶君才不理會長達千年的黨派之爭，只要能稱雄稱霸，他根本不介意東京派遣牙丸禁衛軍的菁英部隊支援他。畢竟，白氏傲人的特種部隊「冷焰冰藍」與「十臉」在玻璃帷幕大廈的慘烈突擊中幾乎全軍覆沒，雖然日本北海道的白氏本家仍持續密集訓練新的部隊，但吸血天皇已經失卻對白氏攻取台灣的耐心，牙丸禁衛軍於是趁機請命派遣擅長肉搏戰的牙丸勇士，赴台「協助」八寶君謀定台灣。

既然白氏被上官一幫人殺到氣勢崩墜，自己何必留戀白氏的名號？

因此八寶君沒口子地答應牙丸禁衛軍的「好意」，這也是將自己的爪牙伸進牙丸禁衛軍的好時機。

也唯有牙丸禁衛軍的快速支援，否則八寶君無法快速整合出威脅控制哲人幫的力量、進一步綁架各幫首領，也才有膽子邀約他生平最仇視的角色，上官無筵。

「待我想想……他們既然相信人質在絕世風華，絕世風華底下的炸藥就不能拆除，照放著！裡面的兵力撤出三分之二去你家外面埋伏，留三分之一等著他們全身著火跑去絕世風華救根本不存在的人質時，一槍一個！」八寶君赤裸地踱步，計算著自己的安全與圍殺上官需要的兵力。

絕世風華原本埋伏著六十個牙丸禁衛軍的城戰專用部隊，每個都是精於擊殺行動敏捷的吸血鬼的好手。這幾年牙丸禁衛軍嚴格訓練，重要目的之一便是爲了有朝一日撲殺曾經在神州東北挫敗他們的上官，現在總算派上用場。如果分派出三分之二，也就是四十個牙丸禁衛軍的城戰專用部隊，躲在暗處以麻醉彈對付被炸藥炸得焦頭爛額的吸血鬼幫派，也是綽綽有餘了。

無論如何，自己待在血池這邊是最安全的，這裡距離絕世風華整整有二十公里之遠，而且還是位於精華地段的色情三溫暖地底下，根本不會有人懷疑這裡才是囚禁人質的眞正地點。

就算上官有天眼通，知道這個深埋地底的鬼地方……想要強攻進來？還得問問把守在地道入口的十個手持烏茲衝鋒槍的守衛，以及每二十公尺就有個哲人幫的看守呢！

「決勝於千里之外，才是兵家聖典。」八寶君微笑，看著血池旁的鐵盒子內放著他賴以提升戰意的強烈興奮劑。

夏目想了想，終於忍不住開口：「要不要把這裡的二十個牙丸禁衛軍也分派去埋伏？」

八寶君突然抓狂，弓身一拳遙遙揮向夏目，夏目有若蛇腰的身軀滑膩扭開，躲過驚天霹靂的凌空一擊。

這凌空一拳像一枚高速的空氣壓縮砲彈，就這樣轟進囚禁人類的鐵籠裡，一個大胖子的臉凹陷下去，往後一摔死了。

「要成大事就要拋開成見！不要以爲單靠白氏就可以幹下台灣！」八寶君憤怒大叫：「妳是不是不喜歡跟牙丸禁衛軍一起做事！還是妳以爲我在害怕！我沒付你們十臉錢嗎？上官的頭拿下了嗎？」

夏目面無表情，她只是想充實圍攻上官的兵力。

「算了。」八寶君馬上換了截然不同的表情，歉然笑道：「我知道我知道我知道，我知道你們只是好意。」

但夏目聽了，只是更加聚精會神看著八寶君的動作，等待閃躲更快更勁的突拳。

只見八寶君瞄了夏目等三人一眼笑笑，穿上緊身紅衣，兩隻手臂上各綁著兩支強效興奮劑，這可是他的新玩具。

想要隨時鬥志高昂，好提升自己的戰鬥力？行！隨手插進興奮劑就沒問題了。

八寶君滿意地戴上耳機，聽著五角的饒舌黑歌，隨意舒展身體，輕輕揮出幾拳，慢慢走到一間空曠的練武室，在震動的節奏中拳拳生風，喊道：「去做你們該做的事！」

陳先生遠遠喊道：「是！」便慢慢退出，走向通往密穴樓上的爬梯。

走過荷槍實彈的衛兵，陳先生一面思考怎麼在短短半夜中弄到這麼多火藥，一面暗暗發愁自己是否選錯了邊站？

這個有如深井的簡陋通道只是在井壁上釘著生鏽的鋼筋，只有一點點暈黃燈光在腳底下搖搖晃晃，要是有一點分神手抓漏了鋼筋，就可能摔死在井底。

爬著爬著，陳先生不禁抱怨起這個密道的設計，多累人啊？安個電梯豈不方便？八寶君那疑心鬼眞是多慮了。

突然間，陳先生覺得頭頂「啪」的一聲，化作一記發自耳朵深處的爆響，他想往上看發生了什麼事，卻發覺很難抬得起頭來，他的脖子幾乎不聽使喚。

然後，他的手鬆脫，不由自主往下墜落。

陳先生躺在地上，鼻孔微微冒著血泡，看著黑色大衣的衣角揚起，帶過一陣皮革氣味。陳先生想說些什麼，但他的肚子感到一記幾乎令他大叫的擠壓。

這次他看清楚了。

一雙純眞的眼睛歉然看著陳先生，然後小心翼翼地把腳移開陳先生裂開的肚子。

「站錯邊了……」陳先生閉上眼睛，肚子又是一痛。

達陣！之章

第68話

八寶君的眉毛跳動了一下。

一滴汗自眉稍滑落，八寶君飛快一拳將汗珠轟散。

但這一拳並不能化解汗滴帶來的莫名焦躁。

八寶君笑笑，雙腳消失，高聳的天花板一震，八寶君燕子落下，神色自若地看著門口。

「怪了。」八寶君吐了吐舌頭，不知道剛剛為何一陣心悸。

這時，一個「冰怪」神色慌張衝到八寶君的練武室門口，八寶君沒等他開口，便飛快竄過冰怪的身旁，一腳踏進掛滿監視器電視的防衛室。

「怎麼一回事？」八寶君看著一樓通往地下密道的關卡「蒸汽室後門」，原本應該拿著烏茲衝鋒槍盯視密道入口的十個守衛全東倒西歪癱在地上，烏茲衝鋒槍也少了六把。

八寶君的眉毛又抽動了一下。

「格放！格放！」八寶君大叫，控制監視畫面的手下趕緊對準八寶君的手指之處進行放大畫面。

畫面快速放大，八寶君大叫一聲「幹什麼吃的！」，一拳將監視螢幕的手下腦袋削掉一半。

畫面中的守衛，肩胛處衣服有個小小的切口，紅色的汁液慢慢滲了出來。

「這個切口……」八寶君咬著自己的拳頭，拳頭上的鮮血看起來格外可怖。

剩下的兩個監視著畫面的手下，戰戰兢兢看著脾氣暴烈的主人。八寶君大吼：「把畫面切到密道啊！」

畫面其實早就切到坡度往下傾斜的密道，八寶君看著暈黃、毫無動靜的詭異密道咬牙。

「密道守衛已經知道有入侵者。」手下趕緊說。

「將燈關掉，紅外線監視。」八寶君深深吸了口氣，眉毛陡然抽動。

「小心，好兄弟。」

「不要叫我兄弟。」

「……一定要通過閘門。」

「今天如果能走出去，就讓我孤獨吧。」

監視器的畫面化作一片慘白。

「放下閘門！」八寶君大驚。

「go！」

槍聲連綿不絕，燦爛煙火交織紅色的塗開。

堅持衝向閘門的決心，兩管死命抓住的衝鋒槍，手指壓住扳機。

一道身影衝過層層烽火，在耀眼的血花中跪倒。

「鏘。」千軍莫敵的閘門慢慢放下。

「幫我……」

一雙世界上最善良的眼睛，看著手掌上血跡斑斑的凶靈。

聖耀咬下綁在手腕上的血包，紅色滋潤著微弱的脈搏。

模模糊糊地，一隻皮靴踩著血包，血漿冷冰冰地飛濺在茫然無措的臉孔上。

「馬的，上官的白癡小跟班。」

八寶君大步走來，一腳踢飛聖耀殘破不堪的身軀，聖耀死命咬著乾癟的血包，硬生生摔在牆上，八寶君拉開手槍保險。

「碰！」

聖耀的太陽穴破散，脖子一歪，血包自兩排尖銳的牙齒裡掉落。

大手一抓，聖耀被八寶君輕蔑的巨力拋向後方遠處，砰一聲撞上牆壁。

八寶君冷靜看著厚實的鋼門，鋼門的背後持續傳來稀稀疏疏的槍聲。

雖然有二十二多個持槍守衛在密道裡，戴著紅外線眼鏡、佔著以高制低的地理優勢跟上官一黨廝殺，但八寶君心知肚明上官最後仍會將這堵厚達三公尺的鍍銀鋼門掀開，站在自己面前。不管用什麼方法。

八寶君瞥眼看著站在後面的夏目、丘狒、哀牙，又看了看二十位全副武裝磨拳擦掌的牙丸禁衛軍菁英。

夏目揹著兩柄巨型鐮刀，丘狒手中兩把來福槍、哀牙半張血盆大口，牙丸禁衛軍菁英各自拿著擅長的兵器與槍枝，殘存的冰怪拿著寒氣凍人的鐵鍊，個個全神貫注盯著鋼門。就算衝進門的是頭恐龍，也在三秒內倒下了。

但，這些能攔殺上官？

上官居然能離奇地找到這裡，光這點就比橫衝直撞的恐龍教人毛骨悚然多了。

說不定上官根本不會撬開鋼門，繞過根本不存在的祕密空間，突然出現在八寶君的背後？

八寶君背脊抽動。

「通知絕世風華的伏兵，五分鐘內通通調來這裡！」八寶君突然咆哮。

第69話

「啪答。」然後慢慢滑下。

山羊坐在車上，看著碎裂的雨滴落在車窗上，化成一道水痕。

「又是場沒頭沒腦的雨？」山羊低下頭。

看著手中的掌型電腦，爆炸遙控器的螢幕上依舊沒有代表聖耀的光點。

眞是個無法驗證的疑團。

就在那天，山羊按下爆炸遙控器的按鈕瞬間，光點就消失在這個世界裡，再沒有出現，彷彿已連同遙控炸藥化成四散的血水。

說不定那天是我眼花了？那巨漢揹負的另一人並不是聖耀？聖耀白白犧牲了？但，聖耀如果眞被我誤殺了，又怎麼解釋剛剛那封信？

山羊已經很久沒有抽菸了，他總是拚命想活久一點，不菸不酒不色，爲的就是等待上官殞命的一天。

拿時間跟吸血鬼押注眞是件稀釋生活樂趣的事。

山羊自身旁下屬的上衣口袋裡翻出一根淡菸，含在嘴裡慢慢咀嚼。

上官啊，你連那雙純潔的眼睛也污染了⋯⋯

今晚空氣中不安的氣氛格外沉悶，厚重的黑色雲層在城市的上空慢慢塌陷，不意滲出幾滴暈眩的小雨點，落在焦黑的廢棄大樓。

窒鬱的氣氛，令人不悅。

「長官！前面有狀況！」無線電傳來緊張的聲音。

山羊趕緊將淡菸吐在手上，拿起另一支無線電：「馬龍？你那邊？」

「情報沒錯，我要下手了。」馬龍的聲音格外冷靜。

山羊拿著望遠鏡，遠遠看見一大群人形色匆匆自破舊失修的廢棄大樓裡跑出，手裡拿著狀似槍械的物事跑向西面的小巷。

「BINGO。」山羊輕聲說道。

突然間，數十個小紅點在人群身上快速游移，有個人感到不太對勁，正想問問身旁的夥伴怎麼會有紅光在身上移動時，紅光刹那間繁衍成數十倍的點點紅點在眾人間飛舞著。

花火大作，紅雨塗開。

數萬紅點愉悅地跳躍，眾吸血鬼手舞足蹈、大聲嘶吼歌唱，然後筋疲力盡圍繞著紅色的營火倒下。

山羊坐在車子裡，拿著軍用望遠鏡默默凝視血色夜晚。

一道閃電劈開城市晦澀的陰鬱沉悶。

大雨驟然雷落。一滴一滴、一把一把模糊了車窗。

「A小隊注意！有四隻往東邊逃逸！C小隊往左一齊夾擊！」

「兩隻往西防火巷！一隻往四弄跑！」

「清除，一隻被擒。」

「清除。」

「報告！清除！」

「注意注意！還有十多隻剛剛衝出！獵人縱隊快速支援！」

大雨中，廢棄的城市角落奔雷怒吼，看不清對手躲藏在哪裡的吸血鬼快速尋找任何掩體躲著，焦躁躲避鄰近大樓上的秘警狙擊手，但致命的紅點仍舊在大雨中奔馳。

「轟！」

停靠在消防栓旁的汽車轟一聲炸翻上天，著火的輪胎自半空中旋滾而下，一道身影竄上，矯捷的步伐飛燕般踩著火輪胎，手中機槍在半空中不斷彈出冒煙的彈殼，幾個吸血鬼砰然倒下。

二十多個幹練的獵人立刻持刀跟上，隨著勇士的呼喝將吸血鬼群衝散。

勇士落下，機槍槍管下噴射出黏性極高的銀絲網。

「這個世界不久將要改觀了。」馬龍說，看著在銀網中痛苦掙扎的吸血鬼，手舉起，一槍命中瘋狂撲向他的吸血鬼。

大雨繼續在雷聲中呼吼，各小隊在黑窄的巷道中狙擊落單的吸血鬼，強健的獵人在屋頂上來回奔馳，一刀一刀與大驚失色的牙丸武士在閃電中撕裂彼此。

兩個世界的板塊正劇烈擠壓著對方，第三塊新大陸不知是否因此火熱冒出。

山羊的腦袋中只是不斷重複著兩個小時前來自臥底的緊急密件：

「我們家老大說要送你一份大禮，希望能為兩個世界捎來和平的訊息，如果收到禮物，請將麥克放在街上，我相信牠會找到我的。」

今後兩個世界會是什麼樣子，山羊也不知道。

第70話

五分鐘過了。

八寶君看著絲毫不動的鋼門，鋼門的背後零星傳來無助的槍聲，漸漸地，八寶君連呻吟的震動都聽不見。

「風華絕代的人呢？」八寶君斜視夏目，夏目搖搖頭。

難道上官安排了另外一支部隊襲擊了這裡的援軍？

八寶君看著距離不到五公尺的鋼門深深吸了一口氣。

或許是吧？但又怎樣？打開這道大門的方法只有兩個，一個是防衛室中的按鈕，一個是絕無可能使用的火藥。

火藥即使能摧毀這道門，也將使得深居地底的密道坍塌，施放火藥的人也同樣無路可進，然而八寶君曾聽白夢不經意提到過：血池底下暗藏一條簡陋的小徑，可以通往市區的某處。八寶君要全身而退的機會很大。

現在該怎麼辦？立刻召集眾人找出秘道所在，然後從血池底下逃走嗎？

八寶君感覺到身後眾人的目光壓力，這點令他相當不滿。難道他們不明白遇強即屈、留得青山在不怕沒柴燒的簡單道理嗎？

「現在你們給我聽好了，所謂的時勢所趨……」八寶君說，轉過頭。

八寶君的呼吸頓然而止。

剛剛明明倚在牆邊一動也不動的小跑腿，怎麼消失在眾人的身後？

地上只留下稀少的血跡。

「小鬼呢！」八寶君大吼。

錯愕的眾人回過頭來。只見牆上的血漬，還有幾個紅色腳印。幾個沉靜倔強的血腳印一步步爬向血池的方向。

丘狒與三個冰怪搶步衝向血池，只見聖耀瞇著眼睛傻笑，坐在毫無守衛的血池裡面，緊緊抱著滿是彈孔的背包。

「這是強力塑膠定時炸彈……已經啓動了，你們還有十四分又四十一秒的時間可以逃出去。」聖耀的臉色蒼白，但拚著凶命無法趕在自己喪命之前修補身體的危險，總算勉強達成任務。他的嘴角不禁微微發抖。

丘狒眼中殺氣斗盛，八寶君慢慢走到丘狒後面，盯著從死神手中逃過不可思議大劫的聖耀。

……怎麼可能？受了這麼重的傷，腦子更挨了我一槍，如何能苟延殘喘爬到這裡？八寶君與聖耀的眼神激烈碰撞著。

遍體鱗傷的螳螂與阿海在天花板的鐵鍊上搖晃，螳螂激動地用微弱的頭鎚撞醒昏厥的阿海。阿海睜開紅腫的眼睛，看著幾乎沒有任何戰鬥才能的年輕夥伴勇敢無畏地坐在他的腳下，而長期被關在鐵籠裡的赤裸人類個個扯開喉嚨大叫救命，原先積壓的恐懼已被一絲希望徹底釋放出來。

聖耀浸泡在復元力絕佳的血池裡，視線逐漸清朗，他指著露出背包的炸彈，毫無恐懼地看著八寶君說：「這個炸彈足夠把這裡每個人烤焦，一拆或破壞就會引爆，沒有選擇，讓我們同歸於盡吧。」

八寶君點點頭，不怒反笑，說：「上官想逼我開門？」

聖耀搖搖背包，說：「不要再靠近。從現在起，你傷害一個人質或靠近血池，我就立刻引爆炸彈。你還有十四分鐘。」

阿海差點笑了出來，現在就算他立刻死了，也真夠本了。

八寶君看見聖耀的手指緊緊抓著狀似開關的物事，知道自己不可能在聖耀按下立即引爆炸彈的按鈕前先殺了他。

偏偏聖耀坐在唯一通往外面的最後密道！

「上官怎麼知道這裡？陳先生洩露的？」八寶君瞪大眼睛，微笑。

「十三分鐘半。」聖耀冷靜地說。

「小子，這是何苦？」八寶君嘆氣，微微向聖耀靠了過來。

「我膽子很小，你再靠近一公分，我就乾脆炸掉這裡，大家死得一乾二淨。」聖耀咬著牙，

鐵籠裡的人類鼓譟著。

八寶君笑笑，閉上眼睛，拳頭快燒起來了。

哪來的瘋子！

「監視器？」八寶君突然對著防衛室大叫。

「外面只有三個人，上官、張熙熙、賽門貓。」防衛室的手下。

三個……好！倒要看看誰的手段厲害！

八寶君張開眼睛，看著聖耀淡淡說道：「我會記得你。」

說完八寶君轉身就走，兩手拔起手臂上的強烈興奮劑、用力插進兩管頸動脈裡，短短幾秒內，八寶君全身燥熱，感到體內有數百股難以駕馭的超強力量，像隕石雨般彼此撞擊著。

「麻醉彈準備。」八寶君整張臉都紅了，眼睛佈滿猩紅血絲，瞳孔白光大盛。

牙丸禁衛軍紛紛拿起手中槍械，迅速改裝足以瞬間麻痺藍鯨的麻醉彈，對準即將打開的命運大門。

八寶君站在牙丸禁衛軍後，兩手攢入通道上壁，雙腳倒勾半空，像一支蓄滿精力的大彈簧。

「上官！今天我要你知道，我一直都站在最高點啊！」八寶君內心充滿前所未有的自信。

第71話

距離閘門，五公尺。

「裡面的氣氛變了。」張熙熙，雙手掛滿鋼銀環，握著高壓壓縮瓦斯彈。

「聖耀辦到了，了不起。」賽門貓拍拍身上的防彈衣，一手衝鋒槍，一手短手槍。扭動頸子。

上官沒有說話，他的嘴裡咬著一把長刀，雙手各拿著兩把鋸齒刀，腰間、胸前、胸後、大腿、小腿總共掛了六把長短不一的匕首。

雖然他知道自己的雙腿初癒，左手依舊很不靈活，但他深信自己近百年來最強的祕密。

「決心」。

不論在什麼險惡的狀態，需要上官最強的時候，上官就一定能最強。全神貫注。

就在厚重的鋼門拔起的瞬間！

第72話

齒輪轉動，閘門慢慢拉起。

黑色的門縫露出暈黃的光，還有……不斷噴出濃烈嗆鼻氣味的瓦斯氣，這顯然是爲了封鎖住八寶君軍團使用現代槍械的舉動。

「瓦斯？難道上官以爲不用槍就可以大搖大擺進來？天眞！」八寶君心想，牙丸禁衛軍個個也毫無懼色，他們可都是擅使各種兵器的佼佼者。

但閘門打開到三分之一的瞬間，一顆子彈衝過煙霧瀰漫的瓦斯，化作一道火箭。

火箭嘶吼，急速爆張成巨大的烈焰，所有人睜不開眼睛。

除了……

「開槍！」八寶君大吼。

火焰中，欺近世界上最不可能後退的腳步，帶著九把世界上最強悍的刀。

刀踏著誰也不敢跟上的腳步。

絕對暴力的殺戮狂風！

「有些事，只有用刀才說得明白。」

兩個牙丸武士頭顱像飛盤滑落，兩把匕首不沾血飛釘在身後的牆上。

鋸齒刀左右閃電開弓，白光盪破火焰。沒理由一公尺圓圈內還有任何呼吸。

咬著長刀的鬼魅倏然搖首翻身，眼前的牙丸武士身子斜斜斷開，左手刀飛快刨殺遞上長槍的牙丸武士下陰，右手刀毫不猶豫大揮，將夏目的巨型鐮刀盪開，鐮刀悲鳴震動，險些震脫夏目的手。

夏目忍不住持刀後退，因爲七個勇猛牙丸武士的命運，已在一秒內被刀蒸發。

血窟，血哭。

「居然！」夏目的手腕兀自痠麻，看著上官腰上的匕首飛出！

匕首像擁有魔力般弧形飛撞在眾人之間，沒人看清楚鬼魅的刀，卻永遠忘不了鬼魅的眼睛。

丘狒舉槍轟擊，但左手齊肩摔落，他連痛都不敢喊。

「碰！碰！碰！碰！碰！碰！」

終於有人朝鬼魅不斷轟出獵殺藍鯨的麻醉彈，但鬼魅接下來的動作就沒有人看得清楚。

除了滿天的紅色星星，只有刀光叢影。

三個冰怪的殘肢碎塊像靜靜飄浮在空中的果凍，時間像是凍結般。

突然，一把凌厲的長刀破開寧靜的火焰衝向八寶君，八寶君不閃不避，一拳將長刀轟碎，長刀的主人卻仍在地上飛轉，銀光暴起。

哀牙慘叫往後飛跳，他的胸口插了一柄短刀，但他的嘴裡也咬著一大塊血肉。

像閃電陀螺打轉的上官終於停了下來，左手腕上鮮血淋漓，單膝跪下；上官感覺到大腿麻痺，眼前夏目的鐮刀變得模糊。

上官的大腿肉鑲著兩顆鋼球，麻醉液直奔中樞神經。

上官低著頭，雙手抽出四支飛刀、依賴直覺射向前方一股強大的拳風，八寶君！八寶君拳風之猛烈將四柄飛刀震歪，身形卻不免一滯。

但上官並不是一個人。世上沒有孤獨的強者。

此時上官的身後颳起銀色的旋風，數十鋼銀環激射，迫使牙丸武士揮舞兵器擋避，但仍有四個動作稍慢的牙丸武士按著咽喉倒下。

張熙熙嬌嬈的身法飛動，不知何時已來到上官的身邊，替上官擋下夏目的鐮刀連環追擊。賽門貓的雙槍響起，與丘狒的單槍遠遠對轟，兩人各自中槍。

「殺！」八寶君興奮大叫，一腳與張熙熙的左掌對轟，張熙熙吃痛後退，八寶君的小腿卻噴出鮮血。原來上官以驚人的意志力壓制住麻醉劑，反手一刀劃向八寶君。

此時張熙熙腰間失去知覺，她明白自己遭到麻醉彈攻擊，於是運氣鎖住腰間穴道，閉上眼睛抽出照明彈，拔起開關，巨大的強光蒙上眾人的雙眼！

強光之中一聲轟然巨響，無數碎石細砂掠過眾人，原來是八寶君一拳擊向上官，上官藉勁往後撞破牆壁，雙雄在白晝巨光中躍入防衛室。

「上官！好好睜開你的眼睛！」八寶君大叫，一拳轟出，他遺傳自白氏的瞳孔並不受到強光影響。

「喔？」上官怪笑，瞇著眼摔在地上，小鋼珠帶著鮮血自大腿肌肉彈出，右手鋸齒刀直指八寶君的猛拳。

第73話

「振作啊！」聖耀吃力地將阿海與螳螂拖進血池裡，然後轉過身，看著禁錮著許多昏迷不醒的吸血鬼各幫首領的大鐵籠。

聖耀使盡力量拉扯堅固的鐵籠柱子，卻只略微彎曲了堅實的粗鐵條，阿海浸在血池裡虛弱說道：「開關……在防衛室。」眼睛看著走道的另一邊。

「放心，炸彈其實可以停下來的。」聖耀急忙跑到阿海的耳邊說，滿頭大汗指著背包裡炸藥的計時器。

阿海點點頭，但聖耀的手伸到背包裡摸著炸藥時，心頭陡然一涼。

暗藏在炸藥倒數計時器背後的解除裝置居然碎成了兩塊，一定是剛剛搶進閘門時被守衛擊中的。

難道凶命誰也不放過？又一次天誅地滅？

「所有人都會活著出去，我保證。」聖耀看著螳螂與阿海，又看著鐵籠裡的眾幫派首領堅定地說。

防衛室的牆震動，裂開一條細縫，落下灰砂。

聖耀大腳邁開，解下腳脛上的短槍，衝向防衛室。

他發誓。

第74話

鋸齒刀深深沒入硬石天花板，牆上的十幾台電視機全都粉碎，露出吱吱作響的電線。地板幾無完整的一磚一瓦，碎石上釘著四道銀芒，冒著紅色的蒸氣。

「跟人家學嗑藥？」上官披頭散髮低頭笑著。矮身弓手，一柄飛刀在右手五根手指頭間奇速翻轉，搖搖指著八寶君的眉心。

「有種放下刀再打！」八寶君兩腳倒踩著天花板角落。雙拳一前一後，憎恨地看著盤在地上的上官。

八寶君的胸前插著一柄飛刀，身上十多條刀痕滲出鮮血，他的呼吸卻未見倉亂。

上官被怪力擰得血肉模糊的左手，勉強黏在肩上搖搖晃晃，肋骨也斷了三根。他卻沒忘記要笑。

一滴血從八寶君的唇間滴落，八寶君一咬牙，肌肉賁張，銀刀自胸口噴出射向上官。

上官不閃不避，他一向是刀的最好朋友。上官右手隨意伸出，襲來的飛刀自然而然捲上他修長的手指，變成自己的利器，但八寶君趁機閃電翻落，沉重拳壓也來到上官的背後。

上官來不及回頭，血肉模糊的左手直接往後硬接下這絕不簡單的一拳，上官的眉頭緊皺，整條手臂霎時脆斷，但身體也趁勢往前彈出、化解拳勁，右手兩柄飛刀早已往前射出！

八寶君來不及興奮，上官兩柄飛刀竟轉了個大彎衝向八寶君的喉間與下腹，八寶君趕忙翻上避開，但飛刀像導彈似轟向八寶君，擦出兩條血箭。

「這刀好詭異！」八寶君心中一凜，卻看見上官的腳無聲無息印上自己的鼻子，將自己重重踢向牆壁，牆壁轟咚一聲幾乎崩落。

這一記飛腿使八寶君頭昏腦脹、七孔流血，但他雙拳緊握，看著上官扭曲變形的左手發笑。

面對自己最深沉的恐懼，上官，強大的羞辱壓力硬是將八寶君逼向從未體驗的絕頂高手境界，那是一萬打興奮劑也無法模擬出的強大自信。

上官也不過如此？我竟然真的跟上官打到這個地步！

上官被我打到殘廢，甚至，他抓到最好的時機給了我一腳，我的腦袋還是好好掛在脖子上。

我真強！

我好強！

「我會贏，這件事我真該早點知道。」八寶君的聲音發顫，防衛室的氣氛悄悄變了。

八寶君的雙拳發抖，他按捺不住心中決堤的快樂，他感覺到體內確確實實存在吞噬宇宙的強大力量，那股誇張的力量甚至還在急速膨脹，眼前的吸血鬼傳說即將由自己劃上休止符。

只要自己一拳遙遙揮出，光是拳風之強就可以將上官真空壓扁似地？

此時氣氛急速發燙，防衛室破碎的監視電視牆迸冒出火花，忽明忽暗。

上官凝氣斂神，他的機會不多，他腳上封住的穴道就快抵抗不了麻醉藥的侵襲。他嗅到八寶君拳頭上危險的焚風，於是右手掌成刀，多年來千萬次戰役的殘酷畫面急速濃縮成一個點，滴進上官沸騰的心中。

結冰。

「想知道自己會怎麼死嗎？」氣氛突然急轉直下。

上官冷冷說道，放下右手，慢慢走向八寶君。

八寶君瞪大眼睛，看著上官毫無防衛地走近自己，直到兩人之間只剩下半條手臂的距離。

半條手臂的距離，上官毫無停下腳步的樣子，令八寶君感到強烈的忿恨與羞辱。

八寶君的呼吸靜止了，他的背碰觸到即將垮下的牆。

這時八寶君才發覺，自己竟無意識往後退了一步。

上官也停下腳步。

「會贏的你，又怎麼會後退？」上官不再笑，眼神變得異常冷酷。

八寶君的腦中一片空白，不斷重複著一句話：「我爲什麼要後退？爲什麼？爲什麼？爲什麼我變得這麼強了還要後退？」

他的拳頭變得很沉重，突然間，八寶君淒厲大吼一聲，朝上官揮出猛拳。

然後，他感覺世界在一瞬間被撕裂了。

手刀也是刀，刀在上官的身上，照樣快速絕倫！八寶君的臉被上官的手刀一劈，鼻梁脆斷、左眼受壓爆出，腦漿自雙耳噴出。摧金斷玉的冷漠一擊！

這一記手刀讓八寶君感到整個腦袋都快炸掉了，雙拳狂風暴雨驟出，上官在八寶君周圍閃躲招架，不疾不徐，冷靜尋找奪命的一刻。

命運的鐘擺，一盪一盪。

突然，黑暗裡爬出凶煞的魔手，將鐘擺推倒。

聖耀站在防衛室門口，呆呆看著走廊上的凌亂血跡與屍體，張熙熙靠在牆上閉著眼睛、一柄鐮刀刺進她的肩膀直沒入牆，賽門貓趴在地上不省人事，他們的周遭全是支離破碎的屍體，還有嗆鼻的瓦斯氣味，一顆顆鋼珠在滑膩的地上滾著。

聖耀又朝防衛室裡，看了看即將分出勝負的兩雄。

手掌顫抖。

與其說聖耀的腳被奇妙的氣氛釘在地上，不如說，命運黏住了聖耀的雙腳。

上官的心揪了一下，八寶君趁隙揮出超過音速的猛烈快拳。

「見鬼！」上官暗忖。

巨大的力量貫穿上官，萬馬奔騰的拳勁將上官飛撞穿牆，摔進八寶君的練武室裡，破裂的磚石將上官重重蓋住，八寶君興奮大叫：「看你怎麼死！」

「不妙！」聖耀終於回神，急忙拿起手槍朝八寶君不斷開槍。

子彈全撲了空，聖耀根本看不清八寶君的身形，直到子彈用罄。八寶君得意地站在聖耀旁蔑笑，左拳將聖耀的雙手打折，然後右拳飛快鑽進聖耀的肚子裡，將聖耀叉了起來。

聖耀痛得說不出話，兩腳懸空抽動。

「起來啊！看看你養的狗變成串燒的樣子！」八寶君看著躺在瓦礫裡的上官大笑，就這樣一拳將聖耀架在空中，大步踏進練武室。

上官雖被粗礫石塊壓在地上，但八寶君卻不由自主在距離上官四步之處停下來，想找把槍遠遠將上官的頭轟爆。

此時，他才猛然驚覺上官在他心中永遠都是個忌諱，今日如果不把上官除掉，往後的數百年他都無法睡得安穩，從此將困在自卑的牢籠裡。

上官在石堆下一動不動，眼睛卻毫無情感地看著八寶君。

「你一直瞧不起我。」八寶君面目猙獰地說，另一手在聖耀的臉上拍拍，說：「所以你現在躺在我的腳下，就跟那時候一樣。什麼最強的稱號？該改朝換代了！」

八寶君說完，卻覺得頭昏目眩，眞想好好躺在血池裡睡個覺；上官剛剛那青天霹靂的一擊幾乎將他的腦袋瓜斬裂，他甚至嗅到鼻孔中腦漿滴出的腥味，他左手將剩下的一隻眼睛用力按住，他覺得眼窩腫脹難挨。

上官看著八寶君，他的脊椎被那一拳震得暫時失卻知覺，但他還信賴唯一還能戰鬥的右手，還有正在外面戰鬥的夥伴。

「最後問你，你怎麼知道這裡的？是誰背叛了我！」八寶君問，仔細地觀察上官傷勢的眞假，如果上官又像上次那樣突然來個「致命一擊」，腦漿快煮沸的他可沒有把握逃開。

就在此時，八寶君插入聖耀腹部的手感覺到異樣的稠密感，他瞥眼一瞧，聖耀傷口的微血管居然開始接合，肌肉組織也快速地將他的手包合在裡面，他罵道：「原來你是個怪物！」

瀕臨死亡的聖耀搖晃著腦袋，看著模模糊糊的八寶君，說道：「哥……哥……八寶君哥……哥哥……」

八寶君冷道：「誰是你哥？」

聖耀看著八寶君，他感覺到生命的精力正快速地遠離自己，他所能做的，只有讓八寶君成爲他的親人。

八寶君看看上官，又看看聖耀，說道：「不信殺你不死！」

說完，八寶君插入聖耀腹腔的手慢慢往上移動，刺穿橫膈膜，捏著聖耀微弱跳動的心臟。

第75話

山羊坐在秘警警車蓋上，看著後座吐著舌頭、眼神萎靡不振的老狗。

手中握著新的遙控追蹤晶片，山羊向手下使了個眼色，手下將後車門打開。

老狗看了看山羊一眼，懷疑地慢慢跳下警車，在輪胎上拉了一泡尿。

「去找你的主人吧。」山羊輕輕踢了老狗的屁股。

老狗的眼睛突然充滿神采，毫不遲疑邁開大步，朝著城市的中心走去。牠太熟悉那味道，牠更自信那股味道也在尋找著牠。

「長官，我們現在要怎麼做？」一個手下看著手錶。

秘警車隊早已遠去，只留下一把火，一把徹底將風華絕代夷爲平地的大火。

「怎麼做？」山羊面無表情，端詳著手裡被嚼爛的香菸，雨早停了。

山羊看著熊熊大火，將菸塞在自己的嘴裡，嚼著。

第76話

聖耀的眼睛閉上，他失去了所有的意識，除了痛。

也許是解脫的時候了？但我爲何如此痛苦？

八寶君慢慢捏著聖耀的心臟，冷冷地看著躺在石塊裡的上官，等待上官的亡命一擊。

上官的眼睛一直瞪著八寶君。

第77話

「今天我吉他彈得不錯吧？」

大頭龍得意地看著台下的老闆，全身都是熱汗，光影美人空空蕩蕩的。

老闆打了個酣欠，看著身旁的佳芸，說：「他進步了不少喔，下個月重新開張，他可以替妳伴奏？」

佳芸點點頭，但她剛剛根本沒有在聽。自從今天下午離開魚窩後，她的嗓子就一直打不開，彷彿有數千斤心事吊在喉嚨。

「妳那個恐怖的吸血鬼男友，還有聖耀，都會再來我們店裡吧？」阿忠難得坐著，好奇地看著佳芸。

老闆微笑摸著杯子，大頭龍看著手上的厚繭。

「會的，他還欠我很多杯咖啡呢。」佳芸笑著，看著桌子上微溫的黑咖啡。

第78話

「上官，你爬不起來嗎？」八寶君冷冷看著上官，上官不是一個遺棄朋友的人，這點誰都知道。可見上官眞的被自己那一拳打折了腰？

沒錯的，那一拳的確是豁盡全力的完美之作。

我戰勝了上官，戰勝了自己內心的恐懼！

「跟你的狗說再見吧。」八寶君獰笑，右手抓緊聖耀的心臟，用力爆破！

老狗停下了腳步，尾巴垂了下來，靜靜看著城市的霓虹燈火。

還有遙遠記憶裡的溜滑梯。

「啊……」聖耀慘叫，四肢抽搐。

八寶君跟著驚嚇大叫，右手急忙自聖耀腹腔抽出，破碎的心臟瓣膜掉落，但八寶君的右手掌卻冒著焦煙。

一顆扭曲的銀子彈清脆掉落地面，八寶君無法置信看著銀子彈在地上打轉。

吸血鬼的心臟……怎麼可能鑲著一顆銀子彈？

八寶君抬起頭來，卻什麼也看不到，他只覺得有個東西瞬間塞在他的眼窩裡，甚至砸入他的腦袋。他想大叫，卻覺得聲音從喉嚨間不斷滲透出去，一汨一汨。

同時，在八寶君失去意識跪下，聖耀也摔倒在地上，閉上眼睛癱在血泊裡。

破碎的心臟有氣無力地跳著，漸漸地，聖耀感到全世界都快散開來了。

「結束了……我終究還是害死了大家……」聖耀心想，他感到前所未有的冰冷。

突然間，一股濃稠的鹹味流進聖耀的嘴唇。

「起來吧。」上官的聲音。

破碎的心臟微微跳動，上官的腕上不斷灑落鮮血。

聖耀緩緩睜開眼睛，上官蹲在他的身旁微笑。而八寶君跪在地上，雙手垂地，頭高高地仰著，頸骨嚴重斷裂、只靠一點皮肉黏附，堅硬的石塊自後腦隱隱透出。

聖耀眼神呆滯，呼吸幾乎要停了。

「小子，不要放棄。」上官扛起聖耀。

但聖耀的身體變得很沉重。

「炸藥……停……停不了……」聖耀迷惘地說：「不要救……救我……大家才能……」

上官眼神看著前方，說：「不要說話，慢慢呼吸。」

聖耀的頭垂得更低了。

「救了我……」聖耀想吐，卻覺得最後一絲力氣都從指縫流失，說：「你自己也……會死……」

「我不會讓朋友孤獨，也不怕什麼凶命。」上官一字一字慢慢說道：「因為我，是死神。」

聖耀熱淚盈眶，上官的眼睛始終看著前方。

炸藥的計時器上，只剩三分七秒。

而螳螂與阿海，躺在血池裡虛弱得無法動彈，只能看著聖耀放在池邊的炸藥無情地讀秒。

張熙熙在睡夢中笑著，賽門貓開始打呼。他們就算昏迷了，也同樣相信他們的老大最後終能將他們安全地扛出去。

眾位持續昏迷不醒的幫派首領，全身綁著鐵鍊、在特製的鐵籠裡流著口水，彷彿定時炸藥跟他們一點關係也沒有。

環繞著血池的鐵籠裡，赤裸人群狂暴地騷動著，有人抓著鐵欄杆憤怒地咆哮，有人盤腿默唸佛經祈禱，有人將腦袋塞進欄杆，試圖從窄小的縫隙中擠出去。

聖耀靠在上官的肩上，看著逐漸遠去的夥伴，而血池密道的爬梯在眼前高聳彎曲，肚破腸流的陳先生躺在腳邊。

炸藥的烈焰即將吞沒眾人，毀滅、渺無生機的氣息在隧道裡嘶吼著。

「完了。」聖耀疲倦地閉上眼睛，上官自信地看著爬梯上空。

曲不終之章

第79話

「嗶。」

血池祕密基地在兩秒內完全崩壞，火焰竄燒到爬梯，將鏽蝕的梯子融化扭曲，位於地面上的三溫暖輕輕一震。

日本吸血鬼的邪惡基地，被烈焰徹底溶解。

「我們來得太晚，絕非無錯，是大錯特錯。」

無錯坐在遊覽巴士的車頂上，看著快速遠去的三溫暖營業大樓，難堪的臉色中，卻不禁流露出欽佩之意。

「來得好不如來得巧。」上官躺在無錯旁微笑，在遊覽巴士上看著沒有星星的天空，一場大雨已經將鬱悶的空氣稀釋。

螳螂透過第二封電子信件，用眨眼的方式傳達摩斯密碼，向上官發出兩個重要的訊息，一是血池的正確位置，二是陳先生其實是八寶君安排的臥底。於是上官假裝毫不知情，向陳先生與白髮、無錯詳細說明提早攻打絕世風華的假計畫，讓八寶君完全鬆懈戒心，但上官在陳先生離去後，隨即讓張熙熙跟蹤陳先生再次確認螳螂所說的血池地點。

隨後上官向白髮、無錯、阿虎發出眞正計畫的電子郵件，要他們看到信後動身到血池的眞正地點援助，但阿虎似乎還沒確認電子信件，所以並沒有趕到。

之後，聖耀更發出信件給山羊，要山羊率秘警與獵人，將暗伏在絕世風華的牙丸組成員一網打盡。

驚濤駭浪的一夜。

聖耀坐臥在遊覽巴士裡，看著身旁的阿海睡得很香，綠魔幫二十多位幫眾手忙腳亂爲賽門貓、張熙熙、螳螂、阿海緊急包紮，一瓶一瓶新鮮的冷凍血漿包吊在置物箱上，紅色的養分注入他們酣睡的血管裡。

聖耀進入夢鄉之際，想到爆炸前無錯等人從天而降的情景。

當時，上官冷峻地看著無錯說道：「只要救出我的夥伴跟其他的首領，籠子裡的人類不要理會。」

無錯說道：「當然！」隨即與匆匆趕來的白髮一行人，將眾戰友與各幫首領全扛了出來，只留下驚怖張皇的赤裸人類，在鐵籠裡歇斯底里地尖叫。

聖耀心裡很清楚，就算把那些人類給放了，他們虛弱的身子也來不及逃出即將爆炸的血池，就算逃了出來，也將成爲吸血鬼世界的見證，這是上官所無法容忍的。而且按照秘警的邏輯，這些逃出生天的人也必須加以屠殺，湮滅不穩定的證據。

聖耀爲那些蒼白無力的眼神感到愧疚與哀憐，但他眞的累了，他沒法子負荷太多的情緒。聖耀微微睜開眼睛，看了看手掌上殘酷的凶紋，靜默。

上官的好意，我心領了。

「白髮大哥，路邊停車好嗎？」聖耀看著正爲赤爪推宮過血的白髮。

白髮不明就裡地看著聖耀，但聖耀既是上官信任的夥伴，白髮沒有多想便向司機喊道：「古絲特，停車。」

遊覽巴士慢慢靠著路邊停了下來，躺在車頂上的上官輕輕嘆了口氣。

門打開，聖耀換了一身乾淨的衣服，腳步虛浮地走下車子。

上官看著剛剛才開始熟稔的小夥伴，一步步走進公路旁的草叢裡，沒有回頭、毫無戀棧。

「好兄弟，將來我們還會再碰頭的，這個世界就快變了，第三個魚缸需要你。」上官躺在濕淋淋的車頂上，閉上眼睛。

夜晚，被迫孤獨的人踏上孤獨之路，不曾孤獨的人看著孤獨遠去。

另一個傳說，才正要開始。

第80話

地下道。

日光燈忽明忽滅，貼滿尋人啓事的灰牆下，紅色鐵簍子裡燒著紙錢。

沒有風，濕氣厚重，行人兩三人，盲眼的吹笛師悲傷地吹著歡樂的曲調。

灰煙從鐵簍子裡裊裊捲出，著火的紙錢在地上蹣跚匍匐著，匍匐著，來到一隻精神抖擻的老狗腳邊。老狗看著紙錢傻傻吐著舌頭。

紙錢只剩下焦黑的扭曲。

穿著黑色套頭毛線衣的少年站在老狗身旁，眼睛紅紅地看著佈滿灰塵的算命攤。算命攤上除了灰塵什麼也沒有，連椅子都給人搬了去。

「謝謝你。」少年看著算命攤後牆上的朱紅字聯，心中感念再三。

良善之心藏凶海，千里難揚帆。

凶命長程終靠岸，孤獨豈長伴？

良善之心藏凶海，千里難揚帆。
凶命長程終靠岸，孤獨豈長伴？

不論老算命仙留下的話是猜測之言，或是安慰之辭，少年都心存感激。

少年向算命攤深深一鞠躬，老狗的尾巴搖搖，少年揹起厚重的行囊，思索著什麼。

手裡緊緊握著手機，手機裡躺著一個不怕死的朋友給他的信息。

第81話

光影美人重新開張了一段日子。

客人漸漸回籠的熱鬧氣氛中，大頭龍長滿厚繭的手指飛快與吉他弦跳舞，滿足地看著台下一雙雙如痴如醉的眼睛。可愛的女孩站在台上抓著麥克風，一首接一首。

舊面孔，新面孔，每個人桌上的餐點全冷掉了，就跟以前一樣。

但，女孩的眼神有些落寞。今天是她的生日。

角落裡，一張特地保留的小桌子上，一直放著「已訂位」牌子，牌子已蒙塵。

女孩擔心著心愛的人，擔心著他的安危，擔心著小桌上的黑咖啡一直都沒有人喝。

眼睛濕濕的，女孩淒婉的歌聲教台下的客人幾乎落淚。

但。

破舊的牛仔褲，沾滿油漆顏料的球鞋，一個頭髮亂得不能再亂的男人慢慢走下樓梯，頭低低，眼睛卻沒離開過台上的女孩。

男人吐吐舌頭，身後走出一個堆滿笑容的男孩，男孩摸摸身邊老狗的脖子，老狗乖乖坐在慶賀開幕的花圈旁。

女孩看著男人，看著男孩，又看了看老狗。

老狗歪著頭，眼神靈動看著女孩。

然後吠了一聲！

不知怎地，女孩的腦中閃過好像根本不曾存在的泛黃記憶——一個小男孩揹著大書包，緊緊抱著一條流浪狗高興大叫、閉著眼睛衝下溜滑梯。

女孩瞳孔緊縮，然後快速放大。

她感到一股暖暖的電流麻痺了全身。

「麥克！」女孩大叫，所有客人被女孩突兀的舉動嚇了一跳。

「汪！」老狗興奮大叫。

男人坐在老位子上，拿起冷掉的黑咖啡笑著；男孩坐在男人身旁，看著眼睛閃閃發亮的女孩用嶄新的眼神看著他。

今晚是快樂的一夜，雖然將以道別結束，卻是好幾段旅程的共同起點。

女孩清清喉嚨，緊抓著麥克風的手心滲出難以言喻的快樂，說：「今晚，我們來點不一樣的東西吧！」

新客人大聲叫好，舊客人立刻摀住耳朵躲在桌子下。老闆皺著眉頭，阿忠趕緊將手中碗盤放下，大頭龍狠狠舉起吉他，瞄準舞台地板。

男人與男孩，相視一笑。

從哪裡開始，從哪裡結束。

「Let's Rock！」女孩開心大叫。

原子彈，就這麼在光影美人小小的舞台上，再度爆炸！

《臥底》完

國家圖書館出版品預行編目資料

臥底／ 九把刀(Giddens)著. --二版.--台北市： 蓋亞文化，2015. 面； 公分. ——(九把刀．小說；GS014) ISBN 978-986-319-116-2 (平裝) 857.83　　　　103021428

九把刀・小說 GS014

臥底 INSIDE MAN 新版

作者／九把刀（Giddens）
插畫／Blaze Wu
封面設計／克里斯
出版／蓋亞文化有限公司
地址◎台北市103赤峰街41巷7號1樓
電話◎（02）25585438　　傳真◎（02）25585439
臉　書◎www.facebook.com/Gaeabooks
部落格◎gaeabooks.pixnet.net/blog
服務信箱◎gaea@gaeabooks.com.tw
投稿信箱◎editor@gaeabooks.com.tw
郵撥帳號◎19769541　戶名：蓋亞文化有限公司
法律顧問／義正國際法律事務所
總經銷／聯合發行股份有限公司
地址◎新北市新店區寶橋路二三五巷六弄六號二樓
電話◎（02）29178022　　傳真◎（02）29156275
港澳地區／一代匯集
電話◎（852）27838102　　傳真◎（852）23960050
地址◎九龍旺角塘尾道64號龍駒企業大廈10樓B&D室
二版一刷／2015年02月
定價／新台幣 299 元
Printed in Taiwan

ISBN／978-986-319-116-2
著作權所有・翻印必究
■本書如有裝訂錯誤或破損缺頁請寄回更換■

GAEA

GAEA